U0657653

“一带一路”沿线国家经典诗歌文库
（第一辑）

主编　赵振江
副主编　蒋朗朗　宁琦　张陵　黄怒波

波兰诗选

上册

林洪亮　编
林洪亮　张振辉　易丽君　等译

作家出版社

编译者林洪亮

林洪亮

一九三五年九月生于江西南康。中国社会科学院外国文学研究所研究员，中国作家协会会员。波兰华沙大学波兰语文系毕业，获硕士学位。曾任外国文学研究所东欧文学研究室主任，欧美同学会理事和东欧分会副会长。终身享国务院特殊津贴。

一九五五年开始发表作品，出版专著有《密茨凯维奇》《显克维奇》《肖邦传》《波兰戏剧简史》。译著有《你往何处去》《十字军骑士》《火与剑》《显克维奇中短篇小说选》《密茨凯维奇诗选》《冻结时期的诗篇：米沃什诗集Ⅰ》《着魔的古乔：米沃什诗集Ⅱ》《希姆博尔斯卡诗集》《肖邦通信集》《人民近卫军》《着魔》《中非历险记》《农民》《林洪亮译文自选集》等。还编选有多种东欧文学作品选集。

一九八四年获波兰政府颁发的“波兰文化功勋奖章”，一九九四年获波兰颁发的“心连心奖章”，二〇〇〇年获波兰总统颁发的“十字骑士勋章”，二〇一〇年获波兰政府颁发的“‘荣誉艺术’银质文化勋章”。二〇一九年获中国翻译协会授予的“翻译文化终身成就奖”。

译者张振辉

张振辉

出生于一九三四年七月。中国社会科学院外国文学研究所研究员，中国作家协会会员。长期从事波兰文学的研究和翻译工作，著有《波兰文学史（上下）》《波兰文学和汉学研究文集》《密茨凯维奇传》《显克维奇评传》和《莱蒙特——农民生活的杰出画师》，译有波兰诗歌、小说、戏剧、散文、文学理论和汉学著作等七百余万字，曾获波兰总统和波兰文化、教育、外交等各部门授予的功勋奖章及各种荣誉称号。

译者易丽君

易丽君

北京外国语大学教授，博士生导师。一九三四年十二月出生，一九五四年从武汉大学中文系到波兰华沙大学波兰语文系学习，一九六〇年获硕士学位。回国后分配到中央广播事业局苏东部工作，一九六二年调任北京外国语学院东欧语系。长年从事波兰语言文学教学、文学翻译和研究工作，取得了突出成绩。发表文学论文二十篇，撰写的专著有《波兰文学》《波兰战后文学史》，合译的译著有《名望与光荣》《先人祭》《塔杜施先生》《火与剑》《洪流》《伏沃迪约夫斯基骑士》《十字军骑士》《费尔迪杜凯》《太古和其他的时间》等十余部。

一九八四年、一九九七年分别获波兰人民共和国、波兰共和国文化功勋奖章、二〇〇〇年和二〇一一年分别获得波兰总统颁发的波兰共和国骑士十字勋章和波兰共和国军官十字勋章。二〇一二年获波兰文学翻译最高奖“穿越大西洋奖”。二〇一八年获中国翻译协会授予的“翻译文化终身成就奖”。二〇二二年二月于北京病逝。

译者赵刚

赵刚

北京外国语大学教授，博士生导师。现任北京外国语大学党委常委、副校长。主要研究领域包括：波兰语教学、波兰文学、中波关系以及中东欧研究等。出版专著、译著、编著三十余部，在国内外发表论文四十余篇，主持或参与国家级、省部级项目多项。曾先后获得波兰多所高校的表彰，二〇一〇年荣获波兰文化与民族遗产部颁发的“波兰文化功勋奖章”，二〇一八年获波兰“Gloria Artis”文化功勋奖章。

译者闫文驰

闫文驰

一九九〇年生，北京人。旅欧学者，毕业于北京大学、波兰绿山大学、华沙大学。译著有《乌尔罗地》《太阳系》《星座》《宇宙之形》《科学时代：引领未来的关键技术》《射电宇宙》等（含合译）。

目　录

波兰浪漫主义时期诗歌

波兰现实主义和青年波兰时期的诗歌

总 序

二〇一三年秋，习近平主席先后提出建设“丝绸之路经济带”和“二十一世纪海上丝绸之路”（简称“一带一路”）的倡议。“一带一路”一经提出，便在国外引起强烈反响，受到沿线绝大多数国家的热烈欢迎。如今，它已经成了我们在政治、经济和文化生活中最具活力的词语。“一带一路”早已不是单纯的地理和经贸概念，而是沿线各国人民继往开来、求同存异、构建人类命运共同体的幸福路、光明路。正如一首题为《路的呼唤》[1]的歌中所唱的：

……
有一条路在呼唤
带着心穿越万水千山
千丝万缕一脉相传
就注定了你我相见的今天
这一条路在呼唤
每颗心都是远洋的船
梦早已把船舱装满
爱是我们共同的家园
……

习主席关于构建人类“政治互信、经济融合、文化包容的利益共同体、命运共同体和责任共同体”的主张是人心所向，众望所归。联合国将“构

1 《路的呼唤》：中央电视台特别节目《一带一路》主题曲，梁芒作词，孟文豪谱曲，韩磊演唱。

建人类命运共同体”写入大会决议，来自一百三十多个国家的约一千五百名贵宾出席二〇一七年五月十四日在北京举行的“一带一路”国际合作高峰论坛，就是最有力的证明。

在国与国之间，政治互信、经济融合、文化包容的基础在民心，而民心相通的前提是相互了解和信任。正是出于这样的理念，我们决定编选、翻译和出版这套“‘一带一路’沿线国家经典诗歌文库”，因为诗歌是“言志”和“抒情”最直接、最生动、最具活力的文学形式，诗歌最能反映大众心理、时代气息和社会风貌。“‘一带一路’沿线国家经典诗歌文库”是加强沿线各国人民之间相互了解和信任的桥梁。

“‘一带一路’沿线国家经典诗歌文库”的创意最初是由作家出版社前总编辑张陵和中国诗歌学会会长骆英在北京大学诗歌研究院院会提出的。他们的创意立即得到了谢冕院长和该院研究员们的一致赞同。但令人遗憾的是，在本校的研究员中只有在下一人是外语系（西班牙语）出身，因此，他们就不约而同地把这套书的主编安在了我的头上。殊不知在传统的“一带一路”沿线国家中，没有一个是讲西班牙语的。可人家说：“一带一路”是开放的，当年“海上丝绸之路”到了菲律宾，大帆船贸易不就是通过马尼拉到了墨西哥吗？再说，巴西、智利、阿根廷三国的总统不是都来参加“一带一路”国际合作高峰论坛了吗？怎么能说“一带一路”和西班牙语国家没关系呢？我无言以对。

古丝绸之路是指张骞（前一六四年至前一一四年）出使西域时开辟的东起长安，经中亚、西亚诸国，西到罗马的通商之路。二〇一三年九月七日，习近平主席在哈萨克斯坦纳扎尔巴耶夫大学演讲时，提出共建“丝绸之路经济带”的主张，赋予了这条通衢古道以全新的含义，使欧亚各国的经济联系更加紧密、相互合作更加深入、发展空间更加广阔，从而造福沿途各国人民。至于古老的“海上丝绸之路”，自秦汉时期开通以来，一直是沟通东西方经济和文化交流的重要渠道，尤其是东南亚地区，自古就是“海上丝绸之路”的重要枢纽。习主席建设“二十一世纪海上丝绸之路”的构想使其在新的历史起点上，有了更加重要而又深远的意义。

“一带一路”沿线国家主要包括西亚十八国（伊朗、伊拉克、格鲁吉亚、亚美尼亚、阿塞拜疆、土耳其、叙利亚、约旦、以色列、巴勒斯坦、沙特阿拉伯、巴林、卡塔尔、也门、阿曼、阿拉伯联合酋长国、科威特、黎巴嫩），中亚五国（哈萨克斯坦、土库曼斯坦、吉尔吉斯斯坦、乌兹别克斯坦、塔吉克斯坦），南亚八国（尼泊尔、不丹、印度、巴基斯坦、孟加拉国、斯里兰卡、马尔代夫、阿富汗），东南亚十一国（印度尼西亚、马来西亚、菲律宾、新加坡、泰国、文莱、越南、老挝、缅甸、柬埔寨、东帝汶），中东欧十六国（阿尔巴尼亚、波斯尼亚和黑塞哥维那、保加利亚、克罗地亚、捷克、爱沙尼亚、匈牙利、拉脱维亚、立陶宛、马其顿、黑山、罗马尼亚、波兰、塞尔维亚、斯洛伐克、斯洛文尼亚）。独联体四国（俄罗斯、白俄罗斯、乌克兰、摩尔多瓦），再加上蒙古和埃及等。

从上述名单中不难看出，“一带一路”沿线国家多为文明古国，在历史上创造了形态不同、风格各异的灿烂文化，是人类文明宝库重要的组成部分。诗歌是文学的桂冠，是文学之魂。文明古国大都有其丰厚的诗歌资源，尤其是经典诗歌，凝聚着国家和民族的精神和理想。各国之间的文化交流与经贸往来，既相互交融又相互促进，可以深化区域合作，实现共同发展，使优秀文化共享成为相关国家互利共赢的有力支撑，从而为实现习主席构建人类命运共同体的伟大目标打下坚实的文化基础。

“一带一路”沿线国家多是发展中国家。长期以来，我们一直比较重视对欧美发达国家诗歌的译介，在“经济一体、文化多元”的今天，正好利用这难得的契机，将这些“被边缘化”国家的传统文化和民族精神纳入“一带一路”的建设，充分发掘它们深厚的文化底蕴，让它们的古老文明在当代世界发挥积极作用，使“文库”成为具有亲和力和感召力的文化桥梁。

“一带一路”沿线国家又多是中小国家。它们的语言多是非通用的“小语种”，我国在这方面的人才储备相对稀缺，学科建设相对薄弱；长期以来，对这些国家的文学作品缺乏系统性的译介和研究。从这个意义上说，“文库”的出版具有填补空白的性质，不仅能使我们了解这些国家的诗歌，也使相关的学科建设和学术研究有了新的生长点。

“‘一带一路’沿线国家经典诗歌文库”的现实意义和深远影响已经很清楚了，但同样清楚的是其编选和翻译的难度。其难点有三：一是规模庞大，每个国家一卷，也要六十多卷，有的国家，如俄罗斯、印度，还不止一卷；二是情况不明，对其中某些国家的诗歌不是一无所知也是知之甚少，国内几乎从未译介过，如尼泊尔、文莱、斯里兰卡等国；三是语言繁多，有些只能借助英语或其他通用语言。然而困难再多，编委会也不能降低标准：一是尽可能从原文直接翻译，二是力争完整地呈现一个国家或地区整体的诗歌面貌。

总之，“文库”的规模是宏大的，任务是艰巨的，标准是严格的。如何完成？有信心吗？答案是肯定的。信心从何而来呢？我们有译者队伍和编辑力量做保证。

“‘一带一路’沿线国家经典诗歌文库”的编译出版由北京大学外国语学院和作家出版社联袂承担，可谓珠联璧合，阵容强大。

北京大学外国语学院是国内外国语言文学界人才荟萃之地，文学翻译和研究的传统源远流长。北大外院的前身可以追溯到京师同文馆（一八六二年）和京师大学堂（一八九八年）。一九一九年北京大学废门改系，在十三个系中，外国文学系有三个，即英国文学系、法国文学系、德国文学系。一九二〇年，俄国文学系成立。一九二四年，北京大学又设东方文学系（其实只有日文专业）。新中国成立后，东语系发展迅速，教师和学生人数都有大幅度增长。一九四九年六月，南京东方语言专科学校和中央大学边政学系的教师并入东语系。到一九五二年京津高校院系调整前，东语系已有十二个招生语种、五十名教师、大约五百名在校学生，成为北大最大的系。

一九五二年院系调整时，重新组建西方语言文学系、俄罗斯语言文学系和东方语言文学系。其中西方语言文学系包括英、德、法三个语种，共有教师九十五人，分别来自北大、清华、燕大、辅仁、师大等高校（一九六〇年又增设西班牙语专业）；俄罗斯语言文学系共有教师二十二人，分别来自北大、清华、燕大等高校；东方语言文学系则将原有的西藏语、维吾尔语、西南少数民族语文调整到中央民族学院，保留蒙古、朝鲜、日、越南、暹罗、印尼、缅甸、印地、阿拉伯等语言，共有教师四十二人。

北京大学外国语学院于一九九九年六月由英语系、西语系、俄语系和东语系组建而成，下设十五个系所，包括英语、俄语、法语、德语、西班牙语、葡萄牙语、日语、阿拉伯语、蒙古语、朝鲜语、越南语、泰国语、缅甸语、印尼语、菲律宾语、印地语、梵巴语、乌尔都语、波斯语、希伯来语等二十个招生语种。除招生语种外，学院还拥有近四十种用于教学和研究的语言资源，如意大利语、马来语、孟加拉语、土耳其语、豪萨语、斯瓦希里语、伊博语、阿姆哈拉语、乌克兰语、亚美尼亚语、格鲁吉亚语、阿塞拜疆语等现代语言，拉丁语、阿卡德语、阿拉米语、古冰岛语、古叙利亚语、圣经希伯来语、中古波斯语（巴列维语）、苏美尔语、赫梯语、吐火罗语、于阗语、古俄语等古代语言，藏语、蒙语、满语等少数民族及跨境语言。学院设有一个一级学科博士点、十个二级学科博士点和一个博士后流动站，为北京市唯一外国语言文学重点一级学科。学院师资力量雄厚：全院共有教师二百一十二名，其中教授六十名、副教授八十九名、助理教授十六名、讲师四十七名，拥有博士学位的教师一百六十三人，占教师总数的百分之七十七。

从以上的介绍不难看出，北京大学外国语学院的语言教学和科研涵盖了“一带一路”的大部分国家，拥有一批卓有成就的资深翻译家和崭露头角的青年才俊，能胜任“文库”的大部分翻译工作。至于一些北大没有的“小语种”国家，如某些中东欧国家，我们邀请了高兴（罗马尼亚语）、陈九瑛（保加利亚语）、林洪亮（波兰语）、冯植生（匈牙利语）、郑恩波（阿尔巴尼亚语）等多名社科院外文所和兄弟院校的专家承担了相应的翻译工作，在此谨对他们表示诚挚的敬意和衷心的感谢。

有好的翻译，还要有好的编辑。承担“‘一带一路’沿线国家经典诗歌文库”编辑出版任务的作家出版社是国家级大型文学出版社，建社六十多年来出版了大量高品质的文学作品，积累了宝贵的资源和丰富的经验。尤其要指出的是，社领导对“文库”高度重视，总编辑黄宾堂、前总编辑张陵、资深编审张懿翎自始至终亲自参与了所有关于“文库”的工作会议，和北大诗歌研究院、北大外国语学院的领导一起，精心策划，全力以赴，保证了“文库”顺利面世。

最后还要说明的是，“‘一带一路’沿线国家经典诗歌文库”得到了北大校领导的大力支持。“文库”第一批图书的出版恰逢北京大学建校一百二十周年（一八九八年至二〇一八年），编委会提出将这套图书作为对校庆的献礼。校领导欣然接受了编委会的建议，并在各方面给予了大力支持，校党委宣传部部长蒋朗朗同志从始至终参与了“文库”的策划和领导工作。至于北京大学外国语学院的领导更是责无旁贷地承担了全部翻译工作的设计、组织和落实。没有他们无私忘我、认真负责的担当，完成这样艰巨的任务是不可能的。

“‘一带一路’沿线国家经典诗歌文库”第一批诗作即将出版，这只是第一步，更艰巨的工作还在后头；更何况随着时间的推移，“一带一路”的外延会进一步扩展，“文库”的工作量和难度也会越来越大。但无论如何，有了这样的积累，我们完全有理由相信，“‘一带一路’沿线国家经典诗歌文库”会越来越好。为了实现这样的目标，我们期待着领导、业内同仁和广大读者的批评指教。

赵振江

二〇一七年秋

于北京大学蓝旗营寓所

前言：波兰诗歌发展概述

波兰在欧洲可算是一个中等发达国家，国土面积三十一万平方公里，比英国、意大利稍大。它位于欧洲的中东部，东与立陶宛、白俄罗斯、乌克兰相连，南和捷克、斯洛伐克接壤，西部与德国毗邻，而北部的边界则是著名的波罗的海。波兰最大的河流维斯瓦河纵贯于它的中部，其流域成了波兰最肥沃、最繁华的地区。此外，东部的一段界河是布格河，西部则是航运繁忙的奥得河和尼斯河。在这片肥沃美丽的土地上，居住着古代的凡涅特人，也就是波兰人的祖先。据说在遥远的古代，曾有一家三兄弟，一个叫列赫，一个叫捷赫，一个叫罗斯。他们的父亲吩咐他们各自去找地方以建立自己的家园，三兄弟奉命离开了父亲。捷赫向南，后成了捷克人的祖先；罗斯向东，后来是罗斯国的开拓者。列赫朝北走去，来到一片肥沃的大平原。他走累了，便靠在一棵大橡树下休息，只见树上有个鹰巢，一只白鹰在落日余晖中飞来给它嗷嗷待哺的雏鹰喂食，巢里立即响起一片欢快的啾啾声。列赫见此情景，认为这里是块吉祥的宝地，便在此定居下来，开拓耕耘、娶妻生子、繁衍后代，并给此地取名为格涅兹诺，意思是巢。后来便以此地为中心，建立起公国，取名为波兰，而白鹰也成了波兰国家的象征，至今都是波兰的国徽。据历史学家们论证，这种传说得到了考古的印证，从西起奥得河、东至第聂伯河的广大地区，居住着古斯拉夫民族。到了公元一世纪，古斯拉夫人分为东西两支：居住在第聂伯河流域一带的为东斯拉夫人，而住在奥得河、维斯瓦河和易北河流域的为西斯拉夫人。公元六世纪前后，随着欧洲民族大迁移，东西部斯拉夫人也大批拥入巴尔干半岛，形成了南斯拉夫人。

公元六到十世纪，随着生产力和商业的发展，波兰境内的各部落形成了国家雏形。十世纪中叶，格涅兹诺便成了统一波兰的根据地，皮亚斯特家族的梅什科一世顺应历史潮流，统一了各部族，建立起皮亚斯特王朝。

公元九六六年，基督教的输入和传播，对巩固皮亚斯特王朝的统治和抵抗德意志人的入侵起到了一定的作用，对西欧文化的传入也有不小的影响。但由于教会掌握着文化教育大权，大力推行拉丁文字，而把波兰古代的信仰和民间文化视为异端邪说，阻碍了波兰固有文化的发展。

二

在基督教输入之前，波兰流行的只有口头的民间文学，包括故事和民歌。故事包括传说、神话和奇闻轶事等，上述的列赫三兄弟就是这种传说。古代民歌保留下来的不多，有些民歌经过歌手和文人的修饰润色，但还能看出它们的本色。古代民歌和波兰当时的社会生活、风俗习惯紧密相连。基督教传入后，有的被禁止，有的加入了宗教节日的内容。古代民歌可以分为礼仪歌、哀歌、讽刺滑稽歌和田园牧歌，礼仪歌又包括在节日或重大庆典上演唱的歌曲、男女结婚时演唱的婚嫁歌等。

基督教输入波兰后，拉丁文便成了波兰的官方文字，而掌握拉丁文的都是外国来的僧侣、建筑师和官吏，他们帮助波兰国王建立教堂、宫殿和学校，学会拉丁文的波兰人方可担任教职和文职。在中世纪中期，波兰语开始形成自己的文字，它借用拉丁文的字母，只是根据波兰语音的特点而增加了两个鼻音和七个复合辅音，于是波兰就有了用自己文字记载的作品，既有从拉丁文翻译过的祈祷文和《圣经》故事，也有用波兰文记录下来的歌曲。《圣母颂》就是保留至今的第一首波兰文宗教歌曲，它产生于十二世纪初期，原是一首对耶稣的颂歌，由于前两节诗是歌颂圣母玛利亚的慈爱伟大，故称《圣母颂》。全诗结构严谨，韵律和谐，每段前两句是波兰文的长句，最后一句是用希腊文写就的叠句，说明这位作者受到过古希腊诗歌的影响。这首诗堪称是中世纪宗教诗歌的杰作，后被谱上曲子，直至十九世纪初，它都是波兰的国歌，骑士们出征时都要高唱着它奋勇前进。

波兰从十二世纪开始，经历了从统一到封建诸侯割据再到统一的过程，随着一三八五年波兰和立陶宛的合并，开启了波兰历史上最强盛的雅盖隆王朝。随着国土的扩大，经济的发展，也带来了波兰文化的繁荣。在伟大的卡齐密什三世的统治时期（一三三三年至一三七〇年），波兰的文化教育事业得到了巨大的发展，创办了大量的世俗学校，市民的子女得以入学学习。一三六四年卡齐米日三世创建了波兰第一所大学——克拉科夫大学，不久之后，这所大学便成了欧洲最著名、最具影响力的高等学府之一，培养出了像哥白尼这样杰出的天文学家。十五世纪，拉丁文依然占据着主导地位，但波兰文也得到一定的发展。一四四〇年，克拉科夫大学校长、语言学家库布·帕尔科什发表了《关于波兰语的正字法》，有助于波兰语的规范化。而十五世纪末波兰第一批印刷所的出现，对波兰文化事业的发展也起了不小的推动作用。

波兰基督教经过几个世纪的传播，其势力渗透到波兰国家政治生活的各个方面，不仅拥有大量的财富，其权力也盖过世俗的大贵族，逐渐招致世俗贵族和平民百姓的不满。到了十五世纪，在捷克爆发的胡斯宗教改革运动，也波及了波兰，于是波兰也出现了要求改革宗教的斗争。这一斗争便在文学中得到了反映。《威克里夫之歌》的作者安德列·加尔卡深受胡斯思想的影响，他在诗中热情歌颂了英国宗教改革家威克里夫，认为他的言论“道出了真理”。他还尖锐批评了罗马教廷歪曲基督教义、蒙骗信徒，教会占有大量财产，欺压农民的种种恶迹。

十四至十五世纪，波兰诗歌的创作依然用的是拉丁文，其中较为著名的是斯达尼斯瓦夫·乔韦克（约一三八二年至一四三七年），他写有政治讽刺诗《国王瓦迪斯瓦夫和伊丽莎白·格兰诺夫斯卡的联姻》和《克拉科夫颂》等作品。波兰文的诗歌创作也受到人们的关注和重视，出现了像《关于餐桌旁的礼节》这样反映贵族社会阶层的风俗习惯的作品。而《英德烈·邓钦斯基被杀之歌》和《对懒惰农民的讽刺》则对当时的社会矛盾有所反映。前者以克拉科夫市民杀死大贵族邓钦斯基骑士的真实事件为背景，对克拉科夫市民横加指责，甚至要求严惩市民。后者借讽刺懒惰农民，却对整个农民阶层进行丑化和污蔑。

十六世纪的波兰，国家得到统一，特别是一五六九年，波兰和立陶宛正式合并成为统一的国家——波兰共和国，包括原来的波兰、立陶宛、乌克兰和白俄罗斯，成了欧洲的泱泱大国。社会稳定，经济发展，可谓物阜民安、繁荣昌盛，使波兰在十六世纪进入了“它的光辉时期”（马克思语）。发端于意大利的文艺复兴运动，也于十五世纪末影响到了波兰，并于十六世纪得到蓬勃的发展，使波兰的科学、政治思想和文学艺术得到了空前的繁荣昌盛。

这个时期的波兰文学充满人文思想，关注现实生活，注重民族特点，不少诗人关心国家命运，充满爱国情感。这个时期拉丁文诗歌依然占据一定的位置，但用波兰文写作的诗歌却得到了蓬勃的发展。在用拉丁文写作的诗人中，以克莱门特·雅尼茨基（一五一六年至一五四三年）的成就最大。他出身农民家庭，后得到贵族资助，曾到意大利留学，并获得桂冠诗人的荣誉。他的诗大多是颂诗和哀诗，具有抒情特点。用波兰语写作的诗人们表达了他们的爱国心和民族自豪感，诗人雷伊说的“波兰人不是笨鹅，他有自己的语言”，一直成了波兰作家为采用本国语言而斗争的一句名言。

卢布林的贝尔纳特（约一四六〇年至一五二九年）是波兰人文主义先驱者之一。由于他的作品长期受到教会的查禁，过去一直鲜为人知，直到十九世纪才被发现。因此他的生平不详，其作品也散佚不全，现只留下一些寓言诗和两部长诗。他是完全用民族语言写作的第一位波兰诗人。他的寓言诗大多是根据伊索寓言改写而成的，但充满爱国精神和波兰民族特色。长诗《伊索的一生》也是根据意大利诗人拉努乔·达雷佐的同名作品而改写的，但他赋予其新的内涵：伊索虽然长相丑陋，但他善良诚实，富于智慧。诗人通过伊索这个形象，歌颂了下层人民的聪明才智，抨击了封建等级制度，指出衡量一个人的标准不是“财富和贵族出身”，而要看“他的智慧和德行”。

米科瓦伊·雷伊（一五〇五年至一五六九年）是波兰积极倡导用波兰语创作的一位诗人。他生于贵族家庭，直到二十岁时才开始发奋学习，从此时起，他大量阅读了各种书籍。初试写作时就表现出了惊人的诗歌才华，最早的一首诗《地主、神甫和村长三人之间的争论》受到大家的欢迎。这首长诗通过三个不同社会地位的人的争论，揭示出当时社会的各种矛盾，反映了封建地主和教会神甫的贪婪、阴险和自私，而把同情赋予农民。全诗情节生动，人物鲜活，景物描写色彩缤纷，作品中还穿插有集市、狩猎和饮宴的描写，可以说是一幅多姿多彩的社会风习画卷。雷伊的《约瑟的一生》《商人》和《正直人一生的写照》都是模仿西欧作品写成的，但内容却比原作更为丰富，具有反基督教会的特点。他后期的作品《镜子》则反映了他晚年的思想变化，主人公离开了火热的政治斗争，过起了与世无争的田园生活，这也是作者自己的真实写照。总的说来，雷伊不愧为用波兰语写作的第一个大诗人，他的语言明快，能反映出各种内容、思想、情感。他曾被同时代人尊称为“波兰文学之父”，虽然这不免有点言过其实，但他确实对波兰文学和语言的发展做出了不可磨灭的贡献。

扬·科哈诺夫斯基（一五三〇年至一五八四年）是波兰十六世纪最伟大的诗人。他出生在拉多姆省的一个贵族家庭，曾就读于克拉科夫大学，毕业后曾到德国的哥尼斯堡大学和意大利的帕多瓦大学进修。回国后担任国王齐格蒙特二世的秘书。一五七〇年他不堪宫廷事务的羁绊，渴望创作的自由，于是辞官回乡，回到了自己的家乡黑森林村，在这里他潜心创作，成就了一代文学宗师。

科哈诺夫斯基一生曾用拉丁文和波兰语两种文字创作，但其最高成就当数波兰语的创作。科哈诺夫斯基在大学学习期间是用拉丁文写作的，创作出了一些诙谐诗、颂诗和情诗。回国后他主要用祖国的语言写作，其中反映政治和社会生活的诗歌占据主导地位。《团结一致》和《沙梯尔又名野人》是早期的代表作，前者号召波兰各阶层人民停止争论、团结一致去为国家的利益而奋斗；后者揭露了波兰贵族的贪婪、奢侈、冷酷和怯懦。一五六四年写的《普鲁士的进贡》歌颂了波兰与立陶宛的合并和祖国的强盛，充满了爱国激情。这个时期他还写了不少的诙谐诗，这种文学形式短小精悍、多姿多彩，喜怒哀乐、讽刺赞颂都能随手表达出来，是他一生写作最多的一种文学体裁。他写的诙谐诗语言生动精练，形式活泼多样，开创了波兰诙谐诗的先河。

归隐黑森林村后，是科哈诺夫斯基创作最旺盛的时期，写出了《歌集》《挽歌》和诗剧《拒绝希腊使者》。《歌集》由四十九首长短不一的诗歌组成，其中的组诗《圣约翰节前夕之歌——索布特卡》最为著名。它是一组牧歌式的诗篇，取材于波兰最古老的民间口头创作，写的是约翰节前夕，村民们在山上点燃篝火，尽情歌舞，由十二个姑娘轮流演唱了十二支歌，唱出了她们各自不同的人生遭遇和心态，从而使这组诗内涵丰富，情趣盎然，构成了一幅波兰古代风习的田园诗画。

《挽歌》是诗人哀悼和祭奠死去的女儿的一组作品。女儿乌尔舒娜三岁时便离开了人世，小女之死给诗人带来了无限的想念和悲恸。《挽歌》由十九首短诗组成，分别描写女儿在世时给家庭带来的欢乐和死后给父母造成的深切悲痛，读来真切感人，是波兰诗歌摆脱宗教束缚、抒写普通人情感的一部杰作，得到波兰后辈诗人的称赞和仿效。

《拒绝希腊使者》则是取材于古希腊故事的一出悲剧。它写特洛伊王子帕里斯在希腊做客时劫持了斯巴达国王的美丽王后海伦。海伦被拐走后，希腊便派来使者到特洛伊首都伊利昂，要求归还王后，否则就要以战争手段来解决，由于帕里斯的收买和拉拢，致使特洛伊的枢密院做出了拒绝希腊使者的决定，诗剧在战争迫在眉睫和特洛伊即将灭亡的预言中结束。科哈诺夫斯基在这部剧作中借古喻今来影射波兰的现实，特洛伊的枢密院暗指波兰的议会。诗人还谴责了波兰豪绅们的贪赃枉法、践踏正义、置国家安危于不顾的态度。《拒绝希腊使者》是波兰最早的一部戏剧，它结构完整，全剧分五幕，由合唱队串连而成。它韵律丰富，诗句铿锵有力，人物生动鲜明，是一部具有独创性的优美剧作，至今在波兰的剧院还经常演出。

科哈诺夫斯基是波兰古代最杰出的一位诗人，他的诗歌表现力达到了炉火纯青的程度，而且在诗歌形式上他更是位革新家，他在借鉴古希腊罗马诗歌的成就上结合波兰语言的特征，进行了许多开拓性的创新，使波兰诗歌达到了前所未有的高度，并给后世以莫大的影响。

科哈诺夫斯基逝世前后，波兰诗坛也出现了几位诗人，其中较为著名的有西蒙·西莫诺维奇（一五五八年至一六二九年）和塞巴斯提安·法比安·克洛诺维兹（一五四五年至一六〇二年）。西莫诺维奇出身市民家庭，曾在查莫伊斯基学院任教。他的应制诗大多用拉丁文写成，价值不大，后移居乡村，从事医务工作，并用祖国语言来创作。其《田园诗集》奠定了他在波兰文学史上的地位，诗集中的长诗《割麦人》，通过两个女奴的对话和对唱，揭示了封建地主对农奴的残酷剥削和压迫。这首诗在艺术上也较成功，能从日常生活中提取有益的细节，而且形象生动。

克洛诺维兹出身于磨房主家庭，曾在卢布林市先后担任过法院文书、市长和终身顾问。他的主要作品有《弗利斯》和《犹大的口袋》。《弗利斯》写维斯瓦河上船工的艰辛劳累和两岸的绮丽风光，《犹大的口袋》是诗人根据他在法院任职时的所见所闻而写成的一首讽刺长诗，它无情地揭露了贵族为了夺取财富而不择手段。克洛诺维兹还用拉丁文写过一首著名的长诗《神的胜利》，对封建等级制度和教会都进行了大胆的揭露，因而遭到长期的迫害。

十七世纪是波兰由盛转衰的转折时期，劳役制庄园的发展刺激了贵族和豪绅的贪欲，加重了对农民市民的剥削，致使农奴逃亡和揭竿而起的事件屡屡发生。反映农民和市民愿望的平民文学得到一时的发展，出现了一批反映现实的诗歌和讽刺作品，由于遭到耶稣会的查禁和迫害，大部分作品均已散佚，只有少数保存了下来。十七世纪是波兰反宗教改革势力的得势时期，耶稣会掌管了全国的文化教育大权，耶稣会积极宣扬波兰人是上帝的选民，波兰是基督教的中流砥柱，它与波兰贵族宣扬的贵族至上的萨尔马特主义相结合，成了波兰流传广泛的意识形态。这种意识形态对波兰文学艺术的发展也产生了深刻的影响。十七世纪也是巴洛克文艺盛行的时期。波兰的巴洛克文学宣扬贵族至上的思想，充满封建宫廷的气息，追求形式的新奇，喜用牵强附会的隐喻和比拟，辞藻华丽而又矫揉造作，晦涩难懂，具有豪华的装饰趣味。不过，其中也不乏精美的作品，它们成了后世唯美派诗人仿效的样本。在波兰的巴洛克诗歌创作中，最著名的诗人均出自两个家族：一是莫尔什亭家族的四位诗人，二是奥帕林斯基兄弟。

莫尔什亭在波兰是个显族，也是个文学世家。希罗尼姆·莫尔什亭（约一五八一年至一六二三年）是这个家族的长辈，他的代表作《世界的乐趣》所描写的是人生苦短应及时行乐的人生态度。他生前未曾发表过的三百多首诙谐诗和短诗，注重形式，讲究对仗。他还写有一首一个东方公主所经历的种种荒唐可笑的故事。扬·安杰伊·莫尔什亭（一六二一年至一六九三年）是个典型的宫廷诗人。曾在尼德兰大学就读，后到法国和意大利游学参观。回国后积极参与国家的政治生活，曾任财政大臣，他主张加强王权，废除自由否决权和自由选王制。在选举国王时，他是亲法派的首领。扬三世·索别斯基即位后，他因反对国王与奥地利结盟而被判叛国罪，一六八三年逃亡法国，受封法国伯爵。扬写有大量的情诗，《酷夏或曰大犬星座》和《诗琴》是他的重要作品。他的诗结构灵巧，形式多样，于淡雅中融入雕塑，宗教忏悔与追求奢侈并存。他是十四行诗的推广者，同时又是意大利和法国文学的翻译家。他的诗直到十九世纪才出版，嗣后便被波兰的唯美派所推崇。

斯达尼斯瓦夫·莫尔什亭（约一六二三年之后至一七二五年）是扬的堂侄，曾当过步兵将军和总督，也是个驰骋政坛的风云人物。他后来转向文学创作，写出了《失去孩子后的忧伤痛苦》等诗歌，以翻译拉辛的作品而闻名。兹比格涅夫·莫尔什亭（约一六二八年至约一六八七年）是斯的堂弟，曾在立陶宛统帅拉吉维乌麾下服务，参加过反对俄国和瑞典侵略的战争，他是莫尔什亭家族唯一坚守兄弟会信仰的人，后被迫害流亡普鲁士。他的诗歌创作具有一种民间的质朴和田园的趣味，其《压迫中的歌声》对当时的宗教迫害进行了控诉，反映了教友们的不幸遭遇。长诗《迎战土耳其的重大凯旋》歌颂了霍奇姆战役的胜利。《家庭缪斯》收有他的军旅诗歌和宗教诗歌，前者表达了他的战争经历和爱国情操，以及战争所带来的不幸；后者反映了他为兄弟会教友的抗争和维护信仰自由的坚强决心，内容更贴近社会生活。

奥帕林斯基兄弟出身波兹南豪绅家庭。中学毕业后两人同赴比利时的卢万、法国的奥尔良和意大利的帕多瓦上大学。大学毕业后，老大克齐斯多夫（一六〇九年至一六五五年）立即当上了议员，后成为波兹南省总督。瑞典入侵时立即投降而留下臭名。他的代表作为五卷《讽刺诗》，对波兰社会中的种种弊端进行了批判，主张加强中央政府，反对贪腐，要求改善农民境况。他的诗不重视韵律，但善于运用生动有力的口语和俗语，对话和独白相互穿插，形式活泼而生动。弟弟乌卡斯（一六一二年至一六六二年）深谙多种语言，以博学多才而闻名。曾多次当选为议员，一六三八年被选为议长。瑞典入侵时一直伴随在波兰国王身边，和他同甘共苦，出谋划策，获爱国的美名。他的文学创作较少，主要集中在亦文亦诗的作品中，其中《神父和地主的交谈》《保卫波兰》《有什么新闻》反映了他对波兰政治制度的批判和他的爱国思想。

瓦茨瓦夫·波托茨基（一六二一年至一六九六年）是巴洛克晚期的一位诗人，是新教信徒，始终不忘为信仰自由而斗争，为进步、真理而贡献力量。他出身贵族，一生在波兰南部山区度过，因此他的创作和他的生活、信仰和自然环境有着紧密的联系。据说他自己创作的和从拉丁文诗歌改写的诗歌竟有三十万行，是一个非常高产的诗人。但他生前出版的诗集只有两部:《家族纹章目录》和《西西里公主阿杰尼达》。在后来发掘的诗中，有《诙谐诗园》和《道德经》等，收有轶闻趣事、讽刺应制等诗作。在晚年创作的史诗中，以《霍奇姆之战》最为著名。写波兰军队在霍奇姆一战中迫使土耳其军停战求和的故事，歌颂了波兰骑士的英勇战斗精神。长诗写得有些冗长，但战争场面却写得气势磅礴，充满了爱国的激情。

十八世纪的波兰，由于连年战乱，两位萨克森家族的波兰国王奥古斯特二世和他儿子三世昏庸无能，再加上封建统治集团的贪腐和争权夺利，致使波兰经济萧条、民不聊生，国家处于四分五裂状态，沦为强邻角逐兼并的对象，这个萨克森王朝是波兰最乱七八糟的黑暗时期。沙皇俄国一直把兼并波兰作为其战略目标，而普鲁士国的建立使波兰处于更危险的境地。十八世纪下半叶，俄国女皇叶卡捷琳娜勾结普鲁士和奥地利，先后于一七七二年和一七九三年对波兰进行了瓜分。一七九四年爱国将军科希秋什科在克拉科夫举行武装大起义以挽救祖国的危亡，但终因力量悬殊而失败。一七九五年波兰遭到俄、普、奥的第三次瓜分并最终被灭亡了。

十八世纪初期，由于政治腐败和社会生活被耶稣会严密控制，宗教迫害猖獗，社会处于愚昧状态。到了十八世纪中叶，出现了一批渴求改革的明智人士，他们在法国启蒙运动的感召影响下开始进行改革运动。最早提出改革的是斯达尼斯瓦夫・科纳尔斯基（一七〇〇年至一七七三年），他原是个天主教教士，在华沙自办学校并进行教学改革，开设自然科学、本国语文和历史等课程，改革获得成功，反响不小。六十年代开始，波兰的改革运动进一步高涨，文化事业开始摆脱教会的控制，报刊和书籍发行得到蓬勃发展，特别是《告诫》和《有益和有趣的娱乐》等刊物的出版，对欧洲启蒙思想在波兰的传播起到了重要的推动作用。随着耶稣会的取缔，“国民教育委员会”的成立，科学技术受到重视，文化教育得到长足的发展，这对波兰文学的繁荣起了促进作用。这个时期的波兰作家大多与宫廷有直接联系，波兰国王重视文学艺术，每逢周四，国王都要在瓦金基公园的水上宫殿设宴招待那些知名的文艺人士，史称“周四午餐会”。波兰启蒙运动文学受法国文学的影响，占主导地位的是古典主义，他们的作品大多反对豪强的专制割据，拥护和歌颂国王，对于教会和封建贵族的种种恶习也能进行讽刺和揭露。他们强调文学的社会和教育作用，重视波兰语言的纯洁性，使波兰语言规范化，要求诗歌语言纯洁、洗练和明快。在这批诗人中，以纳鲁谢维奇、特伦贝茨基和克拉西茨基为主要代表。

亚当・纳鲁谢维奇（一七三三年至一七九六年）出身于贵族家庭，曾在德国和意大利学习。一七六一年回国后曾任大学的诗学教授，晚年曾担任教会职务。他是国王“周四午餐会”上的常客，因此写过一些应制诗，对国王阿谀奉承，感恩戴德。他的田园诗具有古典主义和感伤主义的风格，他的讽刺诗则是以辛辣嘲讽为主要特点，对贵族和僧侣的种种恶习进行了揭露和讽刺。他撰写的七卷本《波兰民族史》在当时反响不小，成为通用的教材。伊格纳齐・克拉西茨基（一七三五年至一八〇一年）是波兰启蒙时期最杰出的诗人和作家。他出身于没落的大贵族家族，自幼就被父母选定为教士。从罗马神学院学习回国后，曾任全国总主教的秘书和国王的宫廷神甫，因积极参加国王的政治社会活动而被封为格涅兹诺大主教，后死于柏林。他一生写有大量的抒情诗、讽刺诗、史诗、童话、寓言，以及政论和杂文、喜剧和小说。这些作品涉及的题材多种多样，表达了他对启蒙运动的要求，并对贵族和僧侣的贪婪、空虚和争权夺利进行了尖锐的揭露和批判。在艺术上提高了波兰语言的表现力。他的诗歌涤除了巴洛克风格的浮华雕饰，而把清新明快的语言引进作品中，而且在各种体裁的应用方面都显示出了他的艺术才华。除了诗歌外，他还是波兰现代小说的创始人，写有三部长篇小说，其中第一部《尼古拉・多希维亚德琴斯基历险记》以主人公的日记写成，叙述他成长时期的种种经历，对当时的社会风习有所针砭。斯达尼斯瓦夫・特伦贝茨基（一七三九年至一八一二年）出身贵族家庭，曾在罗马和巴黎求学。在巴黎期间，曾和狄德罗、卢梭等人交往，回国时把《百科全书》等两千余种图书带回波兰，使波兰的启蒙运动得到借鉴。他曾担任波兰国王的宫廷侍从，后又伴随退位后的国王流放彼得堡。国王死后他成了波兰豪强家中的食客。他的诗歌富于自由思想，宣扬自然神论，热情讴歌理性。他的寓言诗在当时享有盛名，三首长诗都是以波兰豪绅的宫殿和花园为描写题材的，以描写技巧精湛和词汇丰富而闻名，曾受到密茨凯维奇的好评，其中以《索菲夫卡》最为有名，写波托茨基为其妻建成的一座豪华花园。托马什・卡耶坦・文格尔斯基（一七五六年至一七八七年）是位独特的诗人。他聪慧博识，言词锋利，敢于蔑视神权，指责国王的丑行，鞭笞达官贵人的罪恶行径，因而招致不少名家的敌意。他的诗凝练简洁而又富于细节的真实，无论是颂诗还是应制诗，往往都成了讽刺诗。他的诗数量不多，但都充满斗争激情，语言也清新优美。其代表作有以华沙为题材的长诗《毕拉尼》和英雄喜剧长诗《管风琴》。

从一七八〇年到十八世纪末，是波兰民族斗争处于急风暴雨的时期。一批出身于中小贵族和市民的改革派登上了政治舞台，他们以杂志《熔铁炉》为中心，组成爱国联盟，并在四年议会（一七八八年至一七九二年）上通过了著名的“五三宪法”。但这一切却遭到了沙俄和波兰大贵族的反对和镇压，波兰遭到第二次瓜分。面对波兰最后灭亡的危险，一七九四年爆发了以爱国将领科希秋什科为首的武装大起义，起义遭到沙俄的残酷镇压而失败，俄、普、奥第三次瓜分并灭亡了波兰。这个时期的波兰文学出现了两种现象，一种是积极投入到斗争中，写出了许多反映现实斗争的作品，涌现出一批爱国作家，其中以聂姆策维奇、雅辛斯基最为著名。他们依然采用古典主义的创作法则，但加入了许多现实主义的因素。尤利安・乌尔辛・聂姆策维奇（一七五八年至一八四一年）是一位富于传奇色彩的四朝元老诗人，四年议会期间他是位激进的改革派议员，写有政治喜剧《议员还乡》。一七九四年他投身民族起义中，并成为科希秋什科的副官。起义失败后，他俩被关入彼得堡监狱，后又双双流亡到美国，参加了美国的独立战争。一八〇七年华沙公国成立后，他应召回到波兰，曾担任上院秘书，并写有爱国组诗《历史之歌》和一批寓言、童话。一八一五年至一八二五年期间发表了三部长篇小说和多部讽刺喜剧。一八三〇年起义爆发后，他是民族政府的成员，并被派往英国从事外交活动，后定居国外，死于巴黎。聂姆策维奇既是诗人，又是小说家、剧作家、翻译家，而以喜剧创作最为著名。雅库布·雅辛斯基（一七六一年至一七九四年）是位革命诗人，民族起义中的立陶宛将领，后在华沙的保卫战中壮烈牺牲。雅辛斯基的作品有抒情诗、田园诗和政治讽刺诗，这些诗富于民族精神和政治激情，热情讴歌民族解放斗争和自由平等思想，《致人民》一诗唱出了波兰民族革命的最强音。

感伤主义是波兰启蒙运动后期出现的另一种流派。波兰的感伤主义诗人大多对现实不满，但又对社会上日益高涨的人民反抗情绪和革命斗争感到恐惧，他们逃避现实，追求一种世外桃源式的社会生活状态，他们强调个人的精神感受和大自然带给人们的喜悦，把写作多愁善感的抒情诗看作是美的享受、爱的愉悦，因此在他们的创作中，农村题材和爱情题材占据着重要地位。其代表诗人有弗兰齐舍克·卡尔宾斯基（一七四一年至一八二五年）和弗兰齐舍克·迪奥尼齐·克尼亚伊宁（一七五〇年至一八〇七年）。卡尔宾斯基出身贫困贵族家庭，后曾在查尔托里斯基公爵在普瓦维的府邸服务，曾先后两次在加里西亚租种田庄。卡尔宾斯基除写有不少圣诞歌外，还出版了七卷的《诗文游戏》，是波兰感伤主义最杰出的代表作，收有他写作的田园诗、爱情诗和叙事诗。他的诗突破了巴洛克的风格，而把波兰的民间文学元素融入诗中，使语言更加朴素，感情更加真实。克尼亚伊宁曾在耶稣会学校学习，并曾担任华沙教会学校的教师。后成为查尔托里斯基公爵的秘书和他儿子们的教师。他在学校学习时便开始写诗，早年用拉丁语创作，后用波兰文写作了不少的寓言、童话、颂诗和两卷充满感伤的《色情诗》以及两卷涉及当时社会现实的《诗歌》，其中不乏具有爱国情感的诗篇。从一七九二年起他便精神失常，受到诗人扎博沃夫斯基的照顾，直到逝世。

二

一七九五年，波兰遭到俄、普、奥的三次瓜分之后便完全丧失了独立，波兰民族处于深重的灾难之中。波兰人民不堪忍受沙俄等侵略者的欺压，便奋起反抗，掀起了一次又一次的反侵略斗争。一七九七年流亡国外的爱国官兵，在意大利成立以东布罗夫斯基为首的波兰军团，追随拿破仑，以图打回波兰，求得祖国的解放。军团诗人约瑟夫·韦比茨基（一七四七年至一八二二年）创作的《东布罗夫斯基进行曲》（又名《波兰军团之歌》）中的头两句“波兰没有亡，只要我们还活着”表达了波兰人民的不屈意志和坚定信心，后来在波兰独立后成为了国歌。一八〇七年波兰军团随拿破仑军队回到波兰，建立了华沙公国，一八一二年拿破仑进攻俄国溃败后，随去的波兰十万大军也几乎伤亡殆尽。华沙公国覆灭后，又遭到俄、普、奥三国的瓜分，俄国在其占领的土地上建立了所谓的波兰议会王国，由沙皇兼任波兰国王。但是波兰人民没有屈服、没有受骗，依然在进行不屈不挠、前仆后继的斗争。一八三〇年十一月，华沙爆发了声势浩大的武装大起义，一八四六年的克拉科夫起义和一八四八年的波兹南和加里西亚的武装革命，都有力地打击了以沙俄为首的外国侵略者。不仅如此，波兰的爱国官兵还积极参加了匈牙利、奥地利、意大利、法国和德国的革命斗争，“为了你们和我们的自由”而浴血沙场。

随着民族民主革命运动的风起云涌，应运而生的波兰浪漫主义文学也得到蓬勃发展。波兰浪漫主义文学冲破理性和伪古典主义的束缚，把感情和想象摆在了首位，而且把追求民族解放的理想与追求个性解放、个人自由的理想结合在一起。在他们的心中，祖国的利益高于一切，爱国主义是波兰浪漫派所拥有的共同精神。他们的诗歌不仅反映出亡国所带来的悲愤心情，更是表现出他们为祖国复兴而赴汤蹈火的战斗历程。因此波兰浪漫派的诗歌感情激越、格调高昂、气势磅礴，而无西欧浪漫派那种无病呻吟的特征。作品的主人公大多是祖国忠实的儿女，反抗封建压迫和外国占领的铁血英雄，是和本民族、本国人民同命运共患难的战友。波兰浪漫派诗人重视本国的优秀传统和民间文学，也能吸收外国文学的精华为己所用，因而形成了它那具有波兰民族精神和地方色彩的特点。不过波兰浪漫派也没有摆脱天主教信仰的影响，他们的诗歌也打上了宗教神秘主义的烙印，往往会出现一种独特的波兰使命感，认为波兰民族是神圣的民族，波兰人是上帝的选民，像耶稣死而复活那样，受苦受难的波兰民族也将会复活。

由于华沙被伪古典派所把持，拥有许多杰出科学家和人文学者的维尔诺大学便成了孕育波兰浪漫派诗人的摇篮，先后诞生了波兰最杰出的两大浪漫派诗人：密茨凯维奇和斯沃瓦茨基。和密茨凯维奇同时步入诗坛的有他在维尔诺大学的几位同学，如托马什·赞（一七八六年至一八五五年）、安托尼·奥迪涅茨（一八〇四年至一八八五年）和亚历山大·霍奇科（一八〇四年至一八九一年）。比密茨凯维奇稍晚一些的还有被称为“乌克兰派”的一批诗人，其中较为著名的有安托尼·马尔切夫斯基（一七九三年至一八二六年）、瑟韦林·哥什钦斯基（一八〇一年至一八七六年）和约瑟夫·博格丹·扎莱斯基（一八〇二年至一八八六年）。

一八三〇年十一月起义失败后，大批起义人士流亡西欧，巴黎成了波兰政治和文化的中心，集中了几乎所有的波兰文化精英，波兰三大浪漫派诗人都云集于此，并都在巴黎达到了他们创作的巅峰。

亚当·密茨凯维奇（一七九八年至一八五五年）是波兰最伟大的爱国诗人，也是波兰民族解放运动的英勇战士。他生于立陶宛诺伏格罗特克的查阿西村。在维尔诺大学学习期间便积极参加学生爱国运动，是“爱学社”的发起人之一。一八二〇年创作的《青春颂》以炽热的情感歌颂为大众幸福而奋斗的献身精神。一八二二年出版的第一部诗集《歌谣与传奇》是根据民间故事创作的，充满丰富的想象力和农民的道德观念，它的出版标志着波兰文学进入了浪漫主义的伟大时期。一八二三年出版第二部诗集，收有长诗《格拉齐娜》和诗剧《先人祭》第二、第四部。《格拉齐娜》写立陶宛古代女英雄格拉齐娜在敌人进攻的危急时刻，女扮男装率部迎敌战死沙场的故事。《先人祭》第二部写波兰民间为祭奠先人亡魂而举行的仪式，第四部描写青年古斯塔夫在失恋后的悲痛心情。一八二四年十月，密茨凯维奇被流放俄国内地，其间除了出版两卷本的《诗选》外，还出版了两部新作《十四行诗集》和长诗《康拉德·华伦洛德》。《十四行诗集》由《爱情十四行诗》和《克里米亚十四行诗》所组成，显示出了诗人驾驭这种短诗的杰出才华，尤其《克里米亚十四行诗》更是突破了这种体裁的局限，融自然景观于个人感受之中，达到了情景交融的境界，成了波兰文学的千古绝唱。《康拉德·华伦洛德》也取材于古代立陶宛，写康拉德打入骑士团内部后运用各种计谋而使敌人瓦解溃败，长诗塑造了一个为了祖国而不惜牺牲个人一切的英雄形象，在艺术上它采用倒叙和插叙的手法，设置许多悬念而扣人心弦。一八二九年密茨凯维奇逃离俄国，流亡西欧。一八三〇年华沙起义爆发，他准备回国参加战斗，等他到达波兹南时，起义已经失败，他只好和大批流亡的起义战士一起来到法国的巴黎，并先后写出了《先人祭》第三部、《波兰民族和波兰巡礼者之书》和代表其最高成就的《塔杜施先生》。《先人祭》第三部与第二、第四部相比是一次思想上的飞跃，这是一部政治诗剧，既写出了沙俄当局一八二三年迫害“爱学社”爱国青年学生的真实事件，也反映出了华沙起义失败后波兰所遭受的苦难。诗剧把现实和梦幻的场景相互交替，天上和人间连成一片，构成了一幅立体的宏伟画面。诗句铿锵激昂，犀利奔放，较好地表现了浪漫主义戏剧的特色。《波兰民族和波兰巡礼者之书》是用圣经体写的一部劝谕作品，要波兰流亡者不忘初心牢记使命，为各国人民的自由而斗争到底。《塔杜施先生》以一八一一年和一八一二年的历史事件为背景，描写了波兰贵族的生活和矛盾，在反抗沙俄侵略的民族解放斗争中，他们的宿仇得到和解，人民得到解放。长诗充满乐观精神，对风土人情和自然景色的描写细致入微、绚丽多姿，人物形象也刻画得栩栩如生，成为“世界文学中的最后一部史诗”（米沃什语）。嗣后密茨凯维奇很少写诗，而是积极投入到各种社会活动中，为波兰和各国人民的自由解放而奔波奋斗，一八四八年他到罗马组织了一支波兰军队去攻打意大利和波兰的共同敌人——奥地利。一八四九年他主编《人民论坛报》抨击专制制度。一八五五年他到土耳其去组织波兰军队时不幸染上瘟疫，逝世于君士坦丁堡。

尤留斯·斯沃瓦茨基（一八〇九年至一八四九年）是波兰浪漫派的第二大诗人。父亲是维尔诺大学的教授，五岁丧父，其母改嫁维尔诺大学的医学教授贝居。斯沃瓦茨基毕业于维尔诺大学法律系，后到华沙的财政部当见习生。大学期间他便开始写诗，到华沙后他创作出具有浪漫主义风格的长诗《胡果》《牧师》《阿拉伯人》《扬·别列茨基》和两部诗剧《明多维》《玛丽·斯图亚特》。这些作品主要是揭露豪绅的专横跋扈，主人公大多是热情的孤军奋战的人。一八三〇年的华沙起义激发了他的革命热情，使他写出了《自由颂》《颂歌》和《立陶宛军团之歌》等爱国诗篇，受到起义战士的喜爱。起义失败后，他流亡西欧，先后到过英国、瑞士、意大利、希腊、埃及和中东等地，写出了《兰布罗》《在瑞士》《瘟疫病人的父亲》《瓦兹瓦夫》等长诗。他的著名诗剧《柯尔迪安》写一个多愁善感的青年成长为秘密革命组织的领导人，想刺杀沙皇却因胆怯而失败。该剧情节曲折复杂，诗句铿锵有力，把想象和现实交织在一起，形成诗人的独特风格。诗剧《巴拉丁娜》和《里拉·文涅达》都是以波兰古代传说为题材的悲剧，具有莎士比亚戏剧的特点。后期的创作富于隐喻和象征的色彩，宗教思想也较为突出，如诗剧《莎乐美的银色梦》和《精神之王》等。一八四八年波兹南爆发起义时，他曾率领一批青年回国参战，并和阔别二十年的母亲见了一面，不久便病死于巴黎。

齐格蒙特·克拉辛斯基（一八一二年至一八五九年）被称为波兰浪漫派的第三大诗人。他出身于豪门贵族，其父先后在拿破仑麾下和沙皇俄国军队中担任将军。在华沙大学学习时，曾因破坏学生爱国运动而遭到同学的殴打，后被送到日内瓦大学学习。他不是流亡者，但一生大多在法国和意大利度过。他很早开始写诗，并出版过带有骑士文学特点的小说，如《伊丽莎白·皮莱卡的梦》等。剧本《非神曲》和《伊利迪翁》是他的代表作，前者写被压迫者起来反抗压迫者的斗争，后者写古希腊人反抗古罗马统治的斗争，虽然题材涉及敏感问题，但都表现了他反对暴力革命的思想。他后期写出的长诗《黎明》和组诗《未来礼赞》，既表现出他对波兰被瓜分灭亡的忧伤，也反映出他保守落后的贵族至上的思想，因此他又被认为是波兰消极浪漫主义的代表。此外，克拉辛斯基一生写有大量的书信，特别是他写给德尔菲娜·波托茨卡的情书，被认为是他的杰出的文学成就。

在旅居国外的诗人中，齐普里扬·诺尔维德（一八二一年至一八八三年）是浪漫主义后期的诗人。他出身破落地主家庭，曾在华沙美术学校学习，后到德国和意大利学习绘画和雕塑。为了谋生，曾到过英国和美国，后来定居巴黎。他一生穷困潦倒，生前不受重视，只出版过一部诗集。他的诗构思奇特，晦涩难懂，死后留下一大箱的诗文手稿和画稿，二十世纪初被现代派作家发现，从此声名鹊起，被尊为波兰现代主义文学的先驱、波兰的波德莱尔。

起义失败后的波兰国内，受沙皇俄国的血腥统治，文化事业受到摧残和查禁，波兰王国处在一片万马齐喑之中。但是哪里有压迫哪里就有反抗，在波兰国内经过短暂的沉寂之后，又涌现出一批为民族解放事业而呐喊的诗人，他们的诗歌如同匕首直刺敌人的胸膛。

由于奥占区的统治者忙于应付内部的事务，文学事业得到较早的恢复。诗人卢兹扬 · 谢敏斯基（一八〇七年至一八七七年）在收集整理斯拉夫各民族民间文学方面做出了不小的贡献。卡耐尔·乌叶伊斯基(一八二三年至一八九七年）是波兰浪漫主义后期的著名诗人。他积极投身到民族解放的斗争中，参与了一八四六年克拉科夫起义和一八六三年的起义。他的长诗《马拉松》反映了希腊人民酷爱自由和英勇不屈的精神。他的诗集《叶列明的控诉》对社会的不公和压迫进行了揭露和批判，表达了对农民的深切同情。密奇斯瓦夫 · 罗曼诺夫斯基（一八三四年至一八六三年）则是位革命诗人，他积极参加了一八六三年的起义，英勇作战而饮弹身亡。他的诗热情讴歌了民族解放斗争，洋溢着强烈的爱国激情。

普占区的理查德 · 贝尔文斯基（一八一九年至一八七九年）也是一位激进的爱国诗人，出身于中等贵族家庭，曾在伏罗兹瓦夫大学学习。大学未毕业便辍学到农村去收集民歌民谣，在农村的经历使他写出了《大波兰小说集》。随后他和邓波夫斯基一起从事革命活动，激发了他的民主主义思想和创作激情。长诗《波兹南的唐璜》抨击了贵族的愚昧落后和对金钱的追求。在《向未来进军》一诗中，他指出只有人民革命才能建立“没有暴君，没有地主的人间乐园”。他曾两次被捕入狱，后来被迫离开波兰，经巴黎到达土耳其，晚年穷困潦倒，一八七九年死于君士坦丁堡。

俄占区在华沙起义失败后经历了一段暗无天日的时期，史家称十九世纪三十年代为“帕斯凯维奇黑夜”（帕斯凯维奇是俄国将军，他曾率十万大军镇压波兰起义，后被任命为波兰总督）。三十年代末才开始有所恢复，涌现出一些年轻的诗人，但他们的成就不及喜剧和小说的作家。喜剧作家有被称为“波兰莫里哀”的亚历山大 · 弗雷德罗（一七九三年至一八七六年）一生创作了三十部剧作；小说家当以约瑟夫 · 伊格纳齐 · 克拉舍夫斯基（一八一二年至一八八七年）最为著名，他是个高产的作家，一生写有长篇小说二百二十三部、书信二十余万封。

三

从一八六三年起义失败到一九一八年获得独立，是波兰历史和文化发展的重要阶段。一八六三年起义失败给波兰带来了严酷的后果，使波兰完全并入了俄国版图，俄语成为官方语言，政府、法院和学校禁止使用波兰语，学校实行奴化教育。然而另一方面，由于起义的影响，俄国沙皇不得不废除农奴制。大量农村人口涌入城市，两地关税壁垒的取消、波兰商品市场的扩大，都促使波兰资本主义经济迅速发展。随着政治经济社会的变化，人们的思维也有所改变。

十九世纪六十年代末，华沙出现了一批青年知识分子，他们被称为青年派或实证主义派，同守旧保守的老年派展开了论争。青年派借用法国哲学家孔德的实证主义哲学思想，鼓吹发展工商业和科学技术，反对愚昧落后和教权主义，他们反对武装革命，主张和平妥协，他们的观点都包含在“基层工作”与“有机劳动”这两个口号中。华沙的青年派反对浪漫主义和感伤主义文学，主张文学要去反映新兴的资产阶级，把有益和有利作为评价作品的标准，要求文学创作应有鲜明的倾向性，因此倾向性文学一时间盛行于波兰文坛。随着资本主义剥削和压迫的日益显现，作家们便对实证主义的纲领和口号产生怀疑，并开始对资产阶级的虚伪自私和骄淫奢侈进行批判，批判现实主义便应运而生，并成为波兰文学中的主要潮流，涌现了大量具有民主主义思想的小说作品和一批享誉世界的作家，其中有波兰最杰出的女作家艾丽查·奥热什科娃（一八四一年至一九一〇年），有被称为“语言大师”、波兰首位获得诺贝尔文学奖的亨利克·显克维奇（一八四六年至一九一六年），有以严谨的现实主义而著称的鲍列斯瓦夫·普鲁斯（一八四七年至一九一二年），以及被认为是波兰自然主义流派的代表作家阿多夫·迪加辛斯基（一八三九年至一九〇二年）。活跃在其他被占领区的作家有亚当·席曼斯基（一八五二年至一九一六年）和瓦兹瓦夫·谢罗舍夫斯基（一八五八年至一九四五年）等。

这个时期的诗歌创作并不受到人们的重视，社会环境缺乏浪漫主义时代的那种激情，理性的要求也妨碍了想象力的发展。然而这个时期也出现了两位出色的诗人：亚当·阿斯内克（一八三八年至一八九七年）和马丽亚·科诺普尼茨卡（一八四二年至一九一〇年）。阿斯内克出身于小贵族家庭，曾在华沙医学院学习，后在海德堡大学获博士学位，曾两度参加革命活动而被捕，后定居在克拉科夫。阿斯内克是位抒情诗人，一八六四年至一八七二年出版的《诗集》第一、第二卷，反映了波兰人在一月起义失败后的悲观情绪和流亡者在国外的命运。他的三十首十四行诗集《在深渊上》诗句优美，感情真挚，语言明快，韵律和谐，一些短诗被谱上曲谱，广受欢迎。

科诺普尼茨卡是波兰最杰出的民主主义诗人，也是个富于成就的短篇小说家。她出身于律师家庭，曾在华沙女子学校学习。二十岁时嫁给比她年长很多的贵族科诺普尼茨基，生了六个孩子。这期间她阅读了大量的书籍，并开始尝试写作。一八七七年她离开丈夫独自携儿带女来到华沙，为了谋生，她只好一边给人当家庭教师，一边勤奋写作。她先后出版了《诗集》第一至第四卷，以及诗集《小事》《致人们和时间》等，她的诗反映了下层人民的疾苦，特别是农民的不幸遭遇，具有激越的民主主义思想和反教权主义倾向，因而受到波兰保守派的反对和沙俄统治当局的迫害，不得不逃离祖国，在国外流浪漂泊了十年。一九〇二年波兰各界人士为庆祝她创作二十周年，集资在喀尔巴阡山购买了一处庄园作为礼物赠送给她，在波兰享此殊荣的只有她和显克维奇两个人。一九〇五年她曾回到华沙，积极支持华沙的革命活动，并在它的影响下写出了著名长诗《巴尔采尔先生在巴西》。科诺普尼茨卡的诗歌题材丰富，形式多样，语言通俗生动，富于民歌特色，深受波兰人民的喜爱。以她命名的街道、学校和纪念碑，其数量之多堪称波兰之首。

十九世纪九十年代是波兰文学发展的一个承上启下的转折阶段。老一代作家依然笔耕不辍，写出了许多重要作品。新的一代作家脱颖而出，他们以反传统求创新为号召，对现实主义展开猛烈攻势。由于他们的政治倾向和哲学观点的不同，波兰文学便出现了不同的文学流派和创作方法，主要有无产阶级文学、自然主义—现实主义文学和现代主义文学。

这个时期的自然主义—现实主义的成就主要在小说和戏剧，其代表作家有斯特凡·热罗姆斯基（一八六四年至一九二五年）、符瓦迪斯瓦夫·莱蒙特（一八六八年至一九二五年）和加布里艾拉·扎波尔斯卡（一八五七年至一九二一年）。

波兰无产阶级文学是伴随着波兰工人革命运动的兴起而产生的。一八八二年波兰建立了第一个无产阶级政党"无产阶级党"，领导工人进行罢工斗争，并出版机关刊物《无产阶级》，一九〇〇年波兰和立陶宛的无产阶级政党合并，组成"波兰立陶宛社会民主党"。随着无产阶级政党的建立和工人运动的蓬勃开展，波兰无产阶级文学便应运而生，并产生广泛影响。早期无产阶级文学大多发表在国外的报刊上，如柏林的《工人报》和日内瓦的《黎明》《平等》和《阶级斗争》等。也有的刊登在监狱的手抄刊物上，如一八八二年在日内瓦出版的诗集《他们想要什么》就收有狱中革命者写的二十四首诗歌。其中如波兰无产阶级政党的组织者路德维克·瓦伦斯基的《镣铐舞曲》既揭露了统治者当局对革命者的残酷迫害，也表现了革命者视死如归的大无畏精神。与此同时，波兰出现了第一代革命诗人，其中著名的有博列斯瓦夫·捷尔文斯基（一八五一年至一八八八年）和瓦兹瓦夫·希文切茨基（一八四八年至一九〇〇年）。前者的《红旗》《致工人》，后者的《华沙革命歌》都是铿锵有力的诗篇，曾受到列宁的喜爱。一九〇五年波兰爆发的革命将民族解放和社会解放结合在一起，对波兰社会产生了巨大的震撼作用，引起了许多作家的思想和创作的转变，由“为艺术而艺术”转而反映现实。同时也涌现出一批革命诗歌，但大多出自无名氏之手，它们往往被谱上乐曲，成为罢工工人传唱的战斗歌曲。

十九世纪九十年代至一九一八年，在波兰文学史上又被称为“青年波兰”时期。这个时期除了上述的无产阶级文学、自然主义—现实主义文学外，主要是掀起了现代主义的文学运动。以哲隆·普热斯梅斯基和斯达尼斯瓦夫·普日贝舍夫斯基为代表的一代理论家和作家，起来反对实证主义文学的功利主义及其创作方法，提出了一整套“为艺术而艺术”的理论，宣扬“艺术没有目的，它本身就是目的”，“不受任何约束，不为任何思想服务。艺术是主宰，是产生整个生活的源泉”。象征主义是“青年波兰”时期最早出现的流派，普热斯梅斯基在他写的多篇文章中都认为象征主义是“真正的唯一的艺术”。波兰象征派文学虽源自欧洲，但它继承了波兰浪漫主义文学的许多特点，故又称“新浪漫主义”或“抒情象征主义”。象征主义的影响主要表现在诗歌和戏剧创作上，早期象征派诗歌大多具有悲观颓废的情调，后期却更关心祖国的命运，语言也较为明快。扬·卡斯普罗维奇（一八六〇年至一九二六年）出身农民家庭，早期参加过社会主义运动，曾被捕入狱。组诗《来自农舍》反映了农民的疾苦，诗集《野玫瑰丛》在描写塔特拉山的自然景色时融入了忧郁感伤的情绪，而一九二〇年发表的《颂歌》则更具哲理性、抽象性，形式上也更自由开放。卡齐米尔·普热尔瓦·泰特马耶尔（一八六五年至一九四〇年）既是诗人，又是小说家、剧作家。曾在雅盖隆大学攻读哲学，后到海德堡留学。回国后常住在风景胜地扎科帕内。一八九一年出版第一部《诗集》，嗣后又相继出版了第二至第八部诗集，以及《现代诗歌》等诗集。他还写有多部以南部山区为题材的小说和《革命》《犹大》等剧本。他的诗充满了感伤悲切的情绪和对爱情与情欲的追求，形式多种多样，不受韵律和规则的约束，具有自由体诗的特点，语言富于形象性，往往具有一种朦胧美的意境。斯达尼斯瓦夫·韦斯皮安斯基（一八六九年至一九〇七年）是波兰象征派的戏剧大师，他的剧作《婚礼》奠定了他在波兰文学史上的不朽地位。作为诗人，他的诗继承了波兰浪漫主义的传统，但缺少其积极进取的精神，所表现的是消极悲观的情绪。

“青年波兰”时期的现代主义文学，既包括象征主义，也包括印象主义和表现主义。印象主义首先出现在绘画、雕塑和音乐中，后被移植到文学上。印象主义主要致力于捕捉转瞬即逝的感觉印象，注重事物瞬间的感觉体验和描述。表现主义在这个时期尚未形成一种流派，但在普日贝舍夫斯基和贝伦特的创作中已见端倪。这些现代派诗人尽管各人个性不同，但都主张形式第一，讲究诗歌的形式美，追求诗的音乐性和绘画性，善于捕捉瞬间的印象，创作出具有生动独特的意境和空灵虚幻的诗歌。斯达尼斯瓦夫·普日贝舍夫斯基（一八六八年至一九二七年）是波兰现代派的领军人物，既是诗人，又是剧作家、小说家和理论家。曾在柏林学习建筑和医学，最初用德语写作，一八九八年回国后把“青年德意志”的一套搬到了波兰，积极宣扬现代主义文学，并用祖国语言写作，出版了剧本《为了幸福》和小说《大地之子》等一批作品。他的诗歌创作不及他的小说和戏剧，主要是爱情诗和色情诗，描写大胆而露骨。其他的诗人有安托尼·兰格（一八六一年至一九二九年）、塔杜施·密琴斯基（一八七三年至一九一八年）和女诗人马丽亚·科莫尔尼茨卡（一八七六年至一九四九年）、博尼斯瓦娃·奥斯特罗夫斯卡（一八八一年至一九二八年）等。他们的诗歌各具特色，共同促进了这个时期诗歌创作的繁荣。

四

一九一八年，波兰经过一百二十三年的沦亡终于获得了独立，正式国名为波兰共和国（为了与现代的波兰相区别，又被称为第二共和国），其领土面积为三十八万八千平方公里，包括西乌克兰、西白俄罗斯、立陶宛的维尔诺地区和波兰本土，居欧洲国家的第六位。独立后的波兰首任元首为约瑟夫·毕苏茨基。随后开始实行议会制，但由于连年战争、地主资产阶级内部的争权夺利、相互倾轧，内阁更换频繁，人心动荡不稳。一九二六年毕苏茨基发动军事政变，用军事独裁代替议会民主制。一九二九年的世界经济危机席卷波兰，致使波兰大批工厂倒闭，经济凋敝，人民生活水平下降。一九三五年毕苏茨基死后，军人政府走向法西斯化。一九三九年九月一日，德国元首希特勒对波兰发动闪电攻势，拉开了第二次世界大战（以下简称“二战”）的帷幕；九月十七日，苏联军队趁机侵占波兰东部领土。波兰经过一个月的浴血奋战，终因腹背受敌、寡不敌众而失败，再次失去了独立。

波兰的复兴和统一，使原来处于分割状态的文化形成为一体。由于祖国的独立和解放，作家们都感到无比欢欣，充满了对未来的无限憧憬，使一九一九年到一九三九年这二十年间的波兰文坛出现了空前繁荣的景象。波兰独立后，波兰文学依然朝着多元化、多流派方向发展，不同的风格和流派犹如百花竞放、繁花似锦，涌现出一大批新兴的诗社和诗人。

表现主义是这个时期最早出现的一个流派，主张表现“自我”，即应去表现人们的主观世界、直觉和下意识，强调对人和事物的夸张描写，语言富于表现力，他们以波兹南的《溪流》杂志为中心，代表诗人是耶日·胡列维奇（一八八六年至一九四一年）。

几乎同时出现的还有灾祸主义，宣扬社会的发展会导致世界和文明的毁灭，其代表作家是斯达尼斯瓦夫·伊格纳齐·维特凯维奇（一八八五年至一九三九年）。他还是波兰形式主义的鼓吹者，也是波兰荒诞派戏剧的开山祖师。

未来主义主张与旧的文化传统决裂，追求内容和形式的革新。但波兰未来派与西欧未来派有所不同，因为波兰刚独立不久，而且工业不发达，因此并不主张摧毁一切。波兰未来派主要集中在华沙和克拉科夫两大城市，在克拉科夫建有两个俱乐部，代表人物有布鲁诺·雅显斯基（一九〇一年至一九三九年）和斯达尼斯瓦夫·姆沃多热涅茨（一八九五年至一九五九年）；华沙未来派则由阿纳托尔·斯特恩（一八九九年至一九六八年）和亚历山大·瓦特（一九〇〇年至一九六七年）为代表。他们反对一切传统，赞美现代物质文明，经常身穿奇装异服或者赤身裸体以表示他们的与众不同，引起人们的反对，甚至招来警察的干预。由于未来派诗歌过分追求新奇，语言混乱，致使读者难以理解，不多几年便销声匿迹了。

一九一九年，杜维姆、斯沃尼姆斯基、伊瓦什凯维奇、莱霍尼和维耶任斯基在华沙组建了名为“斯卡曼德尔”的诗社（斯卡曼德尔原是古希腊特洛伊首都的一条河名），次年出版自己的诗歌月刊《斯卡曼德尔》。这是现代波兰影响最为广泛的一个诗派，虽然他们五人并没有统一的纲领，诗风也各不相同，但是和现代派相比，他们的作品更接地气，更贴近当代的生活，诗歌语言更为简朴明快，他们大多是善于抒情的抒情诗人。

莱奥波尔德·斯达夫（一八七八年至一九五七年）是位“三朝元老”诗人，其创作开始于“青年波兰”时期，结束于“人民波兰”时期。他的第一部诗集《强势梦》所描写的是明媚的千里沃野和色彩斑斓的生活画面，他的诗作题材丰富，语言朴素诙谐，始终保持其特有的个性。一九一八年前他就出版过《繁花似锦》《天鹅和诗琴》等多部诗集。波兰独立后他能与时俱进，出版了十多部诗集，“人民波兰”时期他依然笔耕不辍，出版了《死神的晴天》《紫柳》和《九位诗神》等诗集，这些诗更富想象力，也更和谐和高雅。

尤利安·杜维姆（一八九四年至一九五三年）是斯卡曼德尔诗社的发起人。他出身于罗兹的犹太市民家庭，曾在华沙大学攻读法律和哲学。早期作品有《窥伺上帝》《跳舞的苏格拉底》《第七个秋天》《第四卷诗》等诗集，这些诗歌充满了波兰独立后的欢乐情绪和对未来的美好憧憬。他常常采用城市平民的口语去反映普通市民的生活。一九二六年以后，他的创作进入成熟阶段，发表有《黑森林记事》《吉卜赛的圣经》《热情的内容》等诗集。在这些作品中，劳动人民成了他描写的主要对象，批评的锋芒有所加强，对社会生活更加关注，诗句也更加丰富多彩。进入三十年代之后，由于波兰社会矛盾的加剧和受到法西斯化的威胁，杜维姆的批判精神得到进一步的加强，他写于一九三六年的讽刺长诗《歌剧的舞会》通过对比的手法展示了一幅“朱门酒肉臭，路有冻死骨”的景象。二战期间，他流亡美国，一九四六年回到祖国。他的九千余行的长诗《波兰的鲜花》采用边叙边议的方式，通过两个家族的恩怨情仇，反映了波兰社会的复杂斗争，表达了诗人对祖国的热爱。他还是个翻译家，翻译了不少的俄国文学作品。

雅罗斯瓦夫·伊瓦什凯维奇（一八九四年至一九八〇年）不仅是波

兰现代杰出的诗人，也是成绩斐然的小说家、剧作家。他出身于乌克兰的波兰贵族家庭。曾在基辅大学攻读法律和在基辅音乐学院学习音乐。一九一五年开始发表诗歌。一九一八年移居华沙。后曾担任波兰议会议长的秘书，之后在波兰外交部工作，二战期间他在华沙郊区的住宅成了秘密活动的场所。战后他先后多次担任波兰作家协会主席达二十多年之久。早期诗歌受西欧唯美主义的影响，具有东西文化交融和抒发自我的特点，他的诗文辞华丽，诗意浓郁。他的第一部诗集《八行诗》善于应用色、形和音的组合，使他的诗作具有音乐的特征。他的《酒神赋》富于音乐的旋律和色彩斑斓的景色描写。嗣后出版的诗集有《白天和黑夜之歌》《回到欧洲》《另一种生活》，把个人感受和客观现实结合在一起，形成了他的独特风格。二战后出版的诗集《奥林匹克颂》对战争、对德国法西斯的屠杀，都表达了强烈的谴责。嗣后他相继出版了《秋天的辫子及其他诗歌》《阴暗的小道》《明天收割节》《气象图》等十多部诗集，反映了他对祖国对生活的热爱，对文化遗产的关注。最后一部诗集《黄昏的音乐》写出了他对世界的依恋和惜别之情。

安东尼·斯沃尼姆斯基（一八九五年至一九七六年）出身于华沙的犹太知识分子家庭，毕业于华沙美术学院。一九一八年出版第一部诗集《十四行诗》，其诗结构严谨，韵律和谐。他的抒情诗不是直抒胸臆，往往把个人情感隐没于客观事物的背后，并带有宣传的性质。嗣后相继出版了诗集《诗的时刻》《通往东方之路》《远方旅行归来》和长诗《黑色的春天》等，反映了他对生活的积极态度和他的和平主义观点。二战期间他逃亡英国，一九五一年回国。战后出版的诗集《失败的岁月》《诗选》和《诗歌》主要是讽刺和揭露法西斯的罪行，表达他对波兰的思念之情。一九五八年出版的诗集《抒情诗集》反映出他对当时社会现实的不满。

卡齐米日·维耶任斯基（一八九四年至一九六九年）生于乌克兰。一九一四年曾在波兰军队服役，后被俄军所俘，一九一八年回到华沙加入斯卡曼德尔诗社。二战期间他流亡美国，后死于英国伦敦。一九一三年开始写诗。早期诗歌充满青春活力和乐观主义精神，而且题材广泛，节奏感强。后期诗风大变，转向对人生的思考，充满忧虑和失望，诗句显得沉重而含蓄。

扬·莱霍尼（一八九九年至一九五六年）生于华沙。曾在华沙大学波兰语言文学系学习。二十世纪二十年代曾任《华沙理发师》讽刺周刊编辑。三十年代曾在波兰驻法国大使馆任文化专员，一九四〇年迁居美国，一九五六年自杀身亡。他十四岁时便出版了第一部诗集《在金色田野上》。嗣后相继出版了《沿着不同的小路》《历史之歌》等多部诗集。早期诗歌多以历史人物和神话故事为题材，喜欢采用象征比喻的手法，形式优美，后期诗歌则充满着怀疑和悲观的情绪。

一九二二年，克拉科夫出现了另一个文学流派——先锋派，其代表人物为理论家塔杜施·佩贝尔（一八九一年至一九六九年）和诗人尤利安·普日博希（一九〇一年至一九七〇年）、亚当·瓦日克（一九〇五年至一九八二年）。他们认为现在是技术和机器的时代，应该用理性去对待一切，而不是直接去表达个人感情，他们并不看重音律和韵脚，而是强调结构的清晰和有条不紊，故又称为“结构派”。普日博希是他们中最著名的诗人，他生于农民家庭，曾在雅盖隆大学波兰语文系学习，后任中学教师。二战时曾被盖世太保逮捕入狱。战后任波兰作家协会第一任主席，后为波兰驻瑞士大使。他早期的诗集有《螺丝》《两只手》，歌颂现代文明和现代的普通人，用词简洁新奇。三十年代出版的《从上面来》《在森林深处》《心的等式》，反映了作者对现实的不满和批判。二战后出版的《只要我们活着》《最少的字》《标记》和《不认识的花》等诗集反映出诗人对社会现实的不同态度，从初期的肯定赞颂到后期的怀疑不满和批判。他打破诗歌的传统形式，让每首诗都成为诗人不断完善自己的成果，他笔下的一切都具有强烈的动感，因此他的用词和诗句都富于不断的变化。

一九二五年出版的诗集《三声排炮》，收有布罗涅夫斯基、斯坦德和万杜尔斯基的作品，被认为是无产阶级革命诗歌的宣言。符瓦迪斯瓦夫·布罗涅夫斯基（一八九七年至一九六二年）是波兰最杰出的一位革命诗人。一九二三年登上诗坛，出版了他的第一部诗集《风车》，嗣后相继出版了反映社会现实生活、歌颂工人阶级反抗斗争精神的诗集《城市上空的烟雾》《忧虑和歌曲》《最后的呐喊》以及描写巴黎无产阶级起义的长诗《巴黎公社》。二战爆发之初，他号召人民起来保家卫国的诗集《把刺刀装上枪》反响巨大，诗句铿锵有力，掷地有声，宛如士兵擂起的战鼓。二战后出版的诗集《绝望树》控诉法西斯的残暴罪行，表达对祖国和亲人的思念。嗣后他的诗风大变，不再是“咬牙切齿的歌”而是倾诉爱和欢乐的歌，诗集《希望》就是这样的歌。还有描写爱女突然早逝的诗集《安卡》，如同科哈诺夫斯基的《哀歌》一样，表达了慈父对女儿的挚爱和怀念之情。

一九二六年华沙出现的“战车”诗社，聚集了一批具有激进思想的青年诗人。他们强调诗人的社会责任，主张诗歌应反映劳动人民的生活。他们提倡不修边幅，自由散漫，称为华沙茨冈派。其代表诗人为康斯坦丁·伊尔德丰斯·加乌琴斯基（一九〇五年至一九五三年）。他出身华沙小市民家庭，曾在华沙大学攻读古典文学。一九二三年起他出版了诗集《风从小巷来》、长诗《世界末日》和《人民的娱乐》等，把抒情与怪诞、讽刺、幽默联在一起，现实生活和幻想世界交织成一体，形成他独特的风格。一九三九年被征入伍，后被囚禁于德国的战俘营，战后曾流亡巴黎等地，一九四六年回国，先后居住在克拉科夫和华沙。战后他力求适应新环境，成为新社会的歌颂者，他的诗热情、幽默而富于生活情趣。代表作有《着魔的马车》《结婚戒指》和《抒情诗选》等。他还写有一组别具一格的微型小剧《绿色的鹅》深受读者喜爱。

在二十世纪三十年代涌现或成名的诗人中，许多诗人具有激进的思想。他们关注政治社会问题，积极支持劳动人民的反抗斗争。其中有爱德华·希曼斯基（一九〇七年至一九四三年）、卢兹扬·申瓦尔德（一九〇九年至一九四四年）、列昂·帕斯泰尔纳克（一九一〇年至一九六九年）和斯达尼斯瓦夫·雷沙尔德·多布罗沃尔斯基（一九〇七年至一九八五年）等诗人。他们大多出身于工人阶级家庭，其诗歌具有强烈的革命色彩，由于他们的出现，使波兰的革命诗歌潮流更加汹涌澎湃。

三十年代还涌现出另外一个诗歌流派——灾祸派或称灾变主义，他们的诗歌反映出对日益猖獗的法西斯势力的恐惧和不安，预感到战争的威胁、文明的毁灭，历史成了一场大灾祸。他们采用波兰先锋派的一些创作手法，故又称第二先锋派。这一派诗歌的中心有两个，一个在维尔诺，一九三一年维尔诺大学的几个学生创办了《扎加雷》杂志，自称扎加雷诗社，其成员有诗人米沃什、雷姆凯维奇和作家普特拉门特以及后来成为政治家的英德列霍夫斯基。另一个在卢布林，以诗人切霍维奇为中心，集合了一批农民家庭出身的诗人，其中较为著名的有品达克和希别瓦克。他们多以田园风光为描写对象，具有田园风味，想通过一种世外桃源来逃避灾祸。尤泽夫·切霍维奇（一九〇三年至一九三九年）出身农民家庭，一九二七年以诗集《石头》登上诗坛，嗣后相继出版的诗集有《彼处来的歌谣》《在闪电中》《再也没有……》和《人的音调》等。他的诗接近巴洛克风格，富于独特的音乐感，可惜的是，一九三九年他死于德国飞机的轰炸之下。

切斯瓦夫·米沃什（一九一一年至二〇〇四年）生于立陶宛，毕业于维尔诺大学法律系。一九三四年至一九三六年曾在巴黎进修，后在波兰广播电台工作。二战期间曾参加地下反抗活动。战后任职于波兰外交部，先后担任波兰驻美国大使馆和驻法国大使馆的文化参赞，一九五一年因拒绝回国述职而留居巴黎。一九六〇年，米沃什应聘为美国加利福尼亚大学伯克利分校的斯拉夫文学教授，一九八〇年获诺贝尔文学奖，后来回到波兰，二〇〇四年于克拉科夫去世。一九三三年出版第一部诗集《关于凝冻时代的长诗》，一九三五年出版了《三个冬天》。在这两部诗集中，他把历史看成一场大灾难，预言世界必将灭亡，文明和精神危机定会出现。他的诗语言简洁，寓意深刻，富于哲理性。《拯救》（一九四五年）写出了他对战争的描绘和思考，其中的组诗《世界——天真的诗》纯真质朴，读来赏心悦目。一九五三年出版的诗集《白昼之光》从题材和表现手法来看都受到西方诗歌的影响，反映出诗人对诗歌形式美的追求。到达美国后，他的诗歌创作日益成熟，更富于哲理性，形式也更丰富多彩。先后出版了诗集《波庇尔王及其他》《着魔的古乔》《没有名字的城》《太阳从何处升起何处降落》《珍珠颂》《无主的土地》《新诗集》《远处的地方》《在河岸上》《路边的小狗》和《这》等。正如瑞典文学院在诺贝尔文学奖的授奖词中所说：“他在自己的全部创作中，以毫不妥协的深刻性揭示了人在充满着剧烈矛盾的世界上所遇到的威胁。”

五

二战后的波兰，经历了错综复杂的矛盾斗争和曲折艰难的发展道路，先是由波兰工人党在苏联的支持下，建立了波兰人民共和国。从一九四五年到一九四八年波兰实行三年重建计划，一九四八年波兰工人党和波兰社会党合并，成立波兰统一工人党，在批判原总书记哥穆尔卡的“右倾民族主义”的“波兰道路”后，推行斯大林式的政治经济体制。一九五六年爆发工人罢工的“波兹南事件”后，哥穆尔卡重新上台，出现了一度繁荣发展的“小稳定时期”。

波兰文化的发展和当时的政治社会形势紧密相联。战后初年，作家们为二战苦难的终结而欢欣鼓舞，创作和出版了大量揭露德国法西斯暴行和反思战前统治集团腐败无能的作品。一九四八年在反右倾的高潮中，强行推出社会主义现实主义为唯一创作方法，虽然出现了一些反映现实、人物鲜活的作品，但也出现了大量简单化、公式化、绝对化和概念化的作品。一九五六年的转折给文坛带来巨大的影响。由于文化政策的松动，欧美各种现代派文学涌进波兰，前期受到批判的本国现代派作家作品也得到肯定和出版。而原先竭力鼓吹社会主义现实主义的那些极左派，顿时成了否定一切的反对派。与此同时，一批年轻的作家脱颖而出，他们自称是叛逆的一代，主张用“黑色文学”来代替之前的乐观文学。他们出版自己的文学刊物《当代》，因而被称为“当代派”。在六七十年代的波兰文坛上，除了现实主义外，还流行超现实主义、魔幻现实主义、意识流、荒诞派和黑色幽默等流派，形成了各行其道的局面。七十年代末八十年代初，随着团结工会的兴起，波兰文坛也分裂成“官方派”和“非官方派”两大阵营，到了八十年代，随着团结工会的掌权，波兰政治体制的改变，波兰文坛只留下一种声音，那就是对人民波兰时期的清算和批判。

战后初年，波兰的诗歌创作呈现出一片繁荣景象，许多诗人在大战期间无法出版的诗歌，此时都得到了出版。战后初年的波兰诗坛上活跃着三代人，第一代是斯达夫，第二代是两次世界大战之间出现的诗人，如杜维姆、伊瓦什凯维奇、布罗涅夫斯基、普日博希、米沃什等，他们依然是战后一段时期波兰诗歌创作的主将，各自出版了多部诗集，为繁荣波兰诗歌创作做出了贡献。第三代诗人是战后初年涌现出的一批诗人，其中以鲁热维奇和希姆博尔斯卡最为著名。

塔杜施·鲁热维奇（一九二一年至二〇一四年）既是杰出的诗人，又是小说家、剧作家。生于罗兹的一个小职员家庭，一九四五年就读于雅盖隆大学，一九四九年起定居于伏罗兹瓦夫。诗集《忧虑不安》和《一只红手套》使他一举成名，成为波兰战后出现的最具个性的诗人。嗣后他相继出版了《五首长诗》《正在来临的时代》《诗与画》等诗集。早期的诗记录了他在战时的见闻，用战后遗下的惨景来揭示战争的残酷。同时也表达了他对重建正常生活的期待。一九五六年以后，他的诗风发生了很大变化，提倡一种“反诗”的形式，以“不带诗味”的语言去表现现实生活，力图对当今世界进行道德评价，对人的异化和社会堕落深感迷惘和不安。他的诗重理性而不重感情，重简洁而不重韵律，用“最浅显的”文字去表现深刻的思想和哲理。一九五六年后出版的诗集有《公开的长诗》《形式》《同牧师的谈话》《无名氏的谈话》和《灵魂》《浮雕》等十多部。

维斯瓦娃·希姆博尔斯卡（一九二三年至二〇一二年）是波兰二战后最杰出的女诗人。一九四五年她发表处女作《我在寻找词句》，嗣后相继出版了《我们为此而活着》《向自己提问题》《呼唤雪人》《盐》《一百种乐趣》《任何情况》《大数目》《桥上的人们》《结束与开始》《一瞬间》《冒号》《这里》和《足够》等十多部诗集。她一生创作的诗篇仅有三百多首，但都凝聚了她的心血。前两部诗集适应时代的要求，对当时出现的各种问题都有所关注和反映，带有政治化和宣传鼓动的色彩。一九五六年以后，她的诗歌更注重人生的哲理问题，她不仅在描写世界，也在构想世界，这样的世界变幻莫测、丰富多彩。她的诗语言简洁而风趣、明了而深奥，还常常具有嘲讽和反讽的特点。一九九六年因其诗歌“将生物法则和历史活动展示在人类现实的片断中”而获得诺贝尔文学奖。

一九五六年涌现的当代派诗人中，他们分属于不同的思想、流派和方法，但他们有一种共同的冲破禁锢的反叛性质。在这批诗人中，有黑色幽默派诗人米朗·比亚沃舍夫斯基（一九二二年至一九八三年），他对诗歌语言进行大胆实验，创立语言密码诗歌，故又称语言学派。有丑陋派诗人斯达尼斯瓦夫·格罗霍维亚克（一九三四年至一九七六年），他视丑为美，视腐臭为神奇，歌颂的都是衰老死亡、贫困黑暗的事物。有新古典主义诗人兹比格涅夫·赫贝特（一九二四年至一九九八年）、雅罗斯瓦夫·马雷克·雷姆凯维奇（一九三五年至二〇二二年）等，其中以赫贝特最为著名，他们强调当代诗歌应与过去的诗歌创作紧密联系。有现实主义的诗人埃耐斯特·布雷尔，他以鲜活的形象和语言去揭示波兰当代最敏感的问题，而把国家和民族的命运放在首位。

一九六八年以后又涌现出一批新的诗人，他们统称为“新浪潮派”。他们宣称自己是“不妥协、不客气、不轻信的张狂的”一代诗人。他们主张文学应反映“此时此地”的波兰社会生活，强调文学的真实性，他们认为波兰整个社会都已变得虚伪而丑陋，必须加以揭露。他们自称是天生的造反派，这种思想上的反抗精神也表现为美学上的反传统倾向。他们倡导用新的不加修饰的日常语言去表现人们所关注的种种问题，追求新奇的诗歌形式，基调较为灰暗、悲观，甚至晦涩难懂。这一派的代表诗人有斯达尼斯瓦夫·巴兰恰克（一九四六年至二〇一四年）、亚当·扎加耶夫斯基（一九四五年至二〇二一年）和爱娃·李普斯卡（一九四五年至今）。巴兰恰克生于波兹南，曾在波兹南大学攻读波兰语言文学。一九八一年赴美国大学讲学，并定居美国。一九六八年出版第一部诗集《端正面孔》，嗣后相继出版了《一口气》《人口呼吸》《这个世界的景象》《兽性的贪婪》和《传记》等诗集。他的诗受语言学派影响，打破流行语言和句法的规则，对一切事物都持不信任态度，他喜欢探索声音和概念之间的联系，还常用反话正说、偷换概念来加强讽刺的力量，以表达他对社会的不满。移居美国后，他的诗风增加了形而上学的观念，其诗歌内涵也由政治性转向哲理性。扎加耶夫斯基是位诗人、小说家，生于利沃夫。毕业于克拉科夫雅盖隆大学哲学系。一九六七年开始发表诗歌作品，一九八〇年移居法国。先后出版了《公报》《肉店》《信》《多样化颂》《行驶到利沃夫》《三个天使》和《欲望》等十多部诗集。他的诗具有"反诗"的性质，用近乎于公报的腔调去取代诗的词句，并对当时盛行的种种现象表示不满和嘲讽，他的诗没有标点符号，而且句子很长，句子结构和韵律也不协调。李普斯卡是新浪潮派中最杰出的一位女诗人。生于克拉科夫，毕业于克拉科夫美术学院。一九六七年出版第一部诗集《诗集》，嗣后又相继出版了《诗集》第二卷至第五卷以及《平静的青春时代的家》等二十余部。她的诗描写了死亡、家庭和童真的世界，具有抽象朦胧的特点。喜欢用比喻和多重含义的词句，节奏感较强。新浪潮派诗人中还有雷·克雷尼茨基，尤·科恩豪塞尔和斯·斯达布罗等。

在不属于新浪潮派各个社团的诗人中，以爱德华·斯塔胡拉（一九三七年至一九七九年）最具艺术个性。他生于法国，长在波兰，曾在华沙大学罗曼语系学习。他一生酷爱旅游，走遍了波兰的山山水水，还到过墨西哥、法国、西班牙、挪威和中东各国。后因精神病而自杀。他先后出版的诗集有《大火》《我去找你》《歌曲集》《诗选》等。他的诗打破各种诗体的界限，融抒情、叙事、歌谣、歌词于一体，形成别具一格的"杂体诗"，还把乐观与悲观、生与死、丑与美交织在一起。诗歌语言朴素简洁，形式短小精悍，很受波兰青年读者的喜爱。

相比前段时期，二十世纪八十年代的波兰诗坛显得较为冷清，虽然也出现了一批诗人，但其声势和成就均不及"当代派"和"新浪潮派"。在这批新诗人中可以明显地区分出两种倾向：一种热心于政治活动和政治斗争，另一种是回避政治斗争、热心于表现家庭生活和个人琐事的“新私事派”。在这个阶段出现的诗人中，以托马什·雅斯特隆（一九五〇年至今）的抒情诗较为出色。他出身于诗人家庭，父母都是诗人。他的诗歌爱用简洁的画面和象征的手法去揭示当代社会的种种弊端和人生的意义，其悲观的色彩较为强烈。他的诗集有《没有辩护》《怪圈之光》《一点一滴》和《在自己身旁》等。

到了二十世纪九十年代，虽然老一代的许多诗人相继离开人世，但五六十年代出道的许多诗人依然笔耕不辍，不断地发表新作，他们的创作得以维持波兰诗歌的繁荣。这个时期又有一代诗人登上文坛，他们大多聚集在华沙和克拉科夫的《草稿》杂志的周围，因而又被称为“草稿的一代”。这一代诗人的思想观点和艺术风格依然处在不断的探索和持续的变化之中。有的诗人受美国诗人奥哈拉的影响，强调人类经历的平凡性和日常性，表现形式也更直接、更随意。有的则转向对欧洲文明的追求和探索，被称为古典化派的诗人。

新世纪的到来也给波兰诗坛带来新的气象。又有一批新人进入诗歌的殿堂，他们的创作题材和形式依然像他们的前辈一样朝着多方向多样化的方向发展，而且发表的形式也不仅局限在书本报刊上，为了扩大诗歌影响的广度和深度，他们除了利用电脑和手机外，还创造了多种形式和手段，如利用地铁的地铁诗歌，在广大舞台上举行的诗歌朗诵会，有的还配上音乐或舞蹈进行诗歌表演，这些活动都促进了波兰诗歌的发展，我们期待着更多有成就的诗人的出现。

林洪亮
二〇一八年三月一日
二〇二二年八月增改

波兰古代诗歌

（公元十至十八世纪）

波兰中世纪宗教歌曲

《圣母颂》是现存第一首波兰文的宗教歌曲，诞生于十二世纪初期，原是一首对耶稣的颂歌，由于前两节诗是歌颂圣母玛利亚的慈爱伟大，故称《圣母颂》。全诗结构严谨，韵律和谐，每段前两句是波兰文的长句，最后一句是用希腊文写就的叠句，说明这位作者受到过古希腊诗歌的影响。这首诗堪称中世纪宗教诗歌的杰作，后被谱上曲子，直至十九世纪初它都是波兰的国歌，骑士们出征时都要高唱着它奋勇前进。

圣母颂

贞女圣母，以上帝而扬名的玛利亚，
女主人的儿子，可爱的母亲玛利亚！
祝福我们，宽恕我们。
主啊，请怜恤我们。

你受洗者的对象，圣子啊，
你听见声音，装满人的思想，
你听见我们所做的祈祷声。

我们请求他赐予我们，
人世间的虔诚的生活，
死后踏入天堂的境界。
主啊，请怜恤我们。

（林洪亮　译）

卢布林的贝尔纳特

（约一四六〇年至一五二九年）

波兰诗人、翻译家、神父、医生。出生于平民家庭。后在多个富豪家庭担任文书，曾翻译出版《灵魂的天堂》，著有《伊索生平》。

舌头是最好的器官

舌头是最好的器官，
它比什么都更需要，
一个人没有了舌头，
就会像头牲畜一样。

一切智慧皆由舌头而出，
那些狡猾的所有学问，
每件事情的所有问题，
都离不开这个舌头。

无论谁想要舍或取，
抑或是他想买或卖，
向人致敬，坚守信仰，
都通过舌头来表达。

城市通过舌头而建成，
公众事务可用它检验，
公正法律的贯彻执行，
所有道德的试金场所。

舌头能让夫妻团结，
能使大家结成朋友，
所有人们的住房，
舌头都能有所作为。

如果要把舌头的优点，

一一数清，列举出来，
那是特别困难的事情，
还需花费不少的时间。

（林洪亮　译）

青蛙选王

一次青蛙们召开会议，
请求神给他们派个国王，
要派个能干的国王，
能把他们管理得很好。

神看到他们过于天真，
便扔给他们一根木头当国王，
当木头在水里扑通一声，
所有青蛙都吓得胆战心惊。

后来青蛙们恢复了胆量，
便朝木头纷纷游了过去，
他们都坐到木头的上面，
就像是同伴没啥了不起。

青蛙们对木头很不满意，
请求神派个会动的国王，
国王能具有更大的权力，
能惩处那些调皮的恶鬼。

神又满足了他们的请求，
便派鹳去当他们的国王，
国王对青蛙们的处罚是，
凡是他看见的便抓来吃掉。

青蛙们真是悔恨不绝，

纷纷在神的面前哭泣，
他们请求神把这暴君
驱逐出去，离开他们。

神说道："你们渴求拥有国王，
你们就要忍受他的暴力折磨，
既然你们这样强烈地请求，
那就不该关心你们的自由！"

人们也常向上帝祈求
他们并不需要的东西，
一旦觉得是他们的重担，
随后便会感到悲伤失望。

（林洪亮　译）

米科瓦伊·雷伊
（一五〇五年至一五六九年）

波兰诗人、散文家。生于朱拉夫诺的贵族家庭，曾在克拉科夫学院学习。曾担任议会议员，他最大的功绩就是第一个用波兰文写作，被称为波兰语文之父。他的作品体裁和风格多种多样，但多数已经遗失，现存下来的有《一个正直人的一生》《镜子》等。

书的简短前言

你们拿走这些可爱的书籍，
是想要在你们的那边分发？
你们不知这世上有多少盗贼，
会扰乱你们的行程。

那可耻的嫉妒正站在大道上，
给高尚的德行造成不少坏处。
你们定会知道要绕开它前行，
你们还应手持拐棒。

人们欣赏有失体统的胡作非为，
你们要相信我，人人都应当心
要知道人们都是心向德行：
否则就会遭遇困境。

这是两个互有好感的女人，
她们所想的是人类的所有事情，
美好的命运在向她们赞颂，
也会有害于你们。

因此我建议你们绕开她们，
走向能躲开许多错误的地方，
那儿的路上有荣誉和诚实，
你们要急急忙忙赶去。

任何盗贼都无法把你们吓倒，

因为正直的人们会团结一心，
如果你们忠诚以德行相互帮助，
她们就会困难重重。

（林洪亮　译）

致小酒馆

你，人间的小酒馆，现在连上帝都要和你告别，
过去我常常向世界吐露我所有的真实事情，
我在这座酒馆里一直都是循规蹈矩正襟危坐，
现在我想要抛弃这一切，让自己活得自在。
如果在这喧嚣嘈杂之中我留下了什么，
就请你替我抹去那里的许多墨迹。
等到召唤我的那个时刻已经来临，
就请给我一张我的行为举止优秀的证明，
好让我安全地去从事我的工匠活动，
在那里我才能表现出我的高超技艺，
才会让我加入行会，评为技师。
才会给我所有正直的事业增光添彩。
请把我的这副老骨头交给这块土地，
而让可爱的灵魂从哪里来就高兴地
回到哪里去，
让躯体伴随着你就在这里休息：
而灵魂能找到它，因为灵魂永远活着。

（林洪亮　译）

扬·科哈诺夫斯基

（一五三〇年至一五八四年）

波兰文艺复兴时期最著名的诗人。生于拉多姆省的贵族家庭，毕业于克拉科夫大学，后到意大利留学。回国后曾担任国王秘书，参加国内的改革活动，一五七〇年，因不堪宫廷事务的羁绊，毅然辞去官职回到家乡专心写作，后死于卢布林。

科哈诺夫斯基早期用拉丁文写作，回国后用波兰语创作，其作品大多是情诗和颂诗，早期以《团结一致》一诗而闻名，长诗《普鲁士的进贡》充满了爱国主义情感。这期间他写有一些诙谐诗，涉及题材广泛，作品生动活泼。回到家乡后，他的创作进入旺盛时期，主要作品有由十二位姑娘所唱的十二首歌组成的《圣约翰节前夕之歌》，哀悼女儿的《哀歌》和波兰最早的一部诗剧《拒绝希腊使者》。科哈诺夫斯基的诗歌创作丰富多彩，清新纯朴，感情真挚，为后世波兰诗歌的发展开拓了广阔的道路。

致健康

健康多可贵，
寻常无人晓。
唯有失去时，
方知滋味妙。
彼时茅塞开，
豁然一目晓。
自会与人言，
健康价最高。
无物比它贵，
无物比它好。
人皆重财物，
珍珠与玛瑙。
又喜年少时，
天赋俊美貌。
更求权势高，
纵横任逍遥。
万般皆重要，
唯需身体好，
病弱无力时，
繁华尽飘渺。
愿付无价宝，
寒庐亦可交，
万千皆奉赠，
但求健康好！

（赵刚　译）

赞　歌

主呀，
你想我们以何物报答你的慷慨，
又应以何物回馈你无边的恩惠。
教堂无法将你容纳，你无所不在，
在深渊，在大地，在蓝天，在大海。

我知你对黄金不屑一顾，因为一切皆你所有，
人们在世上拥有的一切，尽皆出自你的慈悲。
所以我以心感激你，我的主啊，我们虔信你，
因为我们没有比你更高贵的祭礼。

你是世界万物的主宰，你创造了苍天，
又为它绣上金色星斗。
你为广阔无垠的大地奠基，
又用无边的芳草，遮掩她赤裸的身躯。

大海听你的号令止步于海岸，
不敢有半步逾越已定的界限。
无尽的河水奉献出无限慷慨，
白天、黑夜也全都恪守本分。

按照你的意愿，春天有万千鲜花斗艳，
按照你的意愿，夏天戴上麦穗的金冠。
秋天献出美酒，还有各种各样的苹果，
然后慵懒的冬天慢慢起身让一切重来。

因为你的慈悲，让夜露洒上娇弱的花草，
野火焚烧的粮食，雨水又让它生机盎然。
从你的手中，各种动物获得自己的食物，
你用自己的慷慨，哺育了世上所有人。

让你永受赞美，永生的主，
愿你的慈悲，你的善良，无尽无休。
请保佑我们，只要你还在这低微的大地上停留，
唯一一点是，让我们永远有你的羽翼守候。

（赵刚　译）

哀歌 I

赫拉克利特[1]的所有哭泣、眼泪，
西蒙尼德斯[2]的所有哀恸、控诉，
世上所有的伤心、所有的叹息，
所有的痛苦、绝望、忧愁，
你们都一起来吧，来到我的家门口！
帮我哭泣我那可爱的女儿，
残暴的死神将她从我身边夺走，
也突然把我的快乐通通夺走。
恶龙选中了藏在林中的小巢，
贪婪的巨口吞下夜莺的雏鸟，
可怜的母亲奋力去驱赶凶手，
但几乎把自己也一起送掉。
你们可能会说：“哭也徒劳。”
上帝呀！这世上何事不是徒劳？
我们想把那幸福之乡寻找，
无处不在的厄运却让你无处可逃。
人类的生活就是一场错误，
到底什么更轻松些？我不知道。
是与人类的天性做殊死抗争，
还是让哀伤将我们永远缠绕？

（赵刚　译）

1　赫拉克利特：古希腊哲学家，悲观主义者，曾为人生易逝而哭泣。
2　西蒙尼德斯：古希腊抒情诗人，以写哀诗而著名。

哀歌 V

果园里一株橄榄幼苗刚刚发芽，
追随妈妈离开大地向天空攀爬。
还没来得及把娇弱的身躯长成，
还没有抽出一片绿叶一根枝杈。
粗心的果农来到果园刈除杂草，
不幸的你被错当成荆棘和荨麻。
娇弱的你已耗尽最后一丝气力，
在最亲爱的妈妈脚边悄然倒下。
这就是你：我最亲爱的乌尔舒拉，
在父母的面前你还远没有长大。
此刻你静静地倒在妈妈的脚边，
残暴死神的邪恶灵魂将你扼杀。
怎能让我所有的泪水全都白流，
你这恶毒的冥后，派耳塞弗娜[1]！

（赵刚　译）

1　派耳塞弗娜：古希腊神话中的冥后，也译为珀耳塞福涅。

哀歌 VI

我可爱的小歌手，斯拉夫的萨福，
你本该继承我的土地，还有我的诗琴。
日夜不息的歌声已显露你的天分，
自己创作的新歌配上清脆的嗓音，
你如绿树丛中的夜莺，婉转动人。
残暴的死神突然将迷人的你掠走，
你突然沉默，可你的歌声我还远未听够，
现在只有让如泉的泪水陪伴我。
你在死去的一刻也没有停止歌唱。
但你与妈妈吻别时，你说：
“亲爱的妈妈，这是家里的钥匙，
我将永远地离您而去，
再不能服侍您，
也再不能到您可爱的桌边坐一坐。
再也回不到亲爱的父母家里。”
这是你最后的话语，
父亲的哀恸让我不敢经常回忆。
而听到你这哀伤的告别，
妈妈哀伤的心便再不得复活。

（赵刚　译）

哀歌 VIII

你匆匆离去，我亲爱的乌尔舒拉，
家里笼罩着无尽的空旷与寂寥。
从未想到一个小小灵魂的逝去，
竟让所有活着的人都失去欢笑。
这里到处有你的歌声你的话语，
你曾在家中的每一个角落奔跑。
你从不让妈妈因你而感到担忧，
也从不给爸爸带来一点儿烦恼。
你用你明媚的笑打动每一个人，
你为所有人献上最纯美的拥抱。
此刻家中的一切都已归于沉寂，
再也没有你的游戏，你的嬉笑。
今生心灵的愉悦已是遥不可求，
只有无尽的哀伤将我深深笼罩。

（赵刚　译）

哀歌 IX

智慧，我要不惜重金买下你，
因你会拔除一切贪欲和人类所有的烦恼，
（如果他们所言不虚）
你差不多能把人变成天使，
让他不知痛苦、不觉烦恼，
让人不屈服厄运，不向恐惧弯腰。
无论是幸福，还是在痛苦中，
你把人类的一切都看成玩笑。
你从不害怕死神的威胁，
始终无所畏惧、静如止水、永不衰老。
黄金、财宝对你毫无意义，
你只求人类最基本的需要。
对愿意听从你劝告的人，
你从不嫉妒他们的幸福生活，
而镀金屋顶下的空虚，
在你如炬的目光下无处可逃。
我是一个不幸的人，
为探索你的秘密我把毕生消耗。
此刻当阶梯的尽头已呈现眼前，
我却像众人一样，被从你的身边抛掉。

（赵刚　译）

哀歌 X

我美丽的乌尔舒拉，你在何方？
在哪片土地哪片天空哪个方向？
你是否飞到了蔚蓝天空的尽头，
变成一个小小的天使尽情翱翔？
你是在天堂吗，还是在快乐岛上？
卡戎可曾将你渡过忘却的冥河？
忘川水是否让你忘却我的哀伤？
抛却了人的躯壳、少女的情思，
你是否已经插上了夜莺的翅膀？
你是否已在炼狱之中净化自己？
假如还有些污点在你的身上，
你是否已回到你来的地方？
你的出生只为给我深深的哀伤？
怜悯我吧！如果你在，在任何地方，
让我快乐一些吧，回到我的身旁！
如果你已不能变成从前的模样，
那就变成一个梦、一个身影吧！
或是变成一个精灵在我面前飞翔。

（赵刚　译）

米科瓦伊·森普·沙任斯基

（一五五〇年至一五八一年）

出身于利沃夫一个官僚家庭。他是一个有着浓郁的宗教思想的诗人。他认为，不断变化着的现实世界完全听从命运的安排，一个人虽然获得了自由，可是这种自由会使他误入歧途，人总是要在光明和黑暗之间进行选择。下面的这两首诗就表现了他的这种悲观主义思想情绪。

人世的短暂和不定（十四行诗之一）

啊！云雾在猛烈地翻滚，
巨人驱赶着迅疾逝去的时间，
那一点难以获得的欢乐也许能解除一时的苦痛，
但死神在我们的身后却加快了脚步。

我的身影是那么鲜亮和沉重，
我看见了在不断吞食着我的错误，
还有那摆脱不了的贫困，
使我的心灵感到恐惧，
我痛哭流涕地谴责我那少年的脚步。

啊！力量，欢乐，还有那像宝物一样珍贵的努力，
虽然没有白费，但使人们失去进取心，
因为幸福会使我们变得悭吝，我们会失去它。
美好不会长久。即使幸福获得了一百次，
它都会显出它的真实面貌。

（张振辉　译）

这个世界的不长久的爱（十四行诗之五）

要爱，但不要痛苦地爱，
那微不足道的欢乐如能满足你的期待，
你会感到它像糖一样甜蜜，
但是它会起变化，它定会失去。

黄金、权力、荣誉、欢乐和创造，
它们都有一副漂亮的面孔，
谁若觉得它们合他的口味，
那么他有没有一颗坚强的心，不感到惶恐？
爱在我们的生活中，
身体是由自发所创造，
要颂扬它们那最初的创造者。

如果你看不到那永远不变和合情合理的美，
你的心就会受骗上当，
你看不见美，也不知道要爱什么。

（张振辉　译）

希罗尼姆·莫尔什亭

（约一五八一年至约一六二三年）

出身于波兰十七世纪一个社会下层的宗教组织兄弟会的家庭。他的诗歌作品富于哲理，认为世上的一切都不会长久，所谓价值的大小也都是相对的。他最著名的长诗《世界的欢乐》（一六〇六年）体现了诗人认定生活虽然美好，但也会有罪恶，要和罪恶进行斗争，否则就只有追求来世了。他还写过爱情诗。

时　间

所有的一切都要跟着时间走，
我虽然活着，但死神就在我的身后，
一个在船上，另一个下了船，
这个死去了，那个出生了。

一个吝啬的父亲有一点积蓄，
这是一个慷慨大方的后代给他的。
房子到了别人的手里，
这个得到，那个就失去了。

谁若掉进了死神的陷阱，
便马上消失不见。
那么这个留在世上的人，
他能解开这个死亡的结吗？

所有的一切都有一定的范围，
不管范围多大，都是世上的国家，
每一件事都要经过多少年，
才能够了结。

（张振辉　译）

冷却的爱情

一块坚硬的石头冒出了火花，
如果把它不停地敲打，
就会燃起一阵大火。
水可以灭火，也会结成冰块，
但冰也能化成水。
谁有力量，就来和大自然较量一番吧！
到那时他会知道，
一个地方着了火，水是救不了的。
他对一个少女说过：
姑娘！你捧在手上的不是心，而是一块燧石。
我的心肠并没有像铁石那么冷酷，
但为什么总有人反对你？
我坐在阴冷的冰窖里，可维纳斯又要
点燃你那曾经燃烧的爱的火焰。
这是因为我的心没有冻结，
使我感到有了希望。我以为，
你那被火烧炼成铁石一样坚硬的心软化了。
可是我们之间的爱的烈火却烧得不一样，
我的爱火烧得正旺，你的爱却不见了。
为什么？难道你要让我失去对你的爱？
我在流泪，泪水湿透了我的眼珠，
你要离我而去，你要扑灭我的爱火，
可是卓霞，我永远不会失去对你的爱，
它将永远像火一样地燃烧，
它永远不会熄灭。

（张振辉　译）

扬·安杰伊·莫尔什亭

（一六二一年至一六九三年）

出身于一个大贵族家庭，曾任波兰议会的议员。他早期的诗歌主要写爱情题材和贵族的日常生活，带有幽默风趣的情调。他的另外一些诗表现了对农村生活的向往，但他向往的不是贵族不事劳动的田园生活，而是农民的勤劳和质朴。他后期的作品富于宗教色彩，虽然看到了现实的不公正，但仍表现出对进入天堂的幻想，这在波兰十七世纪的巴洛克文学中是很典型的。

致小姐（十四行诗）

说一千次，我的神奇和美妙的女英雄，
我要永远和你结成联盟，
把我们的承诺写在纸上，
我想你对这也不会有什么难处。

我说得很明白，你却不说真话，
我很想住在这间房里，
可你的嘴和眼睛都在耍骗术，
你可以和我一起扮演士兵的角色。

这并不难，如果我要参加战斗，
我就会冲锋在前，照原先的约定，
但我要和平，所以我后退了。

可是你要争斗，你变了，
上帝啊！还是和解吧！
我们要真心地结盟，你对我发誓吧！

（张振辉　译）

致尸体（十四行诗）

你被杀了，躺在这里！我也被杀了，
你死于死神的利剑，我死在爱情的刀下。
你浑身是血，我没有被鲜血染红，
你全身大放光彩，我的爱火却藏了起来。

你的脸上盖了一件丧服，
我的感受是那么阴暗和可怕。
你的手被捆绑起来，可我是自由的，
我的智慧一出世，就挣脱了那根襁褓的带子。
你保持沉默，我的口舌却在不停地叨唠，
你没有任何感觉，可我痛苦已极，
你冷得像冰块一样，我在可怕的潮湿中。

你很快就要化为灰烬，
我不会，因为我回归了自然，
可是我那长年在火中燃烧的爱，也要化为灰烬。

（张振辉　译）

瓦茨瓦夫·波托茨基

（一六二一年至一六九六年）

出身于一个中等贵族的家庭，年少时接受波兰兄弟会的宗教信仰，认为上帝是善良的，但是人们在世上为所欲为、放纵自己，因此犯了罪，变成了魔鬼，这些思想反映在他早期的作品中。后来他写历史题材的作品，颂扬波兰官兵在抵御外敌侵略的战争中表现出来的机智勇敢、奋勇杀敌和不怕牺牲的精神。但诗人认为，在他生活的这个时代，波兰教会的利己主义和贵族统治者的腐化堕落十分突出。他的作品全方位地揭露社会的黑暗，对后来波兰启蒙运动时期的思想家和作家有很大影响。

让喝醉了的第三次去睡好了

喝醉了酒的世界眯着眼睛睡了，
巴比伦的媒婆给它斟酒，魔鬼在把它往前推。
这个睡着了的世界像死人一样，
它对着一株大树，
喝了上帝的液压机里酿出来的葡萄酒，
对人间的罪恶表示气愤。
有个魔鬼在守护这个世界，不让一个人醒来，
它把手指向前方，要给这里的狗饮水，
但它给它们搬来了一桶葡萄酒，
让它们喝够了睡下，不再吠叫，
不再叫出人们听不懂的声音。
可是这些狗伸出了它们的狗嘴，要吃面包，
就让它们中的一只像林中的猎犬一样，
大声地叫起来吧！
异教徒啊！你把这个世界关在修道院里，
还砌了一道围墙，要把它封闭起来，
不是叫它闷死，就是把它烧死。
可是不是要让它做一个甜蜜的梦，让它歇息一下？
它的狗嘴伸出来就像贪婪的刽子手一样？
可是另外一些人就会高高兴兴地唱着美人鱼的歌，
给它奏乐，让它睡得更甜，叫得更好听。

（张振辉　译）

礼拜五

夜降临了，天空里星星闪亮，
这些星星在白天是一颗也见不着的。
但是此时夜色朦胧，黑暗笼罩了一切。
月亮在空中徘徊，
飞过的鸟群了无声息，
最后都落在一些绿树的枝丫上，
然后把它们的小脑袋，
靠在它们翅膀下的胸脯上，
就好像要高兴地回想它们那遗忘的往事。
夜莺啊！不管你是站在细小的柳树枝上，
还是站在樱桃枝上，
你都知道你唱的是什么歌。
这是一只凶恶的雕鸮，这是机灵的猫头鹰，
它们的眼睛都看不见白天的光亮。
因为月亮落下去了，到处都是一片阴影，
阴影笼罩着大地。
可这时在树梢上，却燃起一团火焰，
因为公鸡开始报晓，东方显现出红颜色，
大地的上空出现了一片朝霞，
这片朝霞在微风的吹拂下，
不时闪动着它的美丽的光彩，
雨露降下后，它也变得更加鲜亮。
此时在林子里，便奏响了欢乐的乐曲，
母鸡咯咯地叫着，鸟儿在歌唱。
月亮落下时，它的脸色会变得更加苍白，
它全身也改换了衣装。

与此同时，大海上那一片紫红的霞光，
正把星星吓得到处躲藏。
鱼儿感觉到了白天的来临，
鸟儿正要掸掉它翅膀上的露珠，
门窗因为感觉到了阳光的温暖，
正要向它敞开，迎接这远方的客人。
那些大胆的车夫要表示他们的乐趣，
也马上跑了出来，
这是一支了不起的志愿者的队伍，
他们已经出现在地平线上。
天空里又闪着亮光，
鱼儿在水中哗啦啦地游荡，
就好像奏响了美妙的音乐，
吸引着小鸟在兴高采烈地听着。

（张振辉　译）

兹比格涅夫·莫尔什亭
（约一六二八年至约一六八七年）

出身于一个参加了波兰兄弟会的家庭。一生曾多次参加波兰抵御外敌入侵的战争。他的作品反映他所经历的战争的残酷，以及对田园诗意的和平生活的向往。他还写过一些富于幽默讽刺情调的诗。

两位有礼貌的夫人

很难对这两位夫人进行选择，
她们都很懂礼貌，无可挑剔，
一个美如天仙，一个风度翩翩，
一个幽默风趣，一个才智过人。
就好像在巴黎，
即便能够对女神进行评论，
看到这些芸芸众生，
也是难以挑选的。
但我知道，这个了解我的心思的夫人，
想要得到我的一颗心。

（张振辉　译）

亚当·纳鲁谢维奇

（一七三三年至一七九六年）

波兰文学启蒙运动时期的重要诗人，他出身于一个世代贵族的家庭。他的作品有的赞美大自然，富于哲理；有的讽刺波兰贵族酗酒、赌博、挥霍浪费等恶习，指出他们极力维护所谓“黄金般的自由”，造成整个社会的混乱，使波兰国力衰退，会被沙俄、普鲁士和奥地利三国瓜分而亡国。

花花公子

花花公子，一个懂礼貌的小伙子。
人都对我这么说，我也认识他，
他吃饭胃口好，酒量大，爱说话，
那么这个花花公子的懂礼貌
是怎么样的呢？
是不是他有一种奇怪的发型？
是不是他爱吹口哨，
能吹一种简短的意大利坎特歌？
是不是他全身都散发着烧酒的香味？
是不是他走起路来总是跳来跳去，
就像脚跟被烧伤了，
要装成一个带狐狸尾巴的小丑？
是不是他爱用镜子照照自己美丽的容貌，
然后用一些糖纸画了出来，再从中挑选？
是不是他总爱穿上一些时装，
来显示自己的貌美？
是不是他常流口水止不住，
使得一些善男信女感到厌恶？
是不是他出门总爱戴上一双很大的手套，
装出一副善意的面孔，
对别人说的话也随声附和，
甚至表示道歉，以此骗人上当？
是不是他到处赊账，也总说要还，
等到负了债后，便更名改姓，从城里逃走？
是不是他喜欢到处兜风，
或者在冬天里坐上雪橇，

扬起鞭子，风风光光去雪地里奔跑？
啊！花花公子，这个懂礼貌的小伙子
难道是个轻浮之人？是个笨蛋？
是个头脑简单的人？

（张振辉　译）

致溪流

这条清澈明亮的溪流啊，
你流经了这片森林！
在许多情况下，我都和你一样。
你只有一个愿望，
就是流到大海里去，
我也将永远，
走在这条路上。

你那潺潺的流水声
是那么悦耳动听，
没有一点可怕的喧嚣。
可我却充满了悲哀，
我所有的感受都已枯竭，
如果我要对它大声地呼叫，
也只有上帝听见。

大地在它的怀里
储存了那么多的水，
任何一条像你这样的溪流，
都不能相比。
我心中的火是这么纯净，
就像在你流经的弯道中
留下的白银一样。

即便在涅普顿的国度里，
刮起了一阵猛烈的旋风，

你那跳动的流水
也会显现出可爱的倩影。
不管命运之神如何迁怒于我，
我那无辜的良心
也总能得到安慰。

达夫妮就站在你的岸边，
她在镜子里的影像是那么美，
她在我的心中，就像一泓清泉。

你的流水并非深不可测，
我的思想却被捆在套索里，
谁都解不开。
但它什么都看得见。
它虽然被捆得很紧，
就好像在外面一样，
因为我的心，每一片土地
都看得见。

（张振辉　译）

伊格纳齐·克拉西茨基
（一七三五年至一八〇一年）

波兰文学启蒙运动时期具有代表性的诗人、作家和剧作家。他出身于一个贵族家庭，年轻时就接受了西方启蒙思想的影响，后成为波兰贵族共和国政府中主张进行资本主义改革的成员之一。克拉西茨基是波兰文学史上第一个写了包括几乎所有体裁的文学作品的作家，也是波兰第一部长篇小说的作者。他的作品对波兰的社会面貌做了最广泛和深刻的揭示，善于以讽刺、幽默的笔调来揭露社会中的弊端，同时他也极力标榜他认为是合乎理想标准的一切，为在波兰宣传资本主义启蒙思想做出了很大的努力。

热爱祖国颂

对可爱的祖国的神圣的爱，
会使你感到有一个懂得正义的理智。
可是你更欣赏吃人的毒品，
你需要的是套索，
给你套上手铐也不是对你的侮辱。
你用虚夸的伤痛
把自己打扮成残疾，
可你的心中，
却感到真正的欢快。
只要有帮助，只要有支持，
你就不要对身陷贫困感到遗憾，
不要对死感到遗憾。

（张振辉　译）

一个农民的墓碑

躺在这里的这个人，
曾经拿出他种的粮食，
喂饱了那些高贵的老爷。

这是一个穷苦的农奴，
这座普通的墓只盖了一些杂草，
他的棺材里也没有宝石。
这种简陋的埋葬
是为了给另一些农民做示范。
他的妻子在哭，
他的孩子在哭，
他的名字一定被人忘了。
可如果老爷们把他忘了，
那就该吊死在这株树上。

（张振辉　译）

致沃伊切赫先生

我的沃伊切赫，我的邻居！
我很高兴，但我也不用急，
我们希望有人到我们这里来，
希望得到亲切的关怀。

但如果有人这么想，
想得太多，就等于没有想，
因此想的人有时候就会闹出笑话，
我的沃伊切赫，你不用急！

有人会到你的茅舍里去，
你会见到他对你的关怀，
你在失去了一切后，会得到安慰，
这种安慰就像核桃一样香甜，
我的沃伊切赫！

要把那藏在里面的东西嚼碎，
然后加以利用，
你在劳动中就会感到轻松愉快，
你就会感到你呼吸到了清新的空气。

（张振辉　译）

童话集序诗

有个年轻人，他生活中的一切都很节制，
有个老人，他任何时候都不责骂，也不抱怨。
有个富人，他把他的钱财都送给了那些需要的人，
有个作者，他总是为别人获得的荣誉感到高兴。
有个税吏，他不偷盗，
有个鞋匠，他不酗酒。
有个士兵，他从不夸耀自己的功劳，
有个下流汉，他不打人，
有个勤勉的部长，他从来不想自己。
最后还有一个诗人，他一点也不虚构，
可这难道是童话？
什么都可能发生，
是的，可我还是要写童话。

（张振辉　译）

庄　院

如果你的命运不济，会不会感到悲哀?
在你的幸福和幽默中，可有一种美好的感受?
你要知道，对每个形象都有很多解释，
但只有这个形象在庄院里是最看重的。

老爷的眼睛就像东方的太阳一样明亮，
他只要抬眼一看，就能驱散四周的黑暗，
如果他转过身去，黑暗就会降临，
就好像太阳落下去了。

什么东西看上去都招人喜爱，但都是骗人的，
不管发生了什么，都会引起很大的争议。
很少有人在中午会感到舒适，
庄院里的早晨是这样，白天是这样，黄昏也是这样。

（张振辉　译）

如　果

如果我是个瑞典人，我就要站岗放哨，
如果我是个俄国人，我什么都要公开地说，
如果我是个西班牙人，我不会有了金银财宝而自傲，
如果我是个法国人，我不会变得轻浮，
如果我是个荷兰人，我大概会成为一个普通人，
如果我是个英国人，我不会变得性情古怪，
如果我是个土耳其人，我任何时候都不会诅咒人，
如果我是个意大利人，我不会欺诈，
如果我是个阿根廷人，我不会偷盗，
如果我是个德国人，我不会酗酒，
如果我是个匈牙利人，我要把葡萄酒廉价地卖出去。
如果有人要赶走波兰人，
那我作为一个波兰人该怎么办？
不要使自己变得那么瘦弱和无能，
我以为，做一个波兰人还是最好的。

（张振辉　译）

普通人

这里有一些幸福的智者，
可我们都是普通人，
我们是否也能成为幸福的人？
智者所有的一切都容易获得，
我们却要在劳动中才能获得，
可我们都居住在这片土地上。
智者有许多优良的品德，
他们想什么，就做什么，
我也要这样，只要我能做到。

我是一个普通人，
我的父母也这么说，
我只能做一些平常的事。
我见到，别的人都有许多发明，
我听到，人们都在
高谈阔论一个人的品德，
可我不会，我要使自己变得坚强，
我要成为一个品德高尚的人，
我能做到的一切，都要去做。
我不能成为卡普秦小兄弟会的会员，
但我是个好心人。
我就是个普通人，
听从命运和世纪的安排，走自己的路，
我怎么想，就怎么说，
能做到的，我都去做。

（张振辉　译）

斯达尼斯瓦夫·特伦贝茨基
(一七三九年至一八一二年)

波兰诗人。曾在巴黎和罗马学习,回国时把《百科全书》等两千多册法文书带回波兰,对波兰启蒙运动有所帮助。他曾担任过国王的侍从,并伴随战败后的国王流放彼得堡。国王死后,他先后成为波兰多位富豪家的食客。他一生写有颂诗、寓言诗和叙事长诗等,而以报答恩主所写成的三首长诗《波旺什基》《波兰卡》和《索菲约夫卡》最为著名。

写在马兹雅安娜的纪念册上

马兹雅安娜，当我在你纪念册上涂鸦，
只是想表达我的思想、我的感情。
我这样做，是想让你的生活更加美好，
天性已给了你众多的品质：

你活泼风趣，头脑灵活，
一举一动都很亲切可爱，
你举止优雅，容貌美丽，
能把古老的冰雪融化。

能抚摸你光嫩脸孔的人会是多么幸福，
值得为你效劳、请求和暗中把你窃走！
如果不是时间让我卷入白发陷阱之中，
那我真想去犯下这最后的罪行。

（林洪亮　译）

渡过维斯瓦河而来的克拉科夫农民之歌

一

让我们永远离开
这维斯瓦河的右岸，
我们要轻松愉快地
走过这翠绿的草地。

这些克拉科夫人
来到此地的目的，
就是为了让国王和财主
能更好地监视他们！

就是应这些要求
他们才渡过维斯瓦河，
以便把他们召来
好置于自己的监护下。

人们会称赞
你们的禁令，
在这里他们不会
受到铁的烧烤。

二

你们不会受到指责，
人人都会夸奖你们。

你们会得到喜爱，
你们会受到关怀。

牲畜在你们的放牧下
会好好茁壮成长，
而卡霞们会和雅内克们
在田间嬉戏玩耍。

而在我们那个地方，
那些年老无用的人
都会纷纷死去，
不知因何缘故。

雇工们头上都戴着
一束稻草，
孩子们被母亲
赶进了屠宰场。

三

于是你们下令，
要和盗贼一起
处理掉那些想靠
付赎金而生存的人。

我爱叶夫卡，
我要结婚了。
啊，为了这姑娘
我愿付出一切。

但是你，我的主人，
我爱你胜过我的健康，
无论何种情况，
我都叫你为父亲。

为了你的眉睫
我愿粉身碎骨，
就连叶夫卡
您也可以骚扰。

四

年幼的孩子们
你教他们读书。
你命令他们
去维斯瓦河拉纤。

在严酷的季节
黎民大众
都应贮存
自己的必需品。

常常会出现
无助的情形，
国家就应扩大
医生的数量。

你们想延长
我们的生命。
我们也将为你们

服务终生。

五

你们的决策
享誉四面八方，
人民也一致
向你们祝愿。

无论你们是在宴吃
还是在滥饮的时候：
你们能活到这么多年
会和网洞一样多！

大家
活到这么多年
会和网洞一样多！

大家再一次
活到这么多年
会和网洞一样多！

（林洪亮　译）

弗兰齐舍克 · 卡尔宾斯基

（一七四一年至一八二五年）

波兰诗人，生于贫穷贵族家庭，曾在利沃夫学院学习。嗣后他当过家庭教师和查尔托里斯基公爵的秘书，并于一七八〇年出版第一部诗集《诗写的游戏和风习译文》。后来到华沙，受到波兰国王的接见，并与克尼亚伊宁结识，成为波兰感伤主义流派的代表诗人之一。早期以田园诗最为出名，后来又把民歌融入他的诗中，形成了独特的诗歌风格。除了田园诗和爱情诗外，他也写过一些爱国诗歌，如《怀念国家》等。

致尤斯迪娜

想念春天

太阳已升起多少次，
把阳光照耀着白昼：
可是我的光芒暗淡，
至今还未照我身上。

庄稼已经向上生长，
但还没有吐穗结果，
整个田野绿茵葱葱，
只是未见我的小麦！

夜莺已在园中歌唱，
整个树林都在回荡，
林中鸟儿搅动空气，
我的小鸟不给我唱！

大地已是百花齐放，
在前天的洪水过后，
草原一片万紫千红，
我的花儿却未出现！

噢，春天，我邀请你，
各处农夫都在忧虑。

大地已经流满了泪水，
让可爱的丰收回到我这里！

（林洪亮　译）

玫　瑰

我是第一枝春花，
还未被人触摸，
还只是含苞待放，
将会是花美叶秀。

当寒冷的风吹拂，
或者是炎热炙烤，
就和我一起躲开，
因为我冷热都不怕。

可以好好地观赏我，
也可远远地惊羡我，
但我还不能被摘下，
这对我是损失是伤害。

我在这花园里成长，
你们羡慕我的美貌，
全体花匠都在歌唱：
“我们的玫瑰已成长。”

（林洪亮　译）

在皇宫禁界线上的乞丐之歌

不幸来临，带着富裕的，
以及混乱的痕迹！

他久久地站在禁界线上，
害怕会把自由触犯。

害怕会把自由触犯，
因他早就对它尊敬。

自由，天堂的孩子！
你却被阴谋地网捕。

把你紧闭在铁笼里，
剪去了你的厚翅膀。

后来国王和僚属们，
一起把你同桌共享。

像父亲招待自己孩子，
或与自己的朋友共享。
今天在桌前对他跪拜，
和一群狗在争抢骨头。

过去是国内高贵的脑袋，
今天却任凭主人仆役踢踩！……

阿谀奉承者们团团把他围住，
用手指对着这个不幸者嘲弄。

他们说道，好好舔你的骨头，
为你昔日的自由伤心去吧。

（林洪亮　译）

约瑟夫·韦比茨基

（一七四七年至一八二二年）

波兰诗人、剧作家、政治活动家。曾在耶稣会学校学习。后成为波兰议会议员，曾参加巴尔同盟，还曾以法学家身份受邀参加国王的“周四午餐会”。一七七八年发表诗篇《在帕夫沃夫的旅行者》，一七八三年发表和演出喜剧《雪橇车》，受到很大欢迎。一七八一年起居住在马涅奇卡村，波兰第二次被瓜分时，因马涅奇卡划归普鲁士管辖，他便移居华沙的郊区。他在波兰被灭亡后参加了东布罗夫斯基组织的波兰军团，一八〇六年被召去柏林当拿破仑的助手，还在华沙公国期间被任命为大法官。

波兰军团之歌

波兰没有亡，
只要我们还活着。
列强用暴力夺去的一切，
我们要用刀枪去夺回。

前进！前进！东布罗夫斯基军团，
我们要从意大利打回波兰。
我们在您的领导下，
要和我们的人民并肩作战。

我们回到维斯瓦河，回到瓦尔塔河，
我们是顶天立地的波兰人！
波拿巴就是我们的榜样，
我们知道怎样去克敌制胜。

前进！前进！东布罗夫斯基军团！
我们要从意大利打回波兰。
我们在您的领导下，
要和我们的人民并肩作战！

像查尔涅茨基回到波兹南，
在打败了瑞典侵略者之后。
为了挽救祖国的独立解放，
我们要渡过重洋回到波兰。
前进！前进！东布罗夫斯基军团！
我们要从意大利打回波兰。

我们在您的领导下，
要和我们的人民并肩作战。

那时候，父亲会对女儿巴霞说，
满怀着胜利的喜悦的热泪：
快来听啊！我们的战士
已经擂响了胜利的战鼓。

前进！前进！东布罗夫斯基军团！
我们要从意大利打回波兰。
我们在您的领导下，
要和我们的人民并肩作战！

（林洪亮　译）

弗兰齐舍克·迪奥尼齐·克尼亚伊宁
（一七五〇年至一八〇七年）

波兰诗人、剧作家。曾在耶稣会学校学习，一七七〇年成为华沙耶稣会学校的教师。后成为查尔托里斯基公爵的秘书及其孩子们的文学老师，并积极参加华沙的文化活动。晚年神经错乱。

他在学校时便开始写诗，受到拉封丹的影响，后转向爱情诗创作，一七七九年出版《色情诗》（第一、第二卷），一七八七年至一七八八年出版《诗歌》（第一至第三卷）。他也写过一些爱国诗和剧本，如《三次祝典》、歌剧《斯巴达母亲》和悲剧《赫克托耳》等。他的诗充满“甜蜜忧伤”，富于感伤主义色彩，深受当时读者的喜爱。

胡　子

脸的装饰品，卷曲的胡子！
你们会产生出柔软的人种，
讨厌的姑娘们会对它嘲讽，
古代的波兰女人从不赞颂。

当大刀瞄准外国的边境，
心中充满了战神的气势，
这时才会吸引女人眼睛，
爱神便会出现在胡子上。

当我们的骑士参加阅兵时，
脸上便会显示出威武精神，
马里娜看见悄悄对巴霞说：
“为了这胡子我愿献出生命。”

我们的查列茨基以英勇闻名，
他为了祖国献出了自己的鲜血，
所有波兰女人都对他敬慕，
而这时的他只捋了捋胡子。

当扬三世扬名于维也纳时，
德国女人中便响起一片呼声：
“就是这个波兰国王救了我们，
他一脸胡子显得多么好看英俊。”

如今在人民中出现可悲的变化，

尼塞把骑士的脸孔弄得丑陋难看，
多朗特又为它淋上了伏特加酒。
这是对胡子和勇敢精神的贬斥。

如果父母和兄弟都为他感到羞耻，
那就让他在自己国家受到嘲讽，
可是我这副在祖国很著名的形象，
表明我是波兰人，我捋了捋胡子。

（林洪亮　译）

两棵菩提树

这两棵青翠欲滴的菩提树，
从河的两岸互相问候欢迎，
它们都在向对方俯身相向，
它们的枝叶都已相互接近。

这河中的可怕的深潭，
为何要把它们活活分开？
现在它们只有倾心相向，
但是它们不会永远分离。

迷惘的科雷尔是这么说，
他想起了忠诚的伊美娜；
从他心灵最秘密的伤处，
发出了他那深沉的叹息。

（林洪亮　译）

致星星

金色的夜空，明亮的村庄，
小小的弟兄，高处的居民，
苍穹下是颤动的燃烧火光，
慢慢地成了一场正式舞会。

这时候，一群银色天鹅飞过，
在空中形成了一道甜美弧线，
而当所有的躯体和呼吸物体，
迷迷糊糊中做起了可爱的梦。

啊，多么想看到你，我那
金色的永远发光的队列：
而当你们有一次看到
我女主人的风采和甜美抚爱。

为何你们现在还关注这广袤天空，
那里燃烧的火光从来都未曾熄灭，
你们通过小小窗口把自己的亮光，
投射进低矮的小屋，没看到卡霞！

（林洪亮　译）

我的生命

我已经度过了我的春天，
很遗憾，我悲伤，一想起
那些悲惨的时刻消失了，
春天过去后夏天接着来临。

我的日子白白地飞驰而过，
在枯燥的琐事和可怜的贫穷中，
夏天时间在这种轮回中度过，
决不是别的，定是秋天来临。

百花凋谢，浆果也没有了，
秋天还会有什么样的水果？
转眼间，又是懒散的冬天到了？
我终于倒下了，像僵硬的木头。

这就是我的生命，啊你，我的心！
你徒劳地燃起激情和感情，
枉费心力的理想、努力和工作，
我的命运遭到了毒药的毒害。

（林洪亮　译）

托马什·卡耶坦·文格尔斯基
（一七五六年至一七八七年）

波兰诗人、翻译家。曾在耶稣会学校学习。一七七〇年开始发表作品。他曾是国王“周四午餐会”上的诗人，后因爱讽刺挖苦人，得罪了许多权贵和名人，被迫离开波兰而流浪国外，到过英国和美国，在美国时曾与华盛顿和科希秋什科相见。回到欧洲后不久便因肺病而夭亡，年仅三十二岁。其作品大多已散佚，只留下几十首短诗、颂诗和讽刺诗，以及长诗《管风琴》。他的诗简洁凝练，极具辛辣和讥讽，是个具有独特风格的古典诗人。

致立陶宛大将军奥金斯基

我真不知道，大将军阁下，
在另一个世界我会怎么样。
乌卡辛神父说，应该相信他，
我会进地狱，他会入天堂。
怎么办？既然在我命运之书中
已经确定，命运判决很难改变。
但我很伤心，坏路把我引到那里，
因我很好奇，想看到天主
是多么严肃地坐在宝石的宝座上，
不用部长们，他是如何驾驭这部机器。
因为像我这样智力不高的人都觉得
要去管理一小块地都特难，更何况世界。
不过从另一方面来加以考虑，
我也根本不习惯去进行歌颂，
虽然我已免除了最大的祈祷仪式，
我也不会用这种节拍去歌唱：
“神圣的，神圣的，神圣的！”
彼得是整个天堂
唱诗班的头领，
他们说他脾气暴躁，
把马尔丘斯的耳朵揪下。
如同他复活原先的瘟疫，
我会在天上成为他手上的不幸者？
然后，如果我要说真话，
就不能在那儿久坐。
假如每天的傍晚、中午和早晨

都给我唱同样的歌，
极其想念这样的音乐会，
我便会对天使说：带翅膀的创造物，
为何你们那枯燥的颂歌永无变化？
为何不用别的声调去颂扬天主？
他给了你们这样美的头和翅膀，
而使你们有着千变万化的不同。
却没有一个想对此表示感谢，
用新的颂歌来表示欢迎。
如果你们之中没有天才，
那就让他及时离开到斯沃宁去，
会比在洛特家里受到更礼貌的接待，
他唱“神圣的，神圣的！”会感到羞耻。
致命的音乐而与自己的合唱队合拍演奏，
我不知道是不是已成了天堂的逃跑者。
奥金斯基！当这天使前来拜访你之前，
我必须赶紧向他提出必要的忠告。
我也应拥有我生命中哪怕是一次的幸福，
看到你在斯沃宁和所有的奇事，
天使们和圣徒们都在欣赏着它们。
用美妙的音律留下永恒的记忆。

（林洪亮　译）

华沙的改善

过去的华沙充满富裕和堕落，
现在正渐渐改变其懒散的生活，
集会、野餐和舞会都已停止，
装满金子的银行家桌子也已消失。

过去拥挤而狭窄的市政大厅，
如今在嘉年华会里全都弃用。
舞后满身汗水，大家喝着药酒，
不损害牡蛎，也不喝美醇香槟。

马耐特和伏沃赫这些批发商，
这些可怜的商人都因货物而破产。
如今只能靠咖啡或者茶叶来过活，
有的靠卖两三元的意大利糖果。

人人成了哲学家，人人都在思考，
都在对世界的空虚纷纷争论不休。
昨天还很疯狂，还在撒金如土，
今天却在读塞内加[1]，谁能料到？

一切都表示着节省，城墙和墙壁，
现在都在计数着：仆人和主人。
只有那些轻薄汉还坐着小雪橇，
响铃驰过街道，追逐自己的愚蠢。

1　塞内加：古罗马斯多葛派的哲学家。

这也不会太久，一切皆由时间决定，
不久之后他们的钱财雪橇都会消失。
高兴呀，全体人民，不需要太久，
我们的华沙就会大大地改变。

可是希望要多久，许诺要多长？
那就要等到不用金子去买小麦。

（林洪亮　译）

两只麻雀

有一次我和我的雅古霞，
双双坐在林中的大树下。
一阵和风从可爱的道路吹来，
轻盈的吹拂使我们愉快。
有次吹落了雅古霞胸前的手帕，
另一次吹动了她的头发，
还有次把她的衬衣吹开了一些，
露出了她膝盖上的什么东西。
我立即遮住了我的双眼。
因为神父禁止我看这些。
我们就在这树荫下玩耍，
我不知道该作何感受，
在浓密的树枝中间，
有两只麻雀在飞逐嬉玩，
我对此并无多大的兴趣，
可是雅古霞却非常开心，
沉醉在它们愉快的游戏中，
她数了数竟有三十三次之多。
随后有一只振翅高飞逃走了，
这让我的雅古霞很不高兴：
“这只飞走的，”她生气地对我说，
“我发誓，一定是只公的。”

（林洪亮　译）

尤利安·乌尔辛·聂姆策维奇

（一七五八年至一八四一年）

波兰爱国诗人、剧作家、小说家、政治活动家。出身于贵族家庭。曾在华沙骑士学校学习，十八世纪八十年代曾到奥地利、意大利、法国和英国进修访问。一七八八年担任议员，四年议会期间是改革派的领袖人物之一，并发表悲剧《符瓦迪斯瓦夫在瓦尔诺》和著名政治喜剧《议员返乡》以及历史剧《卡齐米日大帝》。一七九四年他参加民族起义，是科希秋什科的副官，起义失败后被俘，后又与科希秋什科一起流亡美国。一八〇七年华沙公国成立后回到波兰，并积极参加各种政治社会文化活动，先后写出三部小说。一八三〇年华沙起义时被派往英国从事外交活动，起义失败后再次流亡国外，死于巴黎。除了戏剧、小说外，他还写有许多童话、组诗和回忆录等作品。

写于海边的诗

在这广袤海洋的孤寂海岸上，
艾格拉！我满含泪水写下你可爱的名字。
而当朝霞被玫瑰装饰得色彩斑斓，
却在轰鸣海水的急流中碰得粉碎，
我把它写在沙子上、写在树上，
这个被苔藓遮住，那个被风吹散。
艾格拉！这些记号永远也不会消失，
你用火热的箭矢刺刻在我的心上。

一七八四年
于西西里岛的阿格里根特
（林洪亮　译）

约瑟夫·波尼亚托夫斯基亲王的葬礼[1]

生于一七六一死于一八一三

丧歌

一

在战斗和枪林弹雨中，
忠于自己事业，无法达到的标志，
一小队波兰人迈着缓慢的步伐，
走向祖国的发源地。

二

人民看见，被大风吹动的
红白旗帜在不断地飘扬，
全城响起雷鸣般的欢快声：
“我们的人回来了！”

三

短暂的高兴！人人急于问道：
“我们的英勇魁梧的统帅在哪儿?
他曾长期领导我们胜利地战斗
在光荣的战场上！”

1 约瑟夫·波尼亚托夫斯基是波兰国王斯达尼斯瓦夫·奥古斯特的弟弟，曾任华沙公国的军队统帅，曾随拿破仑东征西战，后被封为法军元帅。

四

他并没有出现在这支队伍的前面，
以前他可是这些人的灵魂和榜样，
他头戴鹰帽，身上佩带着战士的武器，
外披黑色丧服。

五

在那些勇敢部队中间也没有看见他，
他去哪儿啦？他听见大家的悲痛没有？
看，在那座死人担架的上面，
是骑士的尸体。

六

这灵柩，这大车，劳累后的休息，
感激的人民流下了动情的泪水，
这些战斗中的真诚战友拉着他，
用他们的胸膛。

七

走在灵柩后面的是他的那匹战马，
它低垂着脑袋，驮着黑色武器，
马伤心地走着，主人已安全地
结束了自己的岁月。

八

忧伤的号角。哭泣似的笛声，

你们那动摇雄鹰的银铃般声音
停下吧。这悲痛的呻吟声把我
敏感的心胸刺痛。

九

看，在亮光正要消失的神庙前面，
青年人正从车上抬下可爱的尸体，
在火炮齐鸣的响声中抬着它走向
永恒的大门。

十

神父们的祷告，战友们的哭泣，
把他高升到永恒上帝居住的地方，
啊，请接受他们向英勇统帅的
最后的告别。

十一

请和我们分担这深沉的苦痛，
巨大的牺牲，无偿的劳动，
取代宣告无罪的甜美希望
是苦涩的较量。

十二

珍惜我们的眼泪，你已是个幸运者：
为祖国斗争的人，定会勇敢地牺牲。
公正的上帝已给他戴上了永恒的

荣誉的花冠。

十三

感激的同胞们会珍惜死与生，
决不会让岁月抹去你的行动：
筑起豪华坟墓，会在墓顶上
放上月桂花环。

十四

人们在墓上哭叫，像是最后的音调。
死亡带来的是失去的希望，
你手持利剑，骑着骏马飞驰在
泡沫飞溅的溪流上。

十五

众多的人们围绕着你的塑像，
这题铭会保留在坚硬的岩上：
“这位骑士作战时英勇顽强，
活着时毫无瑕疵。”

十六

“这战士充满着骑士的激情，
他用你盾牌的边缘磨利武器，
他相信借助于你的德行，
能够杀掉上千敌人。”

（林洪亮　译）

雅库布・雅辛斯基

（一七六一年至一七九四年）

波兰革命诗人，民族起义的爱国将领。曾领导立陶宛的起义部队，后在华沙的保卫战中壮烈牺牲。作为诗人他是波兰启蒙运动时期雅各宾派的代表，早期写过一些爱情诗、田园诗和寓言诗，参加起义后便以政治诗为主，揭露和批判现存的社会恶习和制度，宣扬自由平等和博爱的思想，号召人民起来与暴政和外国侵略者做斗争。

雅希和佐霞

佐霞很想要浆果，
可是她无钱可买，
雅希果园中多的是，
佐霞不敢去向他要。

不久她便想出了办法，
一大早她便偷跑出家门，
悄悄穿过篱笆爬进园里，
大口偷吃着雅希的樱桃。

雅希随即便发现了损失，
“这是麻雀所为。”他说，
“从今后这些小鸟再也
不敢飞到我园里来偷吃。”

他像模像样地做了个草人，
头上戴了顶很漂亮的帽子，
身上穿了件很旧的衣服，
于是这假人便放在了园里。

佐霞可不会怕这个假人，
她照样幸运地溜进了果园，
她为自己的办法得意洋洋，
又给果园造成了新的损失。

雅希很容易就猜到了，

什么鸟敢这样地大胆，
于是他又想出了新法，
这次他定会取得成功。

按照自己的习惯，
佐霞又掰下了树枝，
“小坏蛋，逃不了了！”
可怜的姑娘被抓个现行。

随后，自然会有处罚，
他罚这个窃贼赔偿损失，
一开始佐霞还大喊大叫，
后来沉默不语，表示同意。

（林洪亮　译）

致人民

人民啊！从前伟大，如今悲哀连连，
失去了力量、财富、荣誉和希望，
过去是利剑的强盛和科学的优选，
而令邻国惊讶，掠夺和仿效榜样！
今天则处于耻辱、失败和奴役之中，
你成了傲慢者的游戏和任性者的囊中物，
你成了衡量别国民族的一种武器，
看，他们已使你内部多么地不和！
长久的悲伤后你获得了启蒙的礼物，
重又开始建造古老意义的坚固大厦，
他恐惧地看到了你争吵不和的邻居，
当自由而团结的波兰人又能做什么。
遗憾啊！你的渴望已经转瞬即逝，
像星光闪烁，像火星那样消失！
因此你才受到如此多的不幸的折磨。
那是朋友、兄弟和喜欢的国王的背叛，
你之所以不能接受这一苦难的命运，
是你受到外国利剑的胁迫而非自愿。
人民啊，是时候了，不要相信任何保证。
你自己本身就是消亡或者拯救的筹码！
不用去关心你过去所承受的沉重枷锁。
当人民在高喊：“我想做自由人！”
——那就一定会成为自由人！
你应当好好想想西方的例证，
什么是专制的势力，什么是人民的力量。
起来吧，试试自己的手，如果它有力，

就拿起你过去战斗过的那把利剑，
你就会知道你过去不想知道的，你有武器。
但是你还要知道，在下令你站起之前
还需要大家的团结，忍受更多的失望。
而那位掌握着民族和人们的命运的人，
会再次用光明之光来把你唤醒。
如果你再次失去了有利的时机，
你就不值得关心，不适合起义。
现在就有两个民族值得你关心，
它们把兄弟之心结成永久的联盟，
它会让世界认识由勇敢激情而产生的
真理之光去分辨什么是恶和错误。
可你现在依然还依附于专制的政权，
等待着他们会发善心向你伸出手来，
以便利用你残存的力量的状况，
你情愿从怜悯中接收它并为它服务！
祖国，亲爱的国家，难道在地球上
已没有你的幸福，在天上已没有你的怜悯？
难道你永远要在威胁的刀斧下悲痛失望，
难道波兰人已不能有尊严地死去？
上帝啊，这是可爱的梦已经觉醒，
我看见手握波兰兵器走向伟大征程！
前进吧，勇敢的青年，充满神圣的德行，
为我们所受的压迫和耻辱去报仇雪恨。
前进，祖国要求你们把宝剑擦得锋利，
去削平要来的一切和叛变的东西！
狡猾的鬼神也无力把你们吓住，
唯有一点会使你们送命，那就是你们的怜悯。
你们看，道德本身如果用得不合时宜，
也会使你们蒙羞，就像荣誉中的罪行。

你，伟大真理之父，你孩子的父亲，
你伟大的日子何时向我们首次展现?
是时候了，你把你那紧握好的双手
要把我们从耻辱中、从深渊中拉出来。
要让你的神圣的声音回荡在人间和天上，
要让我们知道我们是什么人、会做什么。
而你，忧伤的祖国，在期待着我们什么呢，
你要知道，你不会立即拥有儿女或者得到拯救。

（林洪亮　译）

我的天堂

谁想去崇拜昔日的自由，
或者是阿斯特赖亚的黄金时代，
抑或是亚当的天堂果园，
要么是沙特恩和俄普斯的时期：
唯有我高高兴兴地
活在这个世界上。

这个丑恶的时代，悲惨的时代，
不值得尊敬和信仰的时代，
不管别人如何去把它称呼，
但对我说来却特别地舒服！
今天我能活在这世上，
我感到无比地惬意。

我爱奢华，喜欢爱抚，
喜爱艺术和舒适生活，
我赞美整洁，我品尝趣味，
凡是时尚的我都觉得美丽。
这种趣味实在可恶，
正人君子这样认为。

这让我那罪孽灵魂欢乐，
当我具有无比富有的财富，
新的需要，新的乐趣，
又来供我享用。
而我，祖先的败类，

享尽了所有的享受。

土地以其肥沃，天空以其美景，
还有火，都给予我很多的方便；
鸟群和小鱼以自己的迟缓，
给我增加了活动的自由。
一切对我那么友好，
真是幸福的铁时期。

如果这是我的一个很小的理由，
因为我的祖先们都没有这样活过，
我宁愿要卷糕也不要橡子，
就让别人来回答我这个问题：
他了解好吃的橡子，
但他不会烤面包。

我不太关心我死后的事情，
当它还不是我今天的处境，
但要是我处在糟糕的生存中，
或者是我获得了整个天堂：
我不会羡慕往昔的时代，
至少也不会去关心未来。

（林洪亮　译）

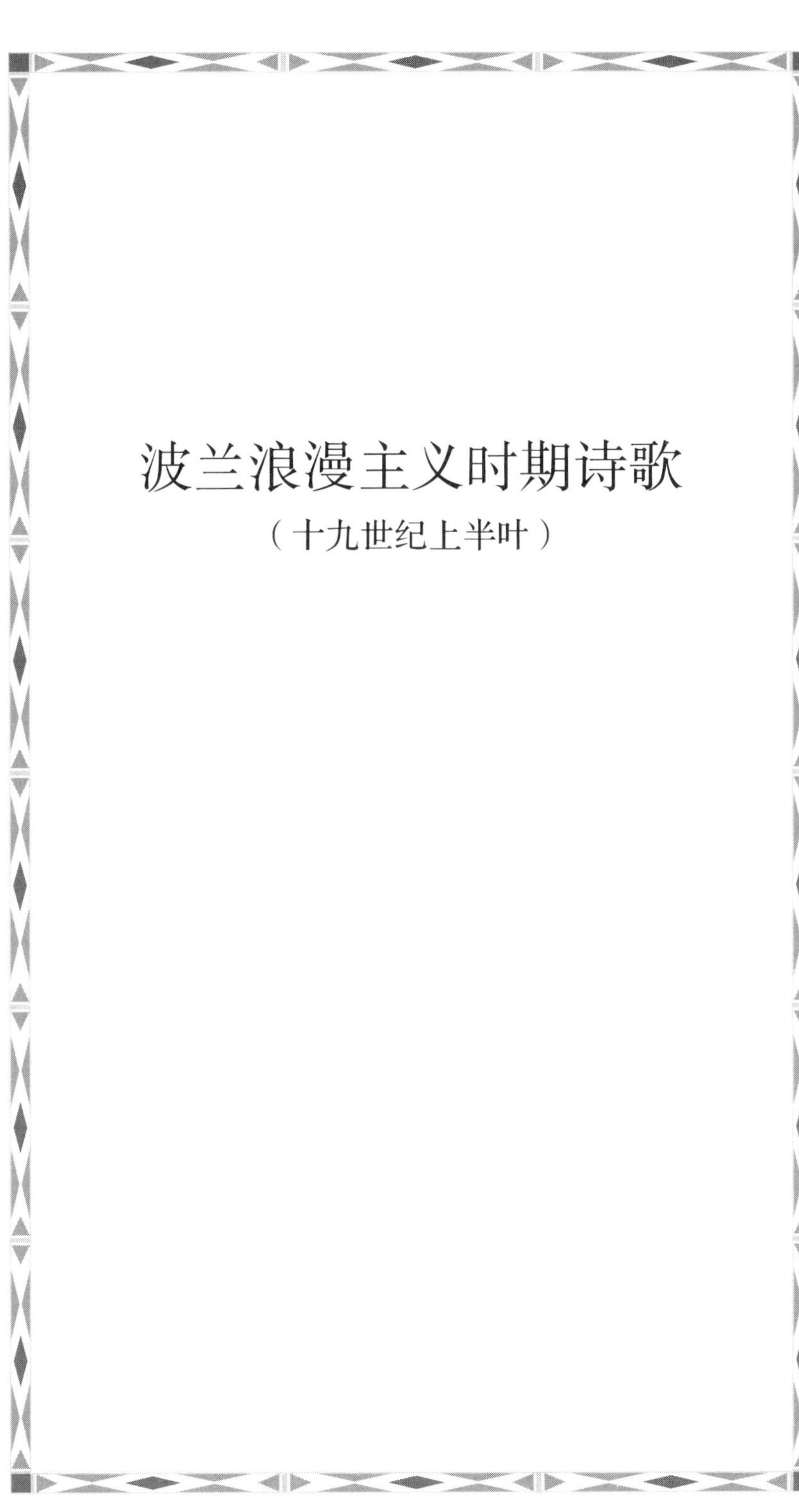

波兰浪漫主义时期诗歌

（十九世纪上半叶）

亚当·密茨凯维奇
（一七九八年至一八五五年）

波兰最伟大的爱国诗人，波兰民族解放运动的坚强战士。生于立陶宛的诺伏格罗特克的小贵族家庭。一八一五年进入维尔诺大学学习，并参加爱国学生组织“爱学社”和“爱德社”，毕业后任科甫诺学校教师。一八二〇年创作的《青春颂》表明他的诗歌从古典主义转向浪漫主义。一八二二年出版的第一部诗集《歌谣与传奇》标志着波兰文学开启了浪漫主义新时代。一八二三年出版的第二部诗集，收有长诗《格拉齐娜》和诗剧《先人祭》第二、第四部。一八二四年密茨凯维奇因参加爱国学生组织而被捕，并被流放到俄国内地。在流放期间，他和俄国革命者建立了联系，并结识了一批俄国作家。他在俄国期间出版了《十四行诗集》和具有强烈爱国精神的长诗《康拉德·华伦洛德》。一八二九年他逃亡西欧。一八三〇年华沙爆发武装起义时，便立即整装回国参战，但起义遭到俄军的残酷镇压而失败。之后他来到巴黎，写出了他最具代表性的两部作品:《先人祭》第三部和史诗式长诗《塔杜施先生》。一八四八年他曾到意大利组织波兰志愿军参加意大利的独立战争。一八五五年因到土耳其组织波兰军队时不幸染上瘟疫而逝世。密茨凯维奇是波兰浪漫主义文学的旗手和主将，他的诗歌无论是对波兰还是对世界文学都产生过不小的影响。

青春颂

没有心、没有灵魂，这是行尸走肉；
青春啊！请赐给我翅膀！
我要飞翔在这僵死的世界之上，
一直飞向那幻想的天堂！
在那里，热情创造了奇迹，
撒下了新鲜奇妙的花朵，
给希望以金色的图像。

衰老使人两眼发黑，
低垂着满是皱纹的头额。
他用那呆滞的眼睛，
望着他身边的世界。

青春！你高高飞在地平线上，
恰似那高悬在天上的太阳，
照射着这地上的人群，
从这端到那端，永无止境。

向下看！那里，永恒的云雾遮盖住
那充满慵懒和混乱的国土，
这正是大地本身！

看！在那一动不动的死水上，
出现了一只负着甲壳的爬虫，
那是只小船，张着帆，掌着舵，
本能地追逐着那些更小的爬虫。

时而高高地抛起，时而深入水里，
它不管波浪，波浪也不理它，
然而却像水泡，在岩石上撞碎，
谁也不知道它是活着，还是死去；
这正是孤芳自赏者的下场！

青春啊！生命的美酒会使你甜蜜，
只要你能和别的人一起共享；
每当金带把我们联结在一起，
我们的心就能感受到天堂的乐趣。

团结起来，年轻的朋友们！
大众的幸福就是我们的目的。
团结就是力量，热情产生智慧。
联合起来，年轻的朋友们……
在战斗中牺牲是最幸福的人，
如果他能用自己倒下的尸体，
为同胞架起通向光荣之路的阶梯。
团结起来，年轻的朋友们……
尽管我们的道路曲折而又崎岖，
尽管暴力和软弱会阻碍我们前进。
但我们要以暴力去反抗暴力，
软弱呢，从小就要学会把它战胜！

如果摇篮中的孩子能折断多头蛇[1]的巨头，
那他长大成人后定能把人头马身怪[2]除掉，

---

1 多头蛇：即希腊神话中的九头蛇。据称希腊神话中的大英雄赫拉克勒斯就曾在摇篮中杀死过两条蛇。

2 人头马身怪：即希腊神话中的半人半马怪。

他还能从地狱里救出那些苦难者，
也能从天堂里得到月桂的花冠，
他能摧毁理智所不能摧毁的一切；
达到目光所不能达到的地方。
青春啊！你的飞翔像雄鹰矫健，
你的翅膀像雷电一样威猛！

嘿！让我们肩并肩！如同一根链条，
把这个圆圆的地球缠绕。
我们要把思想集中到一点上，
在这点上再集中我们的灵魂！
前进吧，地球！离开你的地盘，
我们要把你推入新的轨道；
直到你脱下那发霉的皮壳，
回忆起你青春绿色的年代！

有如在混沌和黑夜的国度里，
好争执的分子正在大声喧闹。
上帝一声大喝“停住！”威力无比，
物质世界便站立在坚定的轴上。
狂风呼啸，波涛汹涌，
星星闪耀在深蓝的天空。

人类的世界依然处在黑夜中，
各种欲望的元素正在进行战争。
然而爱的火焰正在那里升起，
从混沌中诞生了精神的世界。
青春将它拥入自己的怀中，
友谊和它结成了永恒的纽带。

大地上无情的冰雪，
将和遮蔽光明的偏见一起消融。
欢迎你，自由的曙光，
“拯救”的太阳正随你升起！

（林洪亮　译）

希维德什[1]

给米哈尔 · 维勒斯查卡[2]

如果有谁在诺伏格罗特克，
走进伯乌齐拉黝黑的森林里，
我就请他看一看那个湖，
请他勒住一下他的坐骑。

希维德什露出自己的胸膛，
构成一幅巨大、圆圆的画图，
像冰雪结构的明镜一样平坦，
四周是稠密的、暗黑的松树。

如果你在夜晚来到这里，
再把你的脸转向着湖水，
无数星辰在你头上、脚下闪耀，
一对月亮也放射着光辉。

多么稀罕！在你站立着的地方下面，
呈现出一片灿烂的平原，
苍穹的那座透明的拱门，
也一直伸展到你的眼前。

---

1 希维德什湖在诺沃格鲁德克，靠近伯乌齐拉的森林，诗人曾多次到湖中游玩。

2 米哈尔 · 维勒斯查卡是密茨凯维奇的朋友，诗人曾到他的庄园度暑假。

你的眼力达不到对岸，
连天上、地下都不能分辨，
就好像挂在天空的中央，
或者是浮在碧蓝的深渊。

在午夜的晴朗的时辰，
湖面的情景迷惑着心灵，
可是，只有最勇敢的人，
才敢于在这湖边走动。

在那里，你可以听到和看到，
魔鬼在争吵、怪影在奔跑，
四周的一切在不停地颤抖，
连白天想起了也心惊肉跳。

有时，水里像城里一样热闹，
火光和烟雾在空中飞旋，
战争的呻吟和甲胄的噼啪，
金鼓的轰鸣和妇女的叫喊。

忽而，烟云散了，喧哗也静下，
只有岸上的枞树低低地呼啸，
水里只听到轻微的谈话，
还有妇女的悲哀的祷告。

这是怎么的？各有各的说法，
可是谁也不曾到水里探询，
种种的消息传到人们的耳中，
谁又辨得出这是假是真？

有一位伯乌齐拉的乡绅，
他的祖先是希维德什的领主。
怎么才能解答这湖里的秘密，
这位乡绅早已在思来想去。

他吩咐到城里制造一些用具，
他付出了一笔不小的款子，
织成了一副巨大的渔网，
做成了一些木筏和船只。

我早知道：这样浩大的工程，
没有上帝保佑，就干不了，
他们在教堂里许下心愿，
彻林[1]的神父也终于赶到。

他站在岸上，穿着法衣，
在胸前画着十字，祷告上帝，
乡绅就吩咐把船只放下，
渔网响着，缓缓地沉到水里。

网上的浮标渐渐漂开，
最后也沉入深深的水底，
鱼从网里钻出，网轻松地摆动，
网里一定没有什么东西。

两个人在岸上扳着网头，
把深渊里的渔网拉了起来，
谁也不会相信我说的话，

1 彻林：伯乌齐拉附近的一个小镇。

这究竟捞到了什么妖怪？

捞起来的不是什么妖怪，
而是一个活生生的女人，
银白的头发被水淋得稀湿，
明亮的脸和珊瑚红的嘴唇。

她走近岸边，有些人转身跑了，
有些人见了这怪事，非常害怕，
站在那里不动，苍白了脸，
这时，她用温柔的声音说着话：

“你们知道，谁在这里放下船只，
谁就要得到不好的报应，
最勇敢的人来到这湖里，
也要被打入这万丈的深井。

“你这无礼的家伙和你们一群，
还有跟着来到这里的那些民众，
这里原是你的祖先的领地，
你的身上也流着我们的血液。

“本来要惩罚你们的好奇，
可是你们却预先祷告过上帝，
上帝就借我的口告诉你们，
这一个奇异的湖泊的历史。

“在那布满砂石的浅滩上，
在这水草和芦苇丛生之处，
在你们的桨、橹所及的水中，

曾经有过美丽的小城一座。

“希维德什，以勇敢扬名于世，
无数财物堆满了库房，
以前在土汗公爵管辖之下，
一直是繁荣而又富强。

“这黝黑的丛林也挡不住视线，
一直穿过这肥沃、优美的平原，
就望见那时的立陶宛的首都，
诺伏格罗特克城的墙垣。

“有一次，沙皇领着坚强的大军，
将我们的孟陀克大公[1]包围，
灾难笼罩了全立陶宛，
孟陀克大公也被迫撤退。

“当他的军队从边境撤退，
就给我父亲送来一纸公文：
‘土汗公爵，马上召集你的军队，
来保卫我们的可爱的京城。’

“土汗公爵接读了这公文，
他立刻颁布了作战的命令，
一下召集了五千名骑士，
配备着坐骑，武装了全身。

“他们挥着长矛，舞着利剑，

---

1 孟陀克大公：十三世纪时立陶宛的统治者，他定都于诺伏格罗特克。

土汗的旗帜在城门上飘动。
土汗公爵又回到了宫廷，
因为他左思右想，心事重重。

“他对我说：‘为了援助别人，
是否就得把自己的人民丢掉？
希维德什除了利剑和胸膛，
并没有别的能防御的碉堡。

“‘这小城的军队如果分而为二，
那么怎能保卫可爱的首都；
如果整个的军队都投入战争，
这城中的妻女又有谁来保护？’

“我回答说：‘父亲，你先不必悲伤，
去吧，向光荣召唤的地方前进，
上帝会保护我们，今天的梦中，
我看见了这城市的守护大神。

“‘希维德什的利剑闪着光芒，
在黄金似的翼翅下掩藏，
他对我说，勇士们走出城外，
我就负起保护妻女的重担。’

“土汗公爵听了，就向军队赶去，
一直到黑暗的夜幕降下，
远方响起了喧闹的马蹄声，
到处是可怕的呐喊：‘乌拉！’

“冲锋的雷声逼近了城门，

枪弹的风暴落向整个城市，
孩子、姑娘、老人和可怜的母亲
都一齐向宫廷的地方聚集。

“‘真残暴，’他们喊着，‘把城门关上，
俄国人要来屠杀我们，
我们宁愿自己杀死自己，
与其在耻辱之中偷生。’

“这时候，狂怒变成了恐怖，
他们把财物堆积成山，
又用火炬燃烧着房屋，
可怕的声音在那里大喊：

“‘谁不自杀，谁就要被杀！’
我救护着，一切都无济于事。
他们伸长了脖子，跪在门前，
别的人又拿来了锐利的斧子。

“这都是罪恶：或者引来了强盗，
让我们接受更残酷的枷刑；
或者以自杀代替可怕的屠杀。
‘上帝呀，’我喊着，‘你救救我们！

“‘如果我们不能把敌人赶走，
那就要你保佑，让死神快来，
最好让你的雷电震死他们，
或者把我们在这里活埋。’

“忽而，一道白光在前面一闪，

白天突然变成昏暗的黑夜，
惊惶的眼睛都向地面凝视，
世界在我面前渐渐地消失。

“这就是过去的残害和耻辱，
这周围的青草，你一定看到，
它们都是希维德什的妻子儿女，
是上帝将他们变成了青草。

“粉白的花朵在深渊上飘荡，
像是一只只白色的蝴蝶，
当大雪将青青的草叶变白了，
它就像是枞树的针叶。

“这一幅有悖于生前的道德的图画，
即使腐烂了，它也永不褪色，
它暗暗地生长，不再凋谢，
凡人的手掌不能将它采摘。

“沙皇和他的狐群狗党看见了这，
鲜艳的花朵就是证明人，
一个采下花来，装饰了钢盔，
一个编成了花环，戴在头顶。

“可是谁要在这深渊里采摘，
病魔就一定要将他折磨，
愤怒的女神也要将他照顾，
发号施令的是那无情的花朵。

“虽然时间渐渐抹去了记忆，

但是惩罚的痕迹却依然留存。
它还在传说中放出光辉，
花朵也保有着‘沙皇’的名称。”

这女人说完了，便缓缓离去，
同了船只和大网一起下沉，
只听见了湖水的澎湃，
以及波浪冲击湖岸的声音。

大湖像气管一样破裂，
连眼睛也来不及将她追赶，
她沉下了，波浪掩盖了她，
从此以后，她就不再出现。

（林洪亮　译）

小 鱼

歌谣，取自民歌

从森林边上的那座豪华庄院里，
发疯似的跑出一位悲痛欲绝的姑娘，
她的脸上挂满了滚滚流淌的泪水，
披散的头发在微风中急剧飘荡。

她急急跑到了草场的尽头，
那里有一条流入湖中的小河。
她绝望地扭着她白嫩的双手，
她心如刀割，悲伤地哭诉着：

“啊，你们，住在那深深的水中，
我的希维德什湖里的水仙们，
请听听一个被遗弃的不幸女人
所受到的欺骗和她悲哀的处境。

“我真心实意地爱上了我的主人，
他也信誓旦旦，定要和我结婚。
可是今天他却娶了一位富家小姐，
便将可怜的我克里霞赶出了家门。

“就让他们享受他们的新婚欢乐，
就让这个伪君子去和她卿卿我我，
唉，只要他们不到这边来，
来嘲笑我的痛苦、我的耻辱。

“一个被他狠心遗弃了的女人，
还有什么指望，在这人世间？
请接受我吧，希维德什的仙女们，
可是我的孩子，我的孩子怎么办？”

她一边诉说，一边伤心地哭着，
她用双手蒙住了自己的眼睛。
突然，她跳进了深深的水里，
湖水立即淹没了她的呻吟。

这时候，在森林那边的庄院里，
灯火辉煌，点亮了上千盏灯光，
兴高采烈的宾客们纷纷前来祝贺，
到处洋溢着音乐、跳舞和欢呼声。

然而，就在这欢乐的嘈杂声中，
从树林里传来了婴儿的哭叫声。
那忠心耿耿的仆人从林中走出，
他抱着嗷嗷待哺的婴儿急急前行。

他大步流星地朝小河那边走去，
密密的柳树排列在小河的两岸；
仿佛用强大的臂膀将小河拥抱，
小河的河水在树林中间蜿蜒穿行。

老仆人站在那阴暗的角落里，
哭喊着，脸上显出了悲伤；
“唉，谁来给这孩子喂奶呀？
克里霞，你在什么地方？”

“我在这儿，在深深的水下面，”
回答的是可爱的温柔的声音，
“我在这儿挨冻，浑身冻得发抖，
尖锐的礁石又划破了我的眼睛。

“我同石子、小鱼和水虫在一起，
汹涌奔腾的波浪推着我向前冲，
我的饮料是寒冷的露水，
我的食物是珊瑚和小虫。”

老仆人依然站在那角落里，
哭喊着，一脸焦急的神态。
“唉，谁来给可怜的孩子喂奶？
喂，克里霞，你在什么地方？”

就在这晶莹透明的湖面上，
突然掀起了一阵阵的波浪。
湖水翻滚着，波光粼粼，
一条美丽的鱼跃出了水面。

正像我们常常看见的孩子们
轻巧地用石片在打水漂那样，
我们的小鱼也是这样地蹦跳着，
在轻柔的水面上一蹦一跳而来。

她全身都是金色的鱼鳞，
两边长着色彩鲜红的鳍。
她那小小的头有如顶针，
她细小的眼睛像是宝石。

突然，她脱下了鱼鳞的外衣，
变成了一个美丽可爱的姑娘，
金黄色的头发披散在肩背上，
激动的胸脯和项颈在起伏不停。

她的脸好像玫瑰一样娇艳，
她的乳房有如白皙的苹果，
她的腰以下依然是鱼的形状，
在柳树枝下的水上摆动游荡。

她双手接过那可怜的孩子，
立即紧紧贴在她白嫩的怀中，
“啊，我的宝贝！”她说，“不要哭，
啊，你不要再哭了，我的小乖乖。”

等到这孩子停住了哭泣，
她把摇篮挂在伸出的树枝，
随后，她缩小她美丽的头，
全身又恢复了小鱼的形体。

她的身上又披上了鱼鳞，
两边又长出了坚硬的鳍，
她拍打了一下便沉入水中，
只见一片水泡在湖面泛起。

每天清晨和每天黄昏，
只要老仆人来到湖边，
希维德什的水仙女便会游来，
她游过来，是来给她的孩子喂奶。

然而，有一天夜幕即将降临，
这里却见不到任何一个人影。
平常约定的时间到了，过去了，
依然不见抱着孩子的老仆人。

他不能到这里来，只好等着，
他心急如焚，可又无可奈何。
因为他的主人和新婚的娇妻，
这时恰好散步在他们相约的湖畔。

老仆人只好退了回去，远远等着，
他坐在那片浓密的树林的后面，
他等呀，等呀，徒然地等待着，
始终不见他们从湖边返回庄院。

他站了起来，用手遮住额头，
从指缝中间朝前面窥视、查看，
红霞满天的白昼已经过去，
暮霭深沉的夜晚正降临大地。

日落之后他又等了一段时间，
一直等到星星在天空中闪耀，
他才悄悄地朝湖边匆匆走去，
他朝四周观看着，想大声喊叫。

啊，上帝，这里怎么会大变样？
是奇迹，还是魔鬼的法力所致？
这里原来流着清澈见底的小河，
现在却变成了一片沙地和岩石。

河岸上见到的是可怕的脏乱，
到处散布着他们的华丽的衣衫，
主人和他的夫人到哪儿去了？
再也找不到他们夫妇的踪影！

在干涸的小河入湖处，只见耸立着
一大片岩石，高高地伸向了天空，
岩石的形状奇特，像是经过了雕塑，
看起来真像他们两个主人的模样。

这位忠心的老仆人见此惊恐万状，
他站在那里目瞪口呆，一动不动，
等到他恢复过来能再说话时，
一两个小时早已消逝过去。

“克里霞，克里霞？”他喊叫，
回应的只有“克里霞”的回声。
他朝四周查看，真是徒劳，
再也见不到有人出现在湖中。

他望着那深暗的水坑和岩石，
冷汗从他苍白的脸上流下，
他的花白的头点了三次，
像是在说：我已经明白了。

他轻轻地把孩子抱在了手上，
露出了微笑，笑声充满奇异。

于是他虔诚地念起了祷词，
匆匆朝那座豪华的庄院走去。

（林洪亮　译）

特瓦尔多夫斯卡太太

歌谣

他们大吃大喝，吞云吐雾，
他们兴高采烈，欢歌笑舞；
喧嚣声差点要把酒馆震倒，
嘻嘻、哈哈、欢呼、狂叫！

特瓦尔多夫斯基坐在主位上，
两手撑腰，俨然像位大将军。
“你们尽情地闹吧！”——他喊道。
他开玩笑，施展魔法来吓人。

有位军人自以为骁勇过人，
他训斥大家，还出口不逊。
特瓦尔多夫斯基向他的刀吹口气，
这位军人立刻变成了一只小兔子。

有一位从法院来的辩护律师，
在静静地品尝一杯烧酒，
他只摇响了一下他的钱袋子，
这律师竟然变成了一只小狗。

他取出了长长的三根带子，
在裁缝头上变成了三根小管，
他吮了几下，格但斯克烧酒，
就从裁缝头上流出了一大缸。

他已经喝完了他杯中的烧酒，
酒杯便发出叮咚叮咚的声响，
他望着酒杯，说道："真是魔鬼来了！
我的好伙计，你为什么来找我？"

酒杯里真的站着一个小小的魔鬼，
短短的尾巴，是地道的纯德国种，
他摘下帽子，向着在座的客人，
不停地鞠躬，表示问候和欢迎。

这魔鬼从酒杯里纵身跳到地上，
突然变大变长，足有两码高，
一只鹰钩鼻子，母鸡的腿脚，
脚上长着又尖又长的利爪。

"特瓦尔多夫斯基老兄，你好！"
他说着，不停地在地上跳来跳去，
"怎么？难道你们都不认识我了？
我就是梅菲斯托费列斯[1]呀！

"已经多年了，我们在秃头山[2]上
签订了你转让自己灵魂的协定，
就在那张写有协定的牛皮纸上，
毫不迟疑地签下了你的大名。

"我的小鬼们都听从你的命令，

---

1 梅菲斯托费列斯：即梅菲斯特，德国中世纪小说和传说中一个魔鬼的名字。
2 秃头山：波兰南部圣十字山的一座山峰，传说那里住有女巫和恶魔。

我们签订的只是两年的合同。
到了时候，你就应该去罗马，
他们对待你会像自己人一样。

“可是已经过去了整整七年，
你却没有履行我们的签约。
毫无顾忌地在这里施行魔法，
根本就没有打算前去罗马。

“惩罚，尽管你一心想推迟，
但终究难逃我们的法网，
现在我就要在这里把你抓住，
因为这座酒店就叫罗马酒馆。”

一听到这样严厉的训斥，
特瓦尔多夫斯基便向大门溜去，
魔鬼一把抓住了他的外衣，
“你说说，神圣的诺言哪儿去了？”

这怎么办呢？魔鬼的意思，
再过一会儿他就要命丧黄泉，
特瓦尔多夫斯基的脑子一转，
又提出了更为困难的条件。

“好，梅菲斯托，你再看看合同，
上面明明还写着这样的条文：
要过了多少年、多少年之后，
你才能来摄取我的灵魂。

“我还有权向你提出三个要求，

你必须毫无条件地全部答应，
哪怕是最难办到的事情，
你也要不折不扣去完成。

“看，那布上画着一匹骏马，
这是我们酒店的招牌商标，
我想要跳到它的马鞍上，
骑着这家伙来回奔跑。

“你再用沙子编成一条马鞭，
让我能随意挥鞭催马奔驰。
你还得在林地里给我盖座大楼，
让我能在那里下马休息和吃喝。

“房子还要用栗子壳砌得高高的，
高得就像喀尔巴阡山的山峰。
还要用犹太人的胡须来盖屋顶，
再把罂粟花籽密密铺上一层。

“看，还需用这样的大钉，
它一寸宽，三寸长，
每一粒罂粟籽要用三根大钉，
牢牢地将花籽钉在屋顶上。”

梅菲斯托费列斯高兴地跳着，
他给那匹马刷洗、饮水、喂草，
又用沙子编好了一条马鞭，
一切都已准备就绪，等着飞跑。
特瓦尔多夫斯基跨上马背，
他试了试马，让它腾跃转身，

随后他挥动马鞭策马飞奔。
看，那座大楼也已大功告成。

"好，你胜利了，魔鬼先生，
还有第二件，你得加把劲，
跳进这祝福过的圣水的盆里，
让圣水淹没到你的脖颈。"

这魔鬼咳嗽着，犹豫不决，
身上竟冒出了大滴的冷汗。
可是仆人只能服从他的主人，
他跳进盆里，让水淹没到脖颈。

像是从投石机里飞出的石子，
他立即飞了出来，怒气冲冲，
"现在你是我们的了！"他喊道，
"我经受了一次最难受的洗澡。"

"还有一个要求在抓我之前，——
在魔法失去效力的时候完成，
你看，这是特瓦尔多夫斯卡，
我的妻子，这酒店的女主人。

"我要去和别西卜[1]共住一年，
你要代替我，住在我家中。
在这一年里，你要把这位太太
当成自己的妻子和最爱的女人！

---

1 别西卜：即鬼王，见《新约·马太福音》第十二章。

“你得发誓，要爱她，了解她，
要对她五体投地，绝对服从，
哪怕你其中一项没有做到，
整个协定就成了一纸空文。”

这魔鬼用一只耳朵听他说话，
又用一只眼睛盯着那位夫人，
他装作一副很注意的模样，
一边移动脚步向大门悄悄靠近。

这时候，特瓦尔多夫斯基，
想拦住他，对他嘲讽、讥笑，
魔鬼就从钥匙孔中飞跑出去，
从此他就一直在飞跑，飞跑。

（林洪亮　译）

青年和姑娘

一

绿绿的树林里，有一个
在采草莓的姑娘，
看，又来了一个青年，
他骑在黝黑的骏马上。

他很有礼貌地鞠躬，
轻捷地跳下了马，
姑娘害羞地躲闪着，
眼睛尽望着地下。

“你这可爱的姑娘！
今天，在这片槲树林里，
我们在这里打猎，
我和我的同伴们一起。

“现在我却迷了路，
我的小城在哪个方向，
请你告诉我走哪条路，
你这美丽的姑娘！

“是不是顺着这条小路，
可以尽快走出树林去？”
“时间还很早，你一定
来得及赶到家里！

“这里是高高的树林，
树林旁是一片白桦树，
靠近小村的那边，
到那边，一条向左的路。

“再上去是一片刺藤，
在右边的小河上
有一座小桥和磨坊，
你就望见小城的楼房。”

青年说了一声“谢谢”，
轻轻地握着她的纤手，
又在嘴边吻了一下，
于是就把马牵走。

青年跨上马，装上马刺，
他的身影渐渐消失，
姑娘却独自在叹息，
我不知道这为的什么。

二

绿绿的树林里，有一个
在采草莓的姑娘，
看，又来了那个青年，
他骑在黝黑的骏马上。

他远远地就叫着：
“请你告诉我别的路！

小村那边有一条河，
我却没法儿过渡。

“并没有什么小桥，
也找不到浅滩在河里，
你这姑娘，难道你
想让我在河里淹死？”

“那么你就走这条小路，
右边是一带坟墓。”
“上帝保佑你，姑娘！”
“我感谢你的祝福！”

在树林里的小路上，
他的身影渐渐消失。
姑娘又独自在叹息，
啊，我知道这为的什么。

三

绿绿的树林里，有一个
在采草莓的姑娘，
看，又来了那个青年，
他骑在黝黑的骏马上。

他又高声地喊着：
“姑娘！这真是天知道，
你指引的是什么路？
竟把我领到了城壕。

“在这条难走的路上，
从来没有人走的脚迹。
也许有抄近路的农夫，
为了砍树才来到这里。

“我打猎打了一整天，
马也不曾休息过。”
青年吁吁地喘气，
黑马也不再跳着。

“我要在这里休息，
小溪的清水喝个饱，
也要把马嚼松下，
让马吃一点青草。”

青年很有礼貌地鞠躬，
轻捷地跳下了马。
姑娘害羞地躲闪着，
眼睛尽望着地下。

一个沉默，一个叹息着，
过了不多久的时间，
一个大声，一个低低地，
他们在互相交谈。

老天似乎在和我作对，
风尽吹向树林那边，
青年和姑娘讲些什么，
我一点儿也听不见。

但看他的目光和神情，
我可以深深地相信：
关于走哪一条路，
他再不会向姑娘发问。

（林洪亮　译）

犹　疑

未见你时，我不悲伤，更不叹息，
见到你时，也不失掉我的理智，
但在长久的日月里不再见你，
我的心灵就像有什么丧失，
我在怀念的心绪中自问：
这是友谊呢，还是爱情？

当你从我的眼中消失的时候，
你的倩影并不映上我的心头，
然而我感到了不止一次，
它永远占据着我的记忆，
这时候，我又向自己提问：
这是友谊呢，还是爱情？

无限的烦忧笼罩我的心灵，
我却不愿对你将真情说明，
我毫无目的地到处行走，
但每次都出现在你的门口，
这时候，脑子里又回旋着疑问：
这是为什么？友谊，还是爱情？

为了使你幸福，我不吝惜一切，
为了你，我愿跨进万恶的地狱，
我的纯洁的心没有其他希望，
只为了你的幸福和安康，
啊，在这时候，我又自问：

这是友谊呢，还是爱情？

当你的纤手放在我的掌中，
一种甜美的感觉使我激动，
别的袭击却又将我的心唤醒，
它大声地向着我发问：
这是友谊呢，还是爱情？

当我为你编写这一首歌曲，
预知的神灵没有封住我的嘴，
我自己也不明白：这多么稀奇，
哪儿来的灵感、思想和韵律？
最后，我也写下了我的疑问：
什么使我激动？友谊，还是爱情？

一八二五年

（林洪亮　译）

阿克曼草原[1]（克里米亚十四行诗之一）

我航行在无水的辽阔海洋上，
我的马车像小船在绿丛中前行。
穿过青草的波涛、鲜花的海浪，
绕过色彩斑斓的山茱萸的岛群。

黑夜降临了，没有路，也无路牌指引，
我仰望天空，寻找为我导航的星星，
远方是云彩在闪烁，还是曙光初露？
闪光的是第聂伯河，是阿克曼的明灯。

我们停下。多么寂静，我听见鹤群飞过，
太高了，就连老鹰的鹰眼也望不见，
我听到了在草地上蹁跹飞行的蝴蝶。

我还听见了光溜的蛇在草丛中穿行，
多么寂静！我好像听到了立陶宛
传来的声音——没有人呼叫，我们前进！

（林洪亮　译）

1　阿克曼是俄国南部的一座小城，位于第聂伯河的右岸，离黑海十二英里。诗人把阿克曼草原比喻为无水的海洋，表明它的宽广。草原上百花盛开，绿茵似锦，给诗人留下了第一个美好印象。

暴风雨（克里米亚十四行诗之四）

帆破舵断，风急浪高，大海在咆哮；
人们惊呼狂叫，唧筒发出可怕的呻吟，
最后的一根绳索也被狂风卷走了，
太阳血红地落下，希望也随之消失。

狂风发出胜利的欢呼！骇浪滔天，
层层巨浪有如一座座高山屹立海中。
死神出现了，直朝轮船冲了过去，
恰似军队进攻那早已破坏了的堡垒。

有的昏倒在地，有的扭动着双手，
有的抱住了朋友，一起跪下祈祷，
他们在乞求死神发善心放过他们。

唯有一位旅客孤坐一旁，他在想：
“那些昏倒的和能祈祷的人真幸福！
幸福的还有那些有朋友可以告别的人！”

（林洪亮　译）

波托斯卡之墓[1]（克里米亚十四行诗之八）

春天之邦，花园里的鲜花竞相开放，
但是你却凋谢了，你美丽的玫瑰！
岁月流逝，像飞去的金色蝴蝶，
那记忆的毒蛇已将你的心撕碎。

在朝向波兰的地方，无数星星在闪耀，
为什么在路上聚集了那么多的星星？
莫非你在墓中尚未熄灭的火热的目光，
要把你的脚迹所过之处永远照亮？

波兰女人啊！我也在孤独中死去，
让友爱的手埋葬我，在你的近旁，
旅人们常会在你的墓前聚首，交谈。

---

1 离可汗王宫不远，有一座坟，坟上建有圆顶，是按东方风格建成的。克里米亚的普通百姓都说，这是凯丽姆·基雷为他宠爱的女奴所建的纪念碑。这个女奴是波兰人，来自波托斯基家族。但是莫拉维耶夫－阿波斯托尔在他所写的那本博学的、写得很美的《克里米亚旅行记》中却坚持认为，这故事是杜撰的，坟中所埋的是一个格鲁吉亚女人。我们不知道他的这种观点有什么根据。他的理由是：在十八世纪中叶，鞑靼人不会这样轻易将波托斯基家族的人抢来做奴隶，这种观点是不能令人信服的。众所周知，在乌克兰的最近的哥萨克暴动中，就有不少人被掳去，并被卖给了邻近的鞑靼人。在波兰，姓波托斯基的小贵族大有人在，因此，这故事中被掳的女奴并不一定要出自著名的胡曼尼大贵族，他们比较少受到鞑靼人的侵略和哥萨克暴动的影响。从这个关于巴克齐萨莱坟墓的民间故事中，俄国诗人亚历山大·普希金以其非凡的天才写出了他的故事诗《巴克齐萨莱的喷泉》。——原注。
胡曼尼是波兰大豪绅波托斯基家族的领地和大庄园。——译者注。

那时候，听到故乡的话语我多么激动，
那些热情歌颂你的诗人们定会看见
近旁的坟墓，也会为我赋诗一首。

（林洪亮　译）

监　视[1]

乌克兰歌谣

从花园的长廊，气喘吁吁的总督，
跑向自己的城堡，他既愤怒又担心，
他冲到了妻子的床边，掀开帐子，
他全身发抖，床上连个人影都没有。

他低头望地，用他一只发抖的手
抚摸着他唇上的一缕花白胡须，
他离开床边，转身朝门口走去，
大声喊叫哥萨克纳乌姆的名字。

"嘿，你这哥萨克！你这乡巴佬！
为何不在花园门口放狗、派人守卫，
快去拿火药袋和那支土耳其枪来。
还有点火绳。混蛋，快跟我出去！"

他们拿上武器，悄悄走进了花园，
他们放慢脚步，直向凉亭靠近。
只见绿茵草地上闪着白色光辉，
那里坐着一个身穿白衣的女人。

她伸着一只手遮住自己的眼睛，

1　这首歌谣取自乌克兰地区的民间故事。许多外国的译者都把它改名为《总督》。

白衣袖正好盖住了她的胸脯。
另一只手却在用力地推搡着，
一个双膝跪在她面前的男人。

他抱住她的双腿，热情地说道：
“亲爱的，难道我已失去了一切，
连一次握手、一声叹息都不给，
是那个总督用金钱把你买去的。

“我爱你这么多年，爱得那么深沉，
现在我又要离开你，远远地哭泣。
他不爱你，又不悲伤，只有金钱在响，
难道他就这样得到了你所有的一切。

“每天晚上，他把又老又丑的秃头
紧贴着你那天鹅般的雪白胸脯，
从你玫瑰般的嘴唇、红润的脸颊，
享受着本该属于我的天堂般的幸福。

“我骑着忠心的马，在月色朦胧中，
穿过寒冷和沼泽，急急赶到这里，
就是要在他的宫里向你道声晚安，
立刻就得告别，又要久久把你思念。”

她默默地坐在那里，他依然在向她
诉苦，又是哭泣，又是苦苦哀求；
最后她激动得失去知觉昏了过去，
她双手垂下，立即依偎在他的怀里。

总督和哥萨克隐身在树叶之间，

他们从腰间取下了火药袋，
拿出了通条，打开了枪膛，
装上了火药，双双做好了准备。

“老爷！”哥萨克说，“我心里发慌，
我双手发抖，无法朝姑娘放枪。
当我握着武器时，我全身发冷，
我不禁流下了眼泪，浇湿了枪眼。”

“闭嘴。你这杂种，会有你哭的时候！
拿着，这是列希钦[1]火药，不许出声！
点上火绳，擦干枪眼，准备射击，
假如打不中她，我就要了你的性命！

“高一点……向右……慢点，我先开枪。
头一枪要把那个男人的脑袋打中。”
哥萨克端枪瞄准，未等主人枪响，
他扳动枪机，直朝总督脑袋射去。

一八二七年末
（林洪亮　译）

1　列希钦：位于波兰中西部的大波兰地区，以生产火药而闻名。

三个布德雷斯

立陶宛歌谣

魁梧的立陶宛老人布德雷斯，
把身强体壮的三个儿子叫到院里：
“你们快到马厩里去把马鞍装好，
也把你们的镖枪和刀剑磨得锋利。

“我听到消息，维尔诺已发出命令，
要兵分三路，向三个方向发起进攻，
奥尔格德打俄国，斯吉格沃打波兰，
凯斯杜特公爵要去攻打普鲁士人[1]。

“你们年轻力壮，应该去为国效劳，
去吧，孩子们！神会保佑你们，
今年我不去了，我要给你们忠告。
你们三个分成三路去应征作战。

“第一个跟奥尔格德去攻打俄国佬，
一直打到伊尔曼湖畔的诺夫哥罗德城，
那儿的商人拥有大量财富，无比富有，
还有那黑貂的尾皮和金银的装饰品。

1 奥尔格德（一二九六年至一三七七年）是一三四四年至一三七五年的立陶宛大公，一生主要和俄国人作战。凯斯杜特（一二九七年至一三八二年）是奥尔格德的弟弟，主要与十字军骑士团进行斗争。斯吉格沃（一三五四年至一三九七年）奥尔格德的儿子，一三八六年至一三九二年曾担任立陶宛大公，主张与波兰结盟。

“第二个要去参加凯斯杜特领导的大军，
狠狠消灭那些蛮横的十字军狗杂种！
那儿的琥珀就像海中的沙子一样多，
还有色彩鲜艳的呢绒和嵌有宝石的道袍。

“第三个要随斯吉格沃越过涅曼河，
那儿的人很贫穷，得不到什么财富，
但能获得打造精美的刀剑和盾牌，
还能给我带回一个美丽的儿媳妇。

“世上的公主也比不上可爱的波兰姑娘，
她们活泼健康，像只逗人嬉玩的小猫，
她们的脸像牛奶一样白嫩，眉毛很浓，
一双眼睛宛如两颗星星在炯炯发亮。

“半个世纪以前，我还是个勇敢的青年，
便娶了个波兰姑娘做我的结发妻子，
尽管她进了坟墓，只要我眼望那边，
我心里依然保存着对她的深切思念。”

他吩咐完了，便祝福他们一路顺风。
儿子们披挂上马，朝各自方向飞奔。
秋去冬来，他们无声无息，不见踪影，
老布德雷斯心想，也许他们已战死疆场。

大雪纷飞，一个战士骑马飞驰而至。
斗篷里面，好像藏着一个很大的包袱。
“孩子，你里面装的可是俄国的卢布？”
“不，父亲，那是你的波兰儿媳妇！”

大雪飘落的时候，又一个战士进了家，
斗篷下面，好像藏着一个很大的包袱。
“你从普鲁士回来，那是一包琥珀吧？”
“不，爸爸，是我把波兰姑娘带回了家。”

大雪纷飞的时候，第三个战士回来了，
斗篷鼓鼓的，一定有大量的战利品。
老布德雷斯用不着多看便立即吩咐，
赶快邀请客人来参加第三次的婚礼。

一八二七年末
（林洪亮　译）

致波兰母亲

波兰母亲啊！如果在你儿子的眼里，
　　闪烁着天才的明亮光辉。
如果能从他的孩子般的额头上，
　　看出古代波兰人的骄傲和荣光。

如果他离开了他的同龄人伙伴，
　　跑去听老人歌唱昔日的辉煌。
他低垂着头，全神贯注地听着。
　　那老人向他讲述祖先历史的荣耀。

波兰母亲啊！你儿子的命运多么不幸！
　　你要面对着悲痛的圣母跪下，
你看见那刺伤她心脏的利剑，
　　敌人也会将你的心刺伤！

虽然一切政府、人民和教派结成联盟，
　　虽然全世界都在享受着和平，
你的儿子只有去参加毫无荣光的战争，
　　只有殉难……再也不能起死复生。

还不如早点让他留在孤寂的洞穴，
　　去进行忧郁的思考，躺在灯芯草上，
呼吸着潮湿而又腐烂发臭的气体，
　　和那里的毒蛇一起分享睡床。

让他在那里学会掩饰自己的愤怒，

隐藏他的思想，在深深的渊薮中。
用恶言恶语去伤害人们，像用霉气那样，
要谦恭卑屈地行事，像一条毒蛇。

我们的救星，当他还是拿撒勒的孩子，
他就十分喜爱那拯救人类的十字架。
波兰母亲啊！如果我真是你的儿子，
就该知道怎样去玩那些未来的玩具。

你早早地让他戴上了手铐铁链，
要他羸弱的身体去拉沉重的大车。
当他看到刽子手的斧头不会害怕，
看到杀人的绞架脸也不会变色。

他不像古代的勇敢的骑士们，
把胜利的十字架插在耶路撒冷[1]。
他也不像为新世界而斗争的士兵[2]，
为了自由而把鲜血洒在战场上。

总有一天，不认识的奸细会把他告发，
与他斗争的就是伪证的法庭。
阴暗的地牢将是他的比武场，
强大的敌人将会判决他的罪名。

高高矗立的光秃的木绞刑架，
正是这失败者唯一的纪念碑。

1 指中世纪时期的十字军东征。

2 指美国的独立战争。

他的奖赏只有女人的短暂的哭泣，
　　和爱国同胞夜里长久的交谈。

一八三〇年

（林洪亮　译）

上校之死[1]

森林深处护林人的小屋门前，
有一队波兰士兵正在休憩。
门口站着的是上校的勤务兵，
他们的上校躺在屋里奄奄一息，
附近的农民闻讯纷纷前来送别。
这位首领定是战功显赫的英雄，
纯朴的农民才会关心他的健康，
像亲朋好友一样为他哭泣悲伤。

上校吩咐卫兵给战马装上马鞍，
这战马伴随他经历过无数战斗，
他想在临死时能再见它一面，
于是他要求把马牵进他的房间。
他还要勤务兵把他的军服拿来，
还有他心爱的军刀、武器和腰带。
他要像恰尔涅茨基[2]临终前一样，
和他的这些战斗伙伴一一告别。
他们刚刚从茅屋里牵出战马，
一位神父带着圣礼匆匆来到。

---

1 这首诗写的是真人真事。艾米莉亚·普拉特尔（一八〇六年至一八三一年）在一八三〇年至一八三一年起义期间，曾是日姆兹地区起义游击队的首领。她女扮男装，奋勇杀敌，曾立下许多战功。她的事迹被波兰许多诗人和艺术家所歌颂。密茨凯维奇在德累斯顿一听到这位女英雄的事迹，便立即写出了《上校之死》这首诗，表达了他的无限崇敬。

2 恰尔涅茨基：波兰国王卡齐米日统治时期的著名将领，一六六五年在战斗中受了重伤，死在农民的茅屋里。临死前，他下令把他的战马牵进屋内和它告别。

士兵们一见脸色煞白、无限悲痛，
农民们也纷纷跪下，虔诚地祈祷。
就连科希秋什科的老战士们，
他们经历过多少次的流血战斗，
从未掉过一滴泪，如今都泣不成声。
他们跟着神父，都念起了祈祷文。

黎明的钟声在教堂的上空响起，
起义的战士们立即离开了此地。
因为沙皇的军队已在附近出现。
农民们走进房门瞻仰死者遗体，
只见他直挺挺地躺在光板木床上，
他手握十字架，头枕着一个马鞍，
旁边放着他的战刀和一支双筒枪。

为什么这位身着军装的首领，
却有一副少女那样美丽的面容？
为什么他的胸脯会那么高耸？
啊，他是个姑娘，立陶宛女英雄！
艾米莉亚·普拉特尔，起义的首领！

一八三二年
（林洪亮　译）

奥尔当战壕

根据副官的讲述写成[1]

没有命令我们射击——我来到大炮旁边
朝前面战场望去；二百门大炮齐鸣，
俄国的大炮排成整整齐齐的一列，
又直又长，伸展很远，像一条海堤。
我看见他们的指挥官挥动战刀来回跑动，
他把军队像鸟的一翼翅膀那样展开，
翅膀下面是紧紧跟进的步兵，
形成长条的黑色纵队像激流涌进，
刺刀闪闪发亮，黑色的旗帜，
像兀鹰似的把军队引向死亡。
面对着它的是一条狭小的白色防线，
像是屹立海里的岩石，那就是奥尔当战壕。
他们只有六门火炮，一直在冒烟和闪光。
即使从愤怒的口里发出那么些激越的话语，
绝望的灵魂所抒发出的那么些感情，

---

1 斯特方·加尔钦斯基是乌明斯基将军的副官，他的第二部《诗集》由密茨凯维奇编辑出版并题献给乌明斯基，本诗也收在其中。诗后附有密茨凯维奇的说明：“这首诗是受加尔钦斯基讲述的影响写成的，我把它作为我们共同的作品而收入我这位朋友的诗集中，我把它献给了波兰的这位最后的指挥官，他对我们的事业从不绝望并为之奋斗终身。”十一月起义后期，乌明斯基奉命指挥华沙东南地区的保卫战，奥尔当战壕指在沃拉和幸福区之间的五十四号战壕，因为它是由尤利安·康斯坦丁·奥尔当指挥的炮兵防守的。战壕被俄军攻占后，军火库爆炸，据参加战斗的兵士说，是奥尔当点燃了军火库，并与敌人同归于尽。但实际上奥尔当没有牺牲，后来还参加了意大利的自由解放斗争，一八八六年才去世。

也比不上这些火炮射出的炮弹和霰弹。
看，那些炮弹正好落在敌军纵队中间，
如同海浪的波涛，敌军团被烟雾掩没，
炮弹在烟雾中爆炸，队伍被炸上了天，
巨大的碎片在纵队中间闪闪发光。
子弹在飞舞，从远处发出威胁、呼啸、鸣叫，
如同公牛在搏斗前的尖叫，晃动，地动山摇，
已经落了下来，像蟒蛇在纵队中间缠绕，
胸膛在燃烧，咬紧牙关，呼吸都困难，
最惨烈的场景看不见，但从响声中能听出
尸体的倒下声、伤兵们的痛苦呻吟。
整个纵队从头到尾已是千疮百孔，
有如死亡天使在纵队中间走过了一趟。

那策动这些喽啰去进行屠杀的国王在哪里？
他是否分担他们的勇气，自己也挺身而战呢？
啊，不！他安坐在五百英里外的自己的京城中，
伟大的国王，半个世界的专制君主，
他眉头一皱，千百辆马车便立即出发飞奔，
他命令一签，千百个母亲就要为儿子哀哭，
他的手一挥，从涅曼河到基瓦便遭受压迫，
这个巨人像上帝有力、像魔鬼可恶！
当你的兵器吓坏了巴尔干外的土耳其人，
当法国的使节在舔吻你的脚掌，
只有一个华沙才敢嘲讽你的权力，
才敢向对手挥拳相抗，拽下你的王冠，
拽下你头上的卡齐米日和赫罗布雷[1]的王冠，

1　卡齐米日和赫罗布雷：都是波兰早期的著名国王，这里指波兰被瓜分后沙皇成了波兰的国王。

是你偷走王冠玷污血迹的，你这个瓦西里的儿子！

沙皇惊慌失措——彼得堡人害怕得颤抖不止，
沙皇雷霆大发，廷臣们也胆战心惊得要死；
但是军队却在调动，沙皇就是他们的上帝
和信仰。沙皇发怒了，应为沙皇高兴而去死。
派出了高加索的指挥官[1]率领半个世界的军队，
他忠心耿耿，行动果断，像刽子手的刀一样犀利。
乌拉！乌拉！看，快到战壕了，已下到壕沟，
壕沟倒塌了，靠堆积物来支持自己的身体。
壕沟的白色鹿寨都已烧成了遍体焦黑，
但战壕还在，被炮弹照得清晰可见。
黑暗上面一片红光，就像在蚁巢中间，
扔入的蝴蝶在闪亮，蚁群在追逐着它。
火光熄灭了，战壕看不见了。是否最后一门大炮
从原地被掀翻，沙土全把它掩埋了？
是不是最后一个装弹手都已鲜血流尽？
火光熄灭了。莫斯科佬已把鹿寨摧毁。
普通枪支在哪里？啊，今天他们干的事
比亲王的所有阅兵都要多好几倍。
我猜出为何沉默——因为我多次看见
我们的几个士兵在和成群的敌人搏斗，
整个小时只有两个词在喊叫：放、装弹，
当烟尘窒息呼吸，双臂已累得乏力，
但指挥员还在下令，士兵们奋力不停，
到最后即使没有命令他们依然忘我战斗，
到最后都不需什么勇气、感情和记忆，

1　高加索的指挥官：指伊万·帕斯凯维奇，他在高加索战争中指挥俄军，一八三一年被任命为波兰王国总督，镇压十一月起义。

士兵们像转磨似的在装弹、射击和转动，
从眼到脚从下到上，全神贯注在防卫。
直到双手在装弹箱里摸索寻找了很久，
连一粒子弹都找不到，战士立即煞白了脸。
没有找到弹药，已不能再去打枪放炮，
他只觉得那支烧热的枪还烫着他的手。
他拿不住枪，倒下了；趁敌人杀他之前
他死了。我这样想——敌人拥进了战壕，
像是成群的蛀虫爬到了新的尸体上。

我的眼睛模糊了。当我擦着双眼时，
我听见我的将军在对我说话，
他通过架在我肩膀上的望远镜，
久久望着战场和战壕，一声不响，
最后他说："丢失了！"从他望远镜下面
掉下了几滴眼泪。对我说："伙计，
你年轻，眼力好，看看那边战壕的情况，
你认识奥尔当，看看他还在不在？""将军，
我不怎么认识。""哪里还有炮，哪里就有他。"
"我没有看见。啊，我看见了他，他隐身在烟雾中，
就在这滚滚烟雾的中间我看到他多次
挥动着一只手，发出战斗的命令……
我又看见了他，看见了手，像闪电掠出，
他威胁着敌人，还手拿着火烛。
他们把他抓住了，他完了，啊，不，
他朝下面纵身一跳，跳进了地下洞库。"
"好！"将军说道，"不能让弹药落到敌人手中！"

一阵火光——烟雾——静默了瞬间——响起了
百炮齐鸣般的轰隆声。

爆炸土地上面的空气变得一片昏暗，
大炮蹦跳着，仿佛被击中似的，
在轮子上晃来晃去，燃烧的导火线，
并没有点中大炮的凹槽内。烟雾直朝向
我们这边飞来，我们被浓烟罩住，
除了弹药的闪光什么都不能看见。
烟雾渐渐消散，落下了一阵沙雨。
我朝战壕那边望去——壕沟、鹿寨、大炮，
我们剩下的几个人和一大群敌人。
所有一切都像梦似的消失了，
只有奇形怪状的黑色土堆躺卧在那里，
那是保卫者和侵略者混在一起的坟堆，
他们签订了第一次真正永久的和平。
尽管沙皇命令莫斯科佬赶快站起，
但这些莫斯科魂灵第一次不听沙皇命令。
那里葬送了成百上千的尸体和人名。
魂灵在哪里？我不知道。但我知道
何处是奥尔当的魂灵，他成了战壕的守护神！
为美好事业而牺牲性命如同创造生命一样，
都是神圣的。上帝说过成功，也说了牺牲。
然而当信仰和自由逃离了人民，
当专制和疯狂的傲慢笼罩着大地，
就像莫斯科佬围攻奥尔当战壕，
上帝为惩处这个被罪恶毒害的部族，
会摧毁这土地如同摧毁这战壕一样。

一八三二年六月二十三日

（林洪亮　译）

在清澈而宽广的湖水上

在清澈而宽广的湖水上，
屹立着一排排峻峭的山岩。
清澈透明的湖水映现出
山岩如画的墨黑的倒影。

在清澈而宽广的湖水上，
掠过黑云、暴风雨的前奏。
清澈透明的湖水映出了
这些黑云的流动的影像。

在清澈而宽广的湖水上，
电光闪动、雷声震长空。
清澈透明的湖水映出了
闪闪电光、雷声渐渐消隐。

这宽广的湖，和从前一样，
依然是那样地清澈和透明。
这时我看见四周的湖水，
正映出所有景物的映象：
峻峭的山岩及其威严的峰顶，
还有随即消逝的闪电和雷鸣。

山岩屹立着，阴沉而又威严，
浓厚的黑云会带来狂风骤雨。

电闪雷鸣也会过去，无影无踪，
可是我呢，却一直在漂流不停。

一八三九年至一八四〇年
于勒芒湖上
（林洪亮　译）

彼得大帝纪念碑

两位青年黄昏时站在雨中，
相互拉着手，同披一件斗篷：
一个是流浪者、西方的来客，
沙皇暴力的不知名的牺牲品；
另一个是俄罗斯民族的诗人，
他以诗歌而名扬整个北国[1]。
他们认识不久，却相知甚多，
几天之内他们成了要好的朋友。
他们的精神超越了世上的障碍，
像阿尔卑斯山两座亲密的巉岩，
虽汹涌的激流把他们永远分开，
但对这个敌人的叫嚣却置若罔闻，
两座高入云霄的顶峰却弓身相拥。
流浪者正在彼得巨像下面沉思，
而俄国诗人却在轻声地诉说：

“他是第一位创造奇迹的沙皇，
第二位女沙皇[2]为他建起这座纪念碑。
彼得沙皇已被塑成为巨人的形象，
他骑在一头青铜骏马的马背上，
等待着，好像要奔向什么地方，
然而彼得却不愿站在自己的国土上，

1　指俄国诗人普希金。
2　彼得塑像上刻有拉丁文写的“彼得一世，叶卡捷琳娜二世立”字样。——原注对他来说本国的疆土还不够宽广。
为了寻找基石，他们派人远赴海外，
来到邻近的芬兰海湾，
挖来了一座花岗岩的小山；
遵照女皇的命令，
这石山便漂洋过海、搬上陆地，
来到京城，堆放在女皇面前。[1]
基座已建好，青铜的沙皇便飞跃其上，
他手持权杖，身穿罗马人的长袍。
那骏马跳上了花岗岩顶端，
前蹄腾空跃起，屹立在基座边上。

“在古罗马，并不是以这种姿态来
颂扬万民敬仰的皇帝马可 · 奥勒留[2]，
他之所以名扬天下，永垂不朽，
首先是他驱除了密探和告密者，
还严惩了国内的贪官污吏。
当他来到莱茵和帕克托尔河畔[3]，
便把野蛮的侵略者打得一败涂地，
然后返回宁静的卡皮托尔皇宫[4]。
他的前额英俊、高尚而又温和，
额头上显示出富民强国的思想，
他庄严地高举起一只手，

---

1 这句诗译自一个俄国诗人的诗句；这个俄国诗人的名字我已忘记。——原注

2 马可 · 奥勒留：古罗马皇帝，公元一六一年至一八〇年在位。他也是哲学家，著有《沉思录》。

3 莱茵河曾是日耳曼各部落和高卢间的界河；帕克托尔是小亚细亚的一条小河，传说河中流淌着金片。这是分别指马可 · 奥勒留的东征与北征。

4 卡皮托尔皇宫：罗马古城又名七丘城，因是在七座山丘上建立起来的。卡皮托尔乃七丘之一，元老院的所在地。

仿佛要向周围的臣民问候祝福。
他的另一只手紧握缰绳，
去制服那疾驰的烈马。
你可以想象，大路两旁站立的人群，
大声欢呼：恺撒，我们的国父回来了！
皇帝很乐意在人群中间缓步穿行，
并把慈祥的目光投向所有的人群。
那烈马扬起鬃毛，眼里现出火光，
但它知道骑在背上的是最可爱的人，
于是它抑制住那火一般的烈性，
让臣民们走近以便把慈父瞻仰。
骏马以平稳的步子走在平坦的路上，
你会想到，它会达到永恒不朽的境界。[1]

“彼得沙皇撒开烈马的缰绳，
任凭烈马横冲直撞践踏众生。
一下便冲到悬崖的边缘，
发疯的烈马已经腾起前蹄，
沙皇制不住它，烈马脱缰，
你能想到它定会摔下粉身碎骨。
可是一个世纪以来它就
这样站着、跳跃，但却没有摔下。
就像从花岗岩直泻而下的瀑布，
严寒把它冻成冰块倒挂在深渊上：
只要自由的太阳一旦冉冉升起，
西方的和风把这些国土吹暖，
到那时，专制的瀑布将会怎么样？”

（林洪亮　译）

1　彼得的巨型骑马塑像和马可·奥勒留的塑像都是如实描写的。——原注

致俄国朋友

谨以此诗献给莫斯科的朋友们

你们还记得我吗？每当我回忆起
那些已被流放、监禁和死亡的朋友，
我就会想起你们，在我的梦境里，
你们的脸上便显示出人民的正义。

你们现在在哪里？我曾亲切拥抱过的
高贵的雷列耶夫[1]，现在沙皇的命令，
要将他吊死在那卑鄙可耻的绞架上，
诅咒他们，诅咒那些杀害先知的人！

别斯杜舍夫[2]曾向我伸出过的那只手，
那是战士和诗人的手，现在却被沙皇
夺去了刀和笔，还命令他去做苦工，
和波兰同志一起，在矿坑里挣扎呻吟。

别的人或许遭受到更惨重的酷刑，
有的人还可能受到官职和勋章的引诱，
居然把自己的自由的灵魂出卖给沙皇，
今天就在大人物的门槛前哈腰鞠躬。

1　康德拉季·费陀罗维奇·雷列耶夫，俄国诗人、出版家，密茨凯维奇于一八二五年在彼得堡和他结识。他是十二月党人起义的领导人之一，起义失败后被处以绞刑。

2　亚历山大·别斯杜舍夫，俄国作家，笔名马尔林斯基。他是近卫军军官，率部队参加十二月党人起义，被判处死刑，后减刑流放到西伯利亚。

或许，他那贪婪的舌头只对暴君歌颂，
对于同伴们的殉难反而幸灾乐祸，
或许，他正在我的祖国吸吮人民的鲜血，
在沙皇面前邀功请赏，夸耀可耻的功绩。

假如这忧伤的歌能凭着远飞的翅膀，
从一个自由的国家传到北方的你们中间。
在你们那茫茫的冰天雪地的国土上，
向你们报告自由，如同鹤群预报春天。

你们能听出我的声音，当我戴着镣铐，
我瞒过了暴君[1]，像蛇一样悄悄地爬行。
可是在你们面前，我袒露我的全部感情，
对于你们，我从来都怀有鸽子般的纯真。

现在我把这杯毒酒泼向整个世界——
这从血管里迸发出的故事多么凄惨，
这毒汁由我祖国的血和泪所组成，
让它腐蚀——不是你们，而是你们的锁链。

假如你们中间有人在抱怨，在我看来
他的抱怨如同一只狂吠乱叫的狗，
它长久戴惯了锁链，而且乐于承受，
到最后，它还要去咬那只给它自由的手。

（林洪亮　译）

1　密茨凯维奇本人在流放俄国期间，表面上老老实实、遵纪守法，暗中却仍与异议人士保持来往。他常常逃过宪警对他的监视；长诗《康拉德·华伦洛德》也借着历史的外衣，骗过了书刊审查机关，于一八二八年获得出版。

瑟韦林・哥什钦斯基
（一八〇一年至一八七六年）

波兰诗人，民族解放运动活动家。生于乌克兰。中学毕业后便积极从事革命活动，曾是一八三〇年华沙起义爆发时的领导者之一。起义失败后便辗转于国内外继续从事革命斗争。一八二四年开始写诗，早期诗歌富于乌克兰民歌风格，和扎莱斯基等人组成“乌克兰派”。长诗《卡尼奥夫城堡》是他的代表作，描写乌克兰农民反抗波兰地主压迫的起义活动。

离开波兰

高高的天上，灰鹤在飞翔，
飞翔，飞翔着歌唱。
士兵成群走过原野，走过林间，
没有歌声，在沉默的骄傲中步履肃然。

他们满面灰土，他们的骄傲蒙尘。
——“士兵去往何方？”——灰鹤发问；
——“你们的步伐好似送葬，虽然兵器露锋芒。
虽然兵器挥舞在手，眼中却含泪光。”

——“虽然兵器在手，我们却难开歌喉，
因为今天德国人再次把它们夺走。
我们将赤手空拳去远方，
在异乡挣取口粮。
苦涩，珍贵——而祖国最为珍贵，
我们将以荣誉和伤疤挣回。

“灰鹤，在我们的国家飞呀，
飞向我们的亲人吧，
振翅疾飞，带上士兵的眼泪，
带给母亲，带给妻子，带给姊妹。
母亲们，祷告吧！妻子们，哭泣吧！
请上帝快快送我们回家。

“我们的血灌满维斯瓦河，哺育你们。
我们的尸体覆盖田地，喂养你们。

但我们要很久以后才能回去吃喝，
很久以后，但许多人再也回不去了。
喂，飞往波兰的鸟儿，替我们
遥祝她幸福，直到永远。”

（闫文驰　译）

复仇的宴席

一

大宴会，可怖的宴会！
快些，自由的流民！
复仇召唤你们赴宴，
今天我们寄希望于复仇，
复仇今天是我们的偶像神。
看哪，我为她在此举杯，
看哪，我向她把泪水倾注。
看哪，现在我洒下热血——
这是我们宴会的饮品！
千年的奴役
各民族从心里眼里
流出泪滴将她浇灌，
让复仇有朝一日成真。
快些，我们复仇就在今日：
饮啜眼泪和鲜血！

合唱
大宴会，可怖的宴饮！
快些，自由的流民！
快些，我们复仇就在今日：
饮啜眼泪和鲜血！

二

近前来，宴饮之宾，

带上匕首和酒杯！
风暴，风暴！长着惩罚之翼
滚动的云接着云——
为宴席！——太阳熄灭，
黑暗放出电光；
闪电放声歌唱——
这是口令——是宴席的通关语！
震颤的世界悲泣无声，
大地化为齑粉，
地狱张开喉咙——
注意，化外之民！
地狱急来赴宴——
我们敲响酒杯表示欢迎！

合唱
这里，地狱，这里，和我们一起！
与夜游魂携手同游！
我们端着酒杯等你，
端着酒杯，拿着匕首！

三

是谁从地下的烈火中飞出
裹着旋成球的浓烟冲向我们？
像胸怀群星的天空一样耀眼；
他披着的外袍好像被血浸透，
右手执权杖，头戴王冠，
身下印出黑色的耻辱印记，
好像是罪恶的耻记。
哈！人民之主，人民的谋杀犯！

高举酒杯，匕首刺心！
谁套上英雄的形象，
为虚幻的骄傲鞭笞人，
在弱者的血中沐浴，让弱者充当背景——
谁把自己的伟大插在不幸的地球上——
谁用权力的荣光笼罩自己，
以便迷住百姓理性的眼睛——
谁以神的名义行自己的方便，
为了悄悄用众人的权利，
满足王室苟且的私欲，
任意压迫人民——
谁为做这些僭受神膏，
为称自己卑劣的生命为圣洁——
现在就该他和我们同饮
还要饮下利刃！

合唱
血和泪满溢杯沿！
为干枯的土地复仇！
去死，去受膏者的地狱，
罪大恶极的败类！

四

天空风暴渐沉，
地狱云开天晴。
是团什么东西在闪电里流动
在狂风暴雨的洪流中？
它们的袍子洁白如天使披挂，
头上的冠冕带有魔鬼的犄角，

今世的钥匙，天国的钥匙——
给人民——牧者的杖，
身体与灵魂的缰绳——
哈！这是总督的一千个神！
嘿！来匕首和酒杯这里，寻欢的朋友！
谁在基督一样沉默的谦卑下
膨胀那颗路西法骄傲的心，
谁为了指挥肉体潜入到灵魂里，
谁吃了上帝，生出了群魔，
谁心念地狱，衣冠天国，
谁为剥夺人民在地上的财宝，
许诺了天上的积蓄，
谁的圣袍下藏着屠夫的刀，
谁以神爱的名义，
流洒多人的血——
现在就该他和我们同饮
还要饮下利刃！

合唱

敲击复仇的酒杯吧！
为被欺骗的人民复仇！
神圣信仰的伪造者死期到了！
让伪善者的凶魂消亡！

五

天空被变厚的云层覆盖，
烈火再次从地上发出；
是何雾在地狱上弥漫
夹着诸风奔向我们？

镀金的眉毛，金闪闪的袍子——
衣裳的颜色——奴颜婢膝，
眼中的意味——残忍的傲慢。
哈！蒙昧主义者，贵族，
愚弄百姓之伍！
匕首在手，复仇的酒在杯中！
来我们这里，过来，令人作呕的凶魂！
带着王室色彩的耻辱印记，
你们把百姓拉到国王那里受酷刑，
在紫色的帐幕后抽打兄弟！
暴君麾下对同胞施石刑的刽子手，
带来辖制和无知的使徒，
你们成为暴君的棍棒，
把人民变为猪猡——
践踏百姓，侮辱百姓，
在国王脚下，在宝座的水坑里跪倒，
你们却乐意之至！
噢——谁的肩膀扛起了暴力的王座，
谁在地狱的长夜，
从撒旦的乌云里，将污秽降给人民，
为把人民吞食，变成污秽
在这块沃土上喂养自己的老爷。
为邪恶的宴会提供食物碎屑，
为特权阶级准备第一个脚凳——
谁在自己的军旗上悬挂
压迫人类和残酷，
谁对人做邪恶的事，以为无罪，
谁的心思意念如同魔鬼——
现在就该他和我们同饮
还要饮下利刃！

合唱

喝呀，我们无情地痛饮！
为被剥削的土地复仇！
死亡，血吸虫的死亡！
让奴才们灭亡！

六

天空揭开风暴的幕帘，
太阳快活地露出笑脸——
清扫一空，酩酊大醉，
地狱现已熄灭，安静下来。
世界的老爷，世界的继承人
在已经不属于他们的土地上团团转——
倾覆的王座和会堂碎成砾石
在他们坟前像雕像一样立着，
前面是整个旧世界，
整个罪恶的世界死了。
罪的血还在杯中！
自由的人类万岁！
现在我们销毁匕首，收去魔法——
复仇的宴席到此结束！

（闫文驰　译）

信念之歌

没几个人，兄弟们——我们的小合唱，
但我们有巨大的能力，
因为思想伟大的人民，
因为它伟大的灵魂
和我们的灵魂联结在一起，
灵魂与肉体联成神圣的墙。

没几个人，兄弟们——我们的小合唱，
周围是敌人的陷阱——
但邪恶的意念孕育不和
这些人的队伍孱弱——
他们想凭借虚假的兄弟情，
击溃我们，像冲击坚固的墙。

没几个人，兄弟们——我们的小合唱，
但到处都有声音响起：
“你们是百万之师，
百万人的爱与你们在一起，
发出的攻击百万人也不及，
你们的胸膛是百万胸膛的墙！”

没几个人，兄弟们——我们的小合唱，
但心中晨光闪烁
像世界点亮伟大的一天：

整个人类、所有未来人
会成为我们的继承者！
我们是大地上万世的榜样！

（闫文驰　译）

约瑟夫·博格丹·扎莱斯基

（一八〇二年至一八八六年）

波兰诗人，生于乌克兰的一个贫困家庭。他是家中十三个孩子的幼子，母亲早逝，他便寄养在亲戚家里。一八一九年发表处女作，嗣后和哥什钦斯基等人形成“乌克兰派”。一八三〇年参加起义，后流亡法国。他的诗富于乌克兰民歌的风格，语言简朴生动，表达了对故土的热爱和对农民的同情，受到密茨凯维奇的好评。

干草原

高高低低的草在咆哮，
噢！整块绿野！噢，紫罗兰，
丘陵像小波接连不断，
干草原——连绵——摇摇摆摆，
这是你的海——乌克兰！
土耳其人在它面前望洋兴叹，
马和哥萨克在海中嬉玩！

你好——巨大的坟墓，
我们先祖的血液使你肥沃！
在喧闹——喧哗旁边的是什么？
成群的野马数不胜数，
数不胜数的牛和牲畜，
在那里的绿色水面上
蹦跳——游泳——潜望！

看哪——看哪，看峡谷！
繁多的鸟类结群飞行，
像欢乐的百姓，
在行伍中，在郡县里，
鹰和隼统治——领导着；
统一的黑色——它们活泼伶俐
歌唱着——像在战争之后一样。

干草原！我们土生土长的干草原，
承自父母亲，哦，自父母

我们继承了沉思的面庞！
我们这里所有人都是兄弟！
哦！还有自豪这位姐妹；
她的面容像我们一样，
思念、神秘、惊奇。

这永恒的音乐在此奏响，
仿佛是某个茂密之处的噼啪声，
终究不知它来自何方？
哦！如梦似幻——有些野性——
仿若来自阴间的言辞
喧嚣声四散响起！
这不是我们骄傲的音符吗？

是自豪呀——博亚诺的自豪！
如此广阔、郁郁沉沉，
发出顽皮的喊叫！
而今人们心中发闷：
自豪！何时披挂上阵，骑在马上
在干草原上呼喊？何时扬鞭
催马，把战鼓敲响？

（闫文驰　译）

灰鹤声声鸣

我的眼睛久久将你渴望，
我亲爱的遥远的祖国！
但在思想中，在这令人窒息的地方，
你永远显得那么朝气蓬勃。

如此地年轻，拿着托尔班[1]，
我在恐慌中与你说再见：
今日雪花从发间飘落，心中悲戚，
额头皱起，托尔班在手里。

愿布加克的灰鹤和春天一同来临，
成群在天上玩耍嬉戏，
我流着泪追随它们
为祖国悲叹！直到你那里。

我看见：干草原丰饶又喧哗，
遍野有绿色的云雾聚成，
长春花，欧当归，毛蕊花，
青春，爱情，美梦。

我看着周围的土丘，
那里我要为青年祝福：
熟悉的水坝和乡间聚落，
熟悉的湿地和溪谷。

1　托尔班：一种乌克兰拨弦乐器，形似鲁特琴。

远处的带子闪着银光，长腰带——
第聂伯父亲，干草原上独行客，
在彩色的溶液中隐藏自己，
冲向岩石，把河心岛撞击。

我将目光投向行行坟茔，
战争的，高加索的朝圣者的——
鹰兄，隼兄，在此守卫着——
唳叫；马群嘶鸣。

何等光彩！何等美丽！何等芬芳！
何等鸟类！鸣叫，熙攘！
嘿！响起了熟悉的歌声，
合唱在溪谷和溪谷间回响。

伴着年轻哥萨克的合唱，
美丽的姑娘翩翩起舞——
这是父亲的儿女，
他们从他那里踏上战场。

上帝宽恕你，幸福的一代人！
嘘，女孩，嘘，你这天堂鸟儿，
起开！嘿，鹰和隼，
飞向马匹——飞向武器——为了波兰！——

（闫文驰　译）

文森特 · 波尔

（一八〇七年至一八七二年）

波兰诗人。生于卢布林，其父为德国人，其母为波兰人。利沃夫中学毕业后进入神学院学习。一八三一年参加立陶宛的起义，一八三五年出版诗集《雅鲁什之歌》受到广泛欢迎。嗣后出版的《我们的土地之歌》表达了他对祖国的思念之情。一八四六年定居利沃夫之后，除主编杂志《ZNiO 图书馆》外还喜爱到处访问，对波兰南部山区的地理考察，使他写出了《生活与自然的图像》这部饶有兴味的作品。

布罗德尼察的老骑兵

布罗德尼察外，像水汇集，
部队会聚在野地。
多么可惜，波兰，多可惜，
这样的孩子，这样的兵器！
人们看到这情景，
就会在波兹南路上哭喊；
会有诅咒和遗憾
向你发出，俄国人。

挨着边界的路上，
跑着一位年轻妇人，
饱含泪水的姑娘
向一位轻骑兵发问：
“你们，先生们，
可曾尽力作战？
你们这样抛弃了波兰。
上帝会怎么看？”

但骑兵没有回复，
眼睛里鲜血干枯，
瞳仁干燥无比，
好像身边的武器。
他摘下帽子掷在脚下，
大风吹散灰色的头发：
“我忠实的马儿，你要稳住！
我们从这里上路。

从我见到日头算起，
国家已经三次沦亡，
这只手已经三次
操起武器。
我们没有衣服蔽体，
我俩都没有报酬奖励；
你没有饲料，
我还没有葬身之地！”

他为战争哭泣，
在矛上撞击头颅。
把旗帜撕成两截，
擦去一半泪滴，
抓起了一把泥土，
他把第二个伤口敷起，
和小兵们一起去往世界，
像所有人一样死在不知何处……

（闫文驰　译）

轻骑兵

斯托切克郊外的炮在响，
白色的花床闪耀亮光，
德韦尔尼茨基走在前，
孤身去向俄国佬冲闯。

“嘿，小伙子们抄家伙！
在这里站着干什么？
同胞们在那边激战，
我们难道就听着？

“一起来打俄国佬吧，
波兰今天起义啦！
正该把祖国报效——
嘿，一起把鬼子打跑！”

骑兵立刻齐动身，
离开岗哨向前奔，
虽然没有得命令，
自动上阵战不停。

“情况怎么样，骑兵？”
有人精神抖擞地问。
“我们在流血，先生们。
今天的日落染血痕！”

“什么？流血，你们说？！

如果不是才难得，
你们干站在这里，
他们在入口射击？！

“这样打难道不稀奇？
老战士，不能再站原地。
嘿，干起来呀——活下去！
向前进，骑兵兄弟！”

他们一起喊：“万岁！！！”
敌人攻击不停歇，
“那边是什么在向云飞？”
将军忙向手下发问。

“将军！那是骑兵们
擅离驻扎地进攻。”——
“这些士兵真要命——
没有得令就移动！

“他们纯粹是发了疯，
看，他们穿过田野何等快！
看，手榴弹何等狂扔！
自作主张可不行！”

但正当元首怒气冲，
环视四周心惊恐，
战场上有人忙汇报，
从远处高声喊叫道：

——“将军！这是佯攻！

请看那里的左翼，
四辆大炮开得急，
俄国人像待宰的畜生！”

冲锋，沿着野地冲锋，
骑兵的马蹄声轰隆：
德韦尔尼茨基策马前行，
对他们大喊致敬：

“你们干得真漂亮！
波兰人打仗就该这样！”
骑兵们张口齐呼喊：
“万岁，咱们的大波兰！！！”

（闫文驰　译）

马祖尔

我们的大波兰多么美，
壮丽广阔田地肥！
多少疆域，多少人民，
多少奇迹，多少城镇；
但要让波兰人来说，
最好不过马佐夫舍！

哪里还能见这样
奇景、歌谣和姑娘？
谁的马蹄铁这样迸火花？
哪里有这样可爱的家，
像家乡马祖尔一样？
让全波兰人讲一讲。

涅曼河那边森林密布，
俄罗斯的道路只是泥，
山民粗犷赤身裸体，
奥得河那里本属德国；
还要说我们的山地，
马祖尔天下排第一！

波多里亚的人说那边
黑麦长起来不夹秕稗；
但我们这里有神的恩典，
沿着维斯瓦河流到海，
她的筏子一路唱着歌，

有一分钱就知足常乐。

遥远的地方第聂伯流淌，
乌克兰的马匹举世闻名；
可是谁像马祖尔一样，
牵着马，驱马前行，
行客匆匆驶向华沙，
人人都说：马祖尔强大！

强大的马祖尔安静祥和，
但在战场上也不示弱。
生产的镰刀人人知，
用在战斗中正合适；
马祖尔镰刀挥舞起，
切割俄国人像神的怒气。

哎呀，哎呀，哎呀呀，
清晨降临我们的国家！
马上河流和山谷都不再，
比波兰和马祖尔消失得更快。
尼古拉，都拿去，
但自由会重回祖国大地。

歌声会重在波兰响起，
歌唱马祖尔和奇迹；
如果上帝创世在今朝，
他会从马祖尔开始创造。
而其中存在可怜的丑恶，
那是归尼古拉所有。

（闫文驰　译）

尤留斯·斯沃瓦茨基

（一八〇九年至一八四九年）

波兰著名诗人。生于贵族知识分子家庭，曾在维尔诺大学法律系学习，毕业后在华沙的财政部工作。他天资聪慧，九岁时开始写诗，大学期间和在华沙时，写出了长诗《胡果》《扬·别列茨基》和诗剧《明多维》《玛丽·斯图亚特》等作品。华沙起义爆发后，他创作的《自由颂》等诗篇，被印成传单，广受欢迎。起义失败后他流亡国外，先后到过瑞士、意大利、希腊、埃及和中东等地。一八三二年至一八四一年是他创作的高峰期，先后创作了《柯尔迪安》《巴拉丁娜》等诗剧和《安赫利》《贝辽夫斯基》等长诗。十九世纪四十年代初，受宗教神秘主义影响，并在诗剧《马雷克神父》《莎乐美的银色梦》和长诗《精神之王》等作品中有所反映。一八四八年波兹南爆发革命时曾回国参战，一八四九年病逝于巴黎。他的诗有着强烈的爱国主义和对美好社会生活的向往，而且语言优美、立意新奇，有的诗还富于哲理。

母与子

儿子啊！你如今要踏上生活的艰难旅程，
从此我不能再照顾你，再处处对你关心。
你抛开了住房和家庭，走向陌生的世界，
那里只有不认识的人和生疏的风俗习惯。
现在那幸福的光芒正在向你闪闪发亮，
而一路上希望也在向你撒下大量的鲜花，
可是当你到了更成熟的年纪会改变心情。
当你看到你独自一人置身陌生的人群，
当你看到你独自一人身处广袤的世界：
那里谁也不能理解你的思想你的心灵，
到那时候你的思想会回到可爱的故乡，
会把你带到你的那些亲人的怀抱中，
会让你想起你度过童年岁月的家庭，
会让你想起兄弟姐妹和天真的游戏，
会让你想起你那在天堂快乐的父亲，
他会从天上的殿堂中时时把你俯看。
难道一直在忍受离别之苦的母亲，
就不能得到你亲切的回忆和想念？
再见了，儿子！生活之路很艰辛、很艰辛，
我再次祝福你——要祈求上帝的保佑，
去吧，别了，我的儿子！但你要记住，
你的一切辛劳成就都是对我的报答。

一八二九年
于克热密涅茨
（林洪亮　译）

自由颂

一

欢迎啊，自由的天使，
你翱翔在僵死的国土之上！
而在祖国的教堂里，
神殿上装饰着鲜花，
点燃着芬芳的神香！
看，这里是新的世界
——新的人民生活。

看——在蔚蓝的天空中，
天使的金光灿烂的翅膀，
伸展在波兰的国土之上，
倾听着这大地的赞颂。

二

奴役精灵随着我们隐匿在永恒
的阴影中，用傲慢的脚掌践踏王座。
他在血腥王冠的重压下渐渐消亡，
他说话，但嘴里说出的话令人不懂。
过去写有令人惊异的明显词句的方尖塔，
如今却被神香的烟雾熏黑、损坏，
今天它被移到了罗马，
人们并不认识，成了僵硬的石块。

三

古代时，整个欧洲
都是哥特式的教堂。
圆柱紧密地连在一起，
大厦的尖顶冲向苍穹……
一位因年老而弯腰弓背的人，
用他那苍老而颤抖的声音，
推动着那些高傲巨人的命运，
还窥视着国王居住的宫廷。
那教育的光芒才刚刚穿过
那五光十色的玻璃进入殿堂。

有个修士站在门前，
他没有把头低下，
向上帝的圣言进行反抗，
还蔑视那些神圣的戒律。
那由圣言支撑的大厦倒塌了，
辉煌灿烂的光芒却在照耀……
那第一次的自由的呼吸，
也是信仰的呼吸。

四

国王们节节高长，像巨大的松树。
而人民权利的被践踏又有谁去报复?
在英国的海岛上，
出了个克伦威尔——谁不知道他?
他把斯图亚特的鲜血洒在王座的阶梯上，

但他并不想登基立位，他鄙视王位。

今天这英国的国王又是什么？
只是变幻莫测的幻影和幽灵。
月亮在天上显得暗淡朦胧，
权力的太阳照在这苍白的脸上。

可是伟人们却执掌着航行的船舵，
千百根圆柱支撑着法律的殿堂——
看！那排成长列的棺材一个接一个
正进入阴森的威斯敏斯特教堂。

五

西班牙的船队到达了新世界，
在那儿，兄弟会把兄弟出卖……
在这个新的世界里，
悲伤的树木正在生长。
在树下，劳累的人们
阴郁地想望着自己的幸福。
可是他们却一群群地睡着了，
而且也是成群地在梦中结束。

他们用死亡代替了梦——因为在树下，
他们梦想自由和更好的命运。
这是一种奴役之树，
在尸体上生长——世界已是座大坟。

就连最后一个人都已死去，
用死偿还了统治者的苛捐杂税？

啊，没有！华盛顿的声音
已经把美国人唤醒。
那光荣的花冠
正戴在神圣不可侵犯的自由上。

那死亡之树已变成航船的桅杆，
把死亡带给了英国的民众和战舰。

六

难道太阳不再在自由的国土上落下？
自由的翼翅笼罩着整个大地。
上帝会对自由的民族另眼相看，
也要给英雄们以褒奖。

七

有一种悲哀的钟声
从乡村的教堂中传来？
送葬的人群出来了——
他们个个低垂着头。
前面是棺材，后面是儿童，
接着是亲朋好友的队伍，
还点燃着洁白的蜡烛，
轻声地念起了祷文。
儿子们肩抬着棺材，
送殡的人群进入了坟场。
他们穿着黑色的丧服，
哭泣着，因为深深的悲伤。

他们为什么还要对自己哭泣？
他们不是得到了一大笔遗产。
他们为什么还要对死者悲伤？
他在坟墓里不再需要他们照顾……
啊，弟兄们！他死了。他是这村里
看到过祖国自由的最后一人。
儿子们已经生活在自由的国土上，
但都没有脱去他死后的孝服。
让我们到父辈们的坟上去，
弟兄们，让我们在他们的坟上呼喊——
也许坟墓中的先人们能够听到。

八

我看到年轻人在青春焕发的年代里，
竟耗费了自己的热情，还诅咒灵魂的激越。
他喊道：“上帝为何不把我身上的锁链去掉？”
然而到处是死一般的寂静。
于是他便对自己说：“我是生活的主人！”
多么可怕的绝望词句！
从这混乱的精神状态中，
只留下这可怕的思想。
死亡的苍白已笼罩在这高傲的脸上。
从这种思想中产生出成千上万种思想。
可怕的痛苦的力量，
理智会把它们限制——发展，
还会和信心不强的幻觉相连……
啊，信心不强！你这地狱中的火炬，
把幻想的迷雾和梦想的金色光线驱散。
哪里还有道德？道德不存在了！……

罪恶已不再是罪恶。
你只能用不信任的眼光，
去衡量人的高尚的情感……
大家都这样想，也这样叫喊。
这是时代之病，也是世纪的精神，
这黑暗只是太阳升起的前锋。

九

我看见了自由的天使，
自由的保卫者站起来了。
抬起你们苍白的额头！
要把船舵紧紧握住！
前进！向海洋的深处！
让我们驶入惊涛骇浪中，
从波涛中游出的决不止一人！
就像是一群潜水的人，
沉入这汹涌的波浪中，
他们在翻滚的漩涡中转动，
这波涛就把他们打入海底。
但我们之中决不止一人
会或近或远地游到岸边，
他会拿起珊瑚枝当作
安菲特利德[1]的贝壳来敲响。
但也会有人消失在海浪中，
永远躺在了海洋的深处。

（林洪亮　译）

1　安菲特利德：希腊神话中海王波塞冬的妻子。

颂　歌[1]

圣母，圣处女啊！
圣母，请听我们歌唱，
这是我们祖先的歌曲。
自由的曙光正在升起，
自由的钟声已经敲响，
自由的丛林蓬勃生长。
圣母啊！
让自由人民的歌声，
直达上帝的宝座前。

骑士们，放声歌唱吧！
让自由的歌声如电闪雷鸣，
把莫斯科的城塔震塌。
我要用自由的歌声，
把涅瓦河上冰冷的花岗岩掀翻。
那里有许多人——他们也有灵魂。

夜来临了……那只双头鹰
正在皇宫顶上沉睡未醒，
它的利爪还带着沉重的枷锁。
你们听着！警钟已经敲响。
钟声齐鸣……那只战栗的双头鹰，

1　这首诗写于一八三一年华沙爆发武装起义期间，和《自由颂》等诗都深受起义战士的欢迎和传诵。第一节采用了波兰中世纪最早的一首歌的前几句，故有“这是我们祖先的歌曲”这样的诗句。

飞翔在教堂十字架的上空。
它望着——但它再也没有勇气
去俯视那些为自由而斗争的人，
它被自己的光辉照得眼花缭乱，
便去找阴影——在午夜黑暗中逃遁。

啊，你们可耻啊！可耻啊，立陶宛人！
如果那沾满鲜血的双头鹰
正栖息在革狄明的古城中，
子孙后代都会众口一声去
责骂这个民族——在那儿
人们还在对血腥的皇冠致敬。

你们向外国人匍匐求生，
我们却相信自己的力量。
我们生活在自己的国土上，
我们也要在自己的坟墓中长眠。

拿起武器，弟兄们！拿起武器！
人民复兴的时刻已经来临，
从黑暗的专制的深渊中，
从灰烬中产生了新的凤凰，
人民站起来了——祝福他吧，主！
让歌声像在节日那样振奋高亢。

圣母啊！圣处女啊！
请听听我们吧，上帝之母，
这是我们祖先的歌曲。
自由的曙光正在升起，
自由的钟声响彻四方，

自由的丛林茁壮成长。
圣母啊！
让自由人民的歌声
直达上帝的宝座前。

（林洪亮　译）

立陶宛军团之歌

立陶宛活着！立陶宛活着！
太阳用荣誉之光为它照耀。
众多颗心在为它激烈跳动，
又有多少颗心停止了跳动。
要成为岩石！要成为岩石
才能忍受这些生锈的锁链。
我们要用钢铁去报仇雪恨，
用自由的思想、自由的歌声。
敌人在颤抖，
这悲哀的歌声，
就是日姆兹的号角。
耶稣玛利亚！前进，前进，向前进！.

条顿骑士团教会了歌唱，
我们就应该这样歌唱：
军团啊，军团！
向俄罗斯、俄罗斯！进军，进军！

它们又在迫使我们退到意大利，
可我们怎能和祖先的坟茔分离？
也许我们只能召唤他们的骨灰：
“要从坟里站起来！和我们一道前进！”
要向敌人报仇雪恨……

当沙皇向奥尔格德进行威胁，
年老的奥尔格德便对使臣答道：

请把这熊熊燃烧的火炬带给沙皇，
趁它还没有熄灭，我表示欢迎。
就在使臣离开的同一个夜晚，
我们的军营就安扎在莫斯科山上，
它占领了城市，宛如云中的雄鹰，
在复活节那天带着彩蛋进入城中。
敌人在颤抖。
这悲哀的歌声
就是日姆兹的号角。
像雷电轰鸣！前进，前进！向前进！

在雅盖隆首都的城墙上，
鲜艳的花朵正在开放，
少女的眼睛赞赏不已，
欢笑和泪水交织在一起。
当城塔被青苔覆盖的时候，
塔上被歌声震动的石头，
或许就会脱落，直朝脚下飞落，
去欢迎革狄明的子孙们。
向着敌人前进！前进！

现在谁也不会责备我们，
世上谁也不会来问我们：
立陶宛人是否还活着？
这是我们对光明的追求！
请不必多问，为什么只有
这寥寥无几的英雄旗帜在飘扬？
我们的人曾经众多，但是狂风暴雨
却把这棵大树上的无数枝叶吹落。
要向敌人报仇雪恨……

嗨！军团的旗帜在迎风招展，
它闪耀着自由的灿烂光芒。
我们在飞驰前进，我们的后面
是雄鹰在飞翔，雄鹰在飞翔！
雷电也像串串冰柱落到我们头上……
军团在死亡——
就像是装饰英雄的坟上的桂树，
只有追求荣光的人才能把桂树叶采摘。
向敌人报仇雪恨！
这悲哀的歌声
就是日姆兹的号角。
耶稣玛利亚！前进，前进！万岁！

（林洪亮　译）

写在马丽亚·沃津斯卡的纪念册上

他们同游过白雪闪耀的山峰，
那儿有柏树环绕的洁白小屋，
受到圣言的警示，处于松影下。
那儿，迷途羊群的铃铛发出悲音；
在瀑布的上空是五彩缤纷的彩虹，
黑乌鸦在砍倒的松树上相互叫唤，
那儿，我们曾在一起，后又离散。

那穗实累累，低声喃喃的黑麦，
正向久别回国的旅行者致敬。
他们边走边向炊烟袅袅的茅屋祝福，
大家站在门前……母亲和姐妹在欢迎
儿子、兄弟和朋友。阖家欢乐！
大家围坐一桌，用蜜酒相互祝贺。
昨天还这样遥远——今天却如此亲近，
一个都不缺少，除了那些被忘却的人。
年轻的马丽亚吩咐奏响跳舞的弦琴，
后来她坐下休息——突然转向邻人
说道：“唉，少了一个人！”那弦琴
正合着乐曲节拍。“他死了！”邻人回答，
“他在坟里可宁静？”——一群夜莺
在坟场的白桦树上唱得如此悲伤，
竟使白桦树也悲哭不停。

一八三五年二月
于日内瓦
（林洪亮　译）

尼罗河上之歌

树林不摇动，树叶也不响，
这是什么天空、什么地方！
屹立着由砖石砌成的巍峨山岭，
砖石之上是一动不动的白云。
我活着，却痛苦万分，
我把列特的河水喝饮。
今天在这浑浊的尼罗水波上，
我那忧郁的眼睛在不停张望。

我惆怅地望着，我俯视下面，
是不是有人毒害了我的心灵。
如今它像天鹅那样沉睡不醒，
它对所有的一切都无动于衷。

小船啊小船，再划向前方，
岸上坐落着一座村庄。
白鸽像雪，鸟群如云，
岸上坐落着一座村庄。

小船啊！前进，穿过这些美景！
这儿有一片茂密的棕榈树林。
林中深处有座泥砌的小屋，
上面有荆棘的花冠和白鸽。

阿拉伯人

啊！不要羡慕他们的幸福，

看！泥屋里并没有炊烟上升。
泥屋里只有不幸的命运，
虽然屋上有花环和白鸽。

也许那儿瘟疫正在流行，
也许是尸体躺在泥屋中。
孩子在床上大声哭泣，
尸体不闻不问，也不站立。

当穷人的尸体抬出泥屋，
当儿子从坟场回到家中，
要给尸体掩埋的土地，
鸽子们也将沉沉地睡去。

诗人

如果是这样，小船啊，
你就穿过这蓝色的波浪，
把我送到那座泥屋，小船啊！
我要走进尸体被抬出的地方。

小船啊，你把我送到那里，
我将在那里生活、呻吟和叫喊。
心灵只会无益地悲伤，
鸽群会因我而进入梦乡。

阿拉伯人

你在想什么？你是在做梦？
鸟群也感受到了沉重的苦痛。
白色的晨曦，东升的红霞，
正映照在桂树的树顶上。

安拉！狂风在呼啸怒吼，
把四块岩石带到了这里，
把坟墓重叠在坟墓之上，
还堆放在鸽子和你上面。

诗人
如果是这样，哈！如果是这样，
那就让狂风和鸽子都沉入梦乡。
我也不再在泥屋里面休息，
我要像有翼之人飞往他方。

我要像我年轻时那样，
在世界各地飞来飞去，
前进吧，小船！

阿拉伯人
你的归宿之地，
是在拉玛则斯的古墓里。

诗人
在那儿，至少有一个夜晚，
我能重温梦想、获得力量，
在睡意惺忪的鸽子的保护下，
我带着平静的面容进入梦乡。

离那座坟墓还有多远！
就是我将沉睡不起的地方，
像个不堪劳累之人。

阿拉伯人

并不太远！

就在棕榈树林后面的河岸上，

现在已被浓雾掩盖。

他说着，小船已驶向前方。

一八三六年十一月

（林洪亮　译）

和金字塔交谈

金字塔啊！你们有没有
这样的棺木，这样的石椁，
能存放明亮的利剑，
并在利剑上埋葬
我们的仇恨，涂上香膏，
让仇恨埋葬得更加久远？
——你把宝剑带进我们的大门，
我们有这样的棺材，我们有。

金字塔啊，你们是否有
这样的棺材和墓床？
使我们的殉难者
能穿上涂着香脂的衣衫，
让他们能在光荣的日子里，
即使是尸体也能回到祖国去。
——你就把这些干净的人抬进来，
我们有这样的棺材，我们有。

金字塔啊，你们是否有
这样的棺材和泪罐
来盛装我们在丧失祖国
土地后所流的最后的眼泪。
还能让泪罐装下母亲的泪水？
——进来吧，低下你那苍白的脸孔，
我们有盛装这些泪水的泪罐。

金字塔啊，你们是否有
这样的拯救棺材？
能使全体伟大的人民，
躺在十字架上躺在尊严上，
能在光荣的日子里
站起，躺下，长眠，
享受永久的宁静。
——把人们留下吧，把香膏拿来，
我们有这样的棺材，我们有。

金字塔啊，你们是否还能
留下一副沉寂的棺材
来安放我的灵魂，
能使波兰得到重生？
——忍耐和工作吧！要坚强勇敢，
因为你的人民永远不死。
我们只认那些死去的人，
没有棺材来安放你的灵魂。

（林洪亮　译）

拿破仑遗体迁葬

一

从地下取出了他的遗骨，
把他从垂柳下挖出。
在那里，他和光荣天使躺在一起，
他独自一个，没有穿发亮的绛红衣，
而是身着军人的斗篷，
散落在剑上犹如在十字架上。

二

说说，你在坟坑里看到他时，
是个王子，还是军队的统帅？
他的双手有没有把十字架捧在胸上？
是否有一只手握住了那把宝剑？
而当你掀开坟墓上的那块石板，
你说说，尸体有没有发抖，惊悚？

三

他有预感，这样的时刻定会来到，
他坟上的石板会被掀翻打碎。
不过他原以为，儿子会亲手
来把墓穴的石板掀开移动，
来把他身上的苦难锁链解开，
会对着他的遗体大喊道：父亲！

四

然而把他拉出墓穴的却是别人，
这些陌生的脸孔望了望墓穴。
他们开始对遗骨冷嘲热讽，
对着他喊道：起来，臭骨头！
然后他们还取走了一些腐土，
问了问——想不想回到祖国？

五

咆哮吧！蓝色的大海，咆哮吧，
你们送走的是位巨人的棺材！
金字塔啊，你们快登上塔顶，
用历史的眼睛去把它观看！
看那里！大海！一群灰海鸥，
那是运送皇帝遗体的船队。

六

罪恶的魔鬼们坐在宝座上看着，
苍白的沙皇也从冰雪地方在观看。
那些阴郁的鹰呆立在棺材之上，
从它们的翅膀里摇动出各国的鲜血，
从前是常胜的骄傲自大的鹰们，
已经不再去望着太阳，只看着棺材。

七

遗骨啊遗骨！你要静静地躺着，

当你听见那喧闹声中的号角，
因为这不再是发动战争的命令，
而是祷告的——哭泣的——号声……
那是你最后一次指挥你的连队！
你胜利了——但那是各各他[1]的胜利！

八

啊，你从来不！从来不！尽管你手中
曾握有王位、世界和闪亮的宝剑，
但你从未在人们的呻吟声中行进，
也从不曾有过如此巨大的同情，
如此的力量……和如此骄傲的面容，
像今天这样伟大！虽然回来是两手空空。

一八四〇年六月一日

（林洪亮　译）

1　各各他：耶稣被钉十字架的地方。

我的遗嘱

我曾和你们一起生活、哭泣和悲痛，
我从不对任何高尚的人冷漠无情。
今天我离开你们，和精灵们走向阴处，
即使这里有过幸福，我也忧伤地前行。

这儿没有留下任何的地方
给我的名字，给我的竖琴。
我的名字有如闪电一样消失，
虽被流传后世，却似空洞的声音。

然而认识我的你们，要在议论中证明
我为我的祖国献出了自己的宝贵青春：
只要轮船还在搏斗，我就紧握住船舵，
如果船沉没了，我就同船一起下沉。

以前——我为我可怜祖国的悲惨命运
沉思不停——一切高尚的人都会承认，
披在我灵魂上的外衣并非哀求所得，
而是因祖先的荣耀它才光彩照人。

就让我的那些在晚上聚会的朋友，
把我那颗可怜的心放在芦荟上烧烤，
并将它交给那个把心给予了我的人，
当尸灰拾起，就让世界去回报我母亲……
就让我的朋友们聚在一起，举杯痛饮，
为了我的葬礼，也为了自己的贫穷：

如果我变成鬼魂，我会向你们现身，
我来不了——假如上帝不解除我的苦痛。

我会祈求——让生者不再失去希望，
要让教育的明灯为人民大放光芒。
一旦需要，他们会依次走向死亡，
如同上帝抛入壕沟里的石头一样。

而我——只给那些喜欢我高傲心灵
的人，留下我那微不足道的友情。
他们知道我已完成严肃而神圣的任务，
同意在这里留下我那无人哭泣的棺木。

有谁未曾获得世界的赞誉便已离去？
有谁能像我这样对人世冷漠无情？
有谁愿成为一条装满精灵之船的舵手，
像精灵飞离时那样悄悄地飞走？

可是我死后会留下一种神奇的力量，
这神力在我生前无益，只能获得名望。
但在我死后这无形的力量会迫使你们，
让你们这些粮食消耗者个个变成天使。

一八四〇年年初

（林洪亮　译）

致母亲

你的心常常会颤抖，我亲爱的母亲，
当你看到那些回来和被赦免的人们，
你定会骂我，说我的胸甲竟有这样硬，
竟会对这些疯狂的信念这样矢志坚定。

我知道我的回心转意会使你变得年轻，
当别人问起你的儿子有没有回来，你就说：
你的儿子就像狗那样趴在了旗子上，
你虽呼唤，但他不来，只把眼睛回望。

他只能把眼睛转向你……再多他无法做到，
只有望着你的眼神才能说明自己的悲伤；
可是我宁愿死去，也不想再过奴役的生活，
宁愿以绝望的苦药去代替那巨大的耻辱！

宽恕他吧，我亲爱的心慈的母亲！
他竟这样坠入深渊、无可救药；
宽恕他吧……如果他不需要离开上帝，
那他一定不会离开你，我的母亲！

（林洪亮　译）

上百个工人出来了……

上百个工人出来了，
他们掀翻城里的土地，
抛弃度量衡制度和货币。
他们打开麻雀的牢笼，
在广大的人群面前，
让鸟儿飞向自由的天空……
音乐在不停地奏响
自由！自由！——万岁！

三个神父在教堂里
呆立着……呼唤着神灵。
民众在撕毁法律宝典，
让风吹散破碎的纸片；
民众拿起古老的旗子，
像送瘟神似的把它们
送到教堂后面的坟地，
点着火，让这些古老的
遗物向世界做回光返照，
随即火光闪动，火灭烟消。
晨钟已经敲响：
万岁！民众在欢呼呐喊。

（林洪亮　译）

在沃拉战壕中的索文斯基

索文斯基将军坚守在
沃拉的古老小教堂里，
这位一只木腿的老人，
在用利剑抵抗着敌人。
他的周围躺满了
连队的军官和士兵，
以及被损坏的大炮
和兵器：一切都完了！

将军决不会自愿投降，
这位老人身靠着祭坛，
竭力在顽强地抵抗。
他一只手臂放在
祭台的白色桌布上，
那里通常摆放着供品，
而在祭坛的左边，
是神父朗读圣经的地方。

闯进了几名副官，
那是帕什凯维奇的副官，
对他说：“将军，
投降吧……不要做无谓的牺牲。”
他们还一起跪在了他的面前，
像恳请自己父亲对他说道：
“交出利剑，将军，
元帅会亲自前来接受它的……”

“我决不会向你们投降，先生们，”
——这位老人平静地说道——
“无论是你们，还是元帅，
我决不会把武器交到你们手中。
哪怕是沙皇本人来取利剑，
我这个老头子也决不会交出。
只要我的这颗心还在跳动，
我就会一直用它来战斗。

“哪怕在这个世界上，
连一个波兰人都没有了，
为了我亲爱的祖国，
我也会做出自己的牺牲。
为了我们祖先的灵魂，
我也应死在……战壕中。
我要用这柄利剑奋战到死，
去抵抗祖国敌人的进攻。

“为了让这座城市都记住，
为了让波兰的孩子都在说，
这些孩子今天还处在摇篮中，
只能听见玩具的轰响声。
可是我说，等到这些孩子
长大之后就会回想起，
就是在这一天，一个装有
木腿的将军就是牺牲在这里。

“当我从前行走在街道上，
年轻人常常会对我嘲笑，

说我是靠着木拐棍走路，
还常常像老人那样发癫。
现在就让他们好好看看我，
这只脚是如何地为我服务，
它是否会直接而又迅速地
把我送到那里去见上帝。

“副官先生们，花花公子们，
你们倒有一双健康的腿脚，
你们不是在需要的时候，
靠这双脚来为你们效力。
现在我不得不靠在祭坛上，
作为一个腿脚残缺的人。
因此我不会亲自去找死神，
而是在这里等着它的来临。

“你们不要跪在我面前，
因为我不是什么圣人。
但我是个地道的波兰人，
我会尽力保卫我的生命，
我也不是任何的殉难者，
但我会战斗到最后一息，
会尽力去杀死每一个敌人。
我会献出我的鲜血，
但决不会交出我的武器……”
索文斯基将军义正词严地说着，
他是一个装有一条木腿的老人，
他像个击剑师那样使用他的剑，
击退着向他刺来的许多刺刀，
直到有一个年纪大的士兵，

把他的胸膛刺中，穿透……
这个倚靠在祭坛的老人，
一个装有一只木腿的将军。

（林洪亮　译）

波兹南人万岁

他们正在准备起义，
主啊，祝福他们吧，
如同海鸥选择大海，
他们选择的是敌人，
已经、已经开始了！
万岁，波兹南人！

先生们，首先需要
数数我们参加的人，
骑马的和没有马的，
还要购置大量武器，
嘿！万岁，波兹南人！

他们计算着，毫无争议，
这对波兰人说来真不容易。
他们也决定去购买武器，
起义需要的武器，
应该装满三十个大桶。

而且参加的人员，先生们，
应该是真正的人间豹子。
一旦打起来，可不是儿戏，
这可不是拍打墙上的苍蝇，
而是在砍头！万岁，波兹南人！

尽管是上帝祝福的人们，

但他们都很注重节省，
因为他们很想少花钱，
可是他们也同样知道，
武器不好可要糟糕。

对于波兰古老的天性，
先生们，这可是一种
美妙的思潮：哲学思想，
而这种哲学思想告诫
一切都需谨慎和预判……

的确，在军事委员会中，
有个傻瓜在叫喊喧嚣：
完全可以使用石制的
武器——或者双筒猎枪。
他想要背叛，这个狗杂种。

经过这动摇的岗哨，
这个大胆的平民儿子，
竟然得到了卡宾枪，
于是他立即开始射击
和行动。万岁，波兹南人！

（林洪亮　译）

我亲爱的祖国

我亲爱的祖国，请允许我的灵魂，
去歌颂现在这个奇妙的时代。
而当你以前第一次向上帝和耶稣
像孩子那样致敬——今天可允许，
你的天使比世界的喧嚣更响亮。

（林洪亮　译）

齐格蒙特·克拉辛斯基

（一八一二年至一八五九年）

波兰诗人、剧作家、小说家。出身豪门贵族，其父当过拿破仑麾下的将军，后投靠沙俄，成为沙俄的将军、参议员和省长。他一生受制于父亲，使他的爱国思想不能摆脱传统观念的束缚，成为波兰消极浪漫主义文学的代表。他最初是以小说登上文坛的，他的诗歌写得委婉深沉，而又不乏哲理。他的主要成就在戏剧方面，代表作有《非神曲》和《伊利迪翁》。

上帝拒绝给我……

上帝拒绝给我这天使的才能，
没有它，诗人无法把人心触动。
我若拥有它，定让世界展露新容，
可现在，我只是徒然把笔杆耍弄。

啊，天籁在我心中奏起，
但未及离唇，它就裂成两截。
世人听到的唯有颚声粗粝，
我却听到自己的心，日日夜夜。

它在我的血液中搏起波浪，
像蔚蓝色漩涡中鸣响的星。
会客厅里的高朋浑若不闻，
上帝却倾听着，从傍晚直到天明。

（闫文驰　译）

赞美诗

波兰的女王，天使的女王，
你，承受世界多少忧患，
那时你的儿子降到冥界深坑，
让多灾的波兰少遭几刻磨难！
波兰的女王，天使的女王，
将你护佑的彩虹展在她上面，
助她挣脱四周包围的豺狼。
做她的天使吧，从今时到永远！

波兰的女王，天使的女王，
无玷的百合，清晨的星，
痛苦的利剑曾将你七次创伤，
你懂得铅一般的心里是何等绝望在沸腾，
何等样的十字架和钉子，伤痕和荆棘，
你懂得血与泪的河如何肆流世间，
垂死的苦痛如何深不见底……
做我们的天使吧，从今时到永远！

波兰的女王，天使的女王！
但你也同样懂得，何等光彩耀眼
被钉十字架——从死里复活升天：
不要让我们落入阴间的罗网！
以不朽为药物，把凶恶的死亡驱散，
再次让我们看到，死亡如同无物，
给世界以颜色，将我们复活，哦，圣母，
做我们的天使吧，从今时到永远！

波兰的女王，天使的女王！
世界分崩离析，争战纷纷——
但这片支离破碎的大地上，
已经没有谁，哦，玛利亚，向你求恳。
只有我们这些炙烤在火刑堆上的人，
依然向你送上祷告，穿越天外浩瀚，
女王，你会认出我们的声音：
做我们的天使吧，从今时到永远！

（闫文驰　译）

去西伯利亚

我将离开你们——像水波推开小船，
我将离开你们——像鸟儿飞逝，
我将离开你们——像梦消失无痕，
我要走了，去往世界的无限。

我要悄悄地、出人意料地走掉，
我要走的时刻肯定是在深夜，
没有人与我握手告别，
而就像一位死者，没有人与我同行。

你们的议论都是徒然，
你们哭着问道："他去哪儿了？"
但我的踪影你们寻觅无着，
像灵魂从尸体飞向上帝，不留行迹。

但我还不是去永恒之国，
但我还不是去繁花盛开的彼岸，
执刑者驱赶我去多雪的西伯利亚，
而你们的心将渐渐把我遗忘。

（闫文驰　译）

埃德蒙·瓦西莱夫斯基

（一八一四年至一八四六年）

波兰诗人。出身贫困家庭，父母早亡，中学未毕业靠自学成才。一八三七年开始发表作品，其诗歌大多与克拉科夫城的生活和风貌紧密相联，其风格清新简朴，常被谱成乐曲，传唱至今。

海员之歌

让我们快乐地扬帆出海！
渡过人生的惊涛骇浪；
像白鹰在冰雹云里翱翔，
四周的狂风闪电必将落败，
让我们快乐地扬帆出海！

远点，快点，再远点！
暴风雨白白地发怒；
暴风雨把我当作情夫，
我要去和情人作乐寻欢，
远点，快点，再远点！

音乐，歌声，舞蹈，
你们要点起宴会的火把，
唱呀，跳呀，喝呀！
别等着扫兴的强盗
破坏音乐和舞蹈！

让我们快乐地扬帆出海！

到我这边来，年轻人们！
饮尽手中的酒杯，
生命给予我们恩惠，
让我们用月桂装点青春，
年轻人，要活得精神！

愿人人得以成英雄，
杯中苦味往脑后抛，
举酒痛饮，纵声大笑，
夺取桂冠豪气冲冲，
而每个人都成为英雄！

让我们快乐地扬帆出海！

铁链上环环相扣紧，
该死！当它断开时；
当锈偷偷侵蚀它时，
有火把它清洁一新，
把链条上生锈的环洗净！

我们要为生命淘洗生命，
向人类的汪洋大海里
投入灵魂和肉体！
要保全生命的完整，
为了生命投入生命。

让我们快乐地扬帆出海！
渡过人生的惊涛骇浪；
像白鹰在冰雹云里翱翔，
四周的狂风闪电必将落败，
让我们快乐地扬帆出海！

（闫文驰　译）

白鹰颂

嘿，白鹰兄弟，飞吧！
飞向人间的肮脏！
我们前面是山——庞然——
前面是黑漆漆的浓云，——
嘿，白鹰兄弟，飞吧！
前面有太阳！

谁在山巅巨石上思想，
谁就以全世界为道路，
摇篮——蔚蓝的海洋，——
床——花岗岩床，——
整个世界处处有路，
若在山巅巨石上思想！——

嘿！让我们振翅高翔，
乘着四风闯荡人间！——
挺起天生勇毅的胸膛，
来把地球变个模样；
塔特拉山脉是我们的摇篮，
从那里我们振翅高翔！——

目光炯炯——像闪电，
自高处攫住猎物，
只要瞳仁瞥见，
爪中绝不空闲；
凭借勇敢锐利的双目，

我们可怕如闪电！——

苍鹰游隼成群结队
在祖国大地劫掠横行；——
但苍白的夜还未隐退，
风呼啸的羽翼已决起而飞，
而成群的游隼苍鹰
会感受我们的尖爪利喙！——

那里——该死的乌鸦
在跑着吞食尸体；——
但那里承载的是圣洁的回忆，
不该被侵犯的可敬的身躯，
他们为祖国战斗，倒下；
来一起赶跑这些该死的黑东西！——

哈！又一阵狂风猛刮，
我们眼前雷电照耀，——
来打起精神，——把它打垮。
虽然恐怖的雷电交加，
风暴的胸膛在懊丧中缩小，
狂风暴雨散去吧！——

嘿，白鹰兄弟，飞吧！——
天下虽已恢复清净，
虽然邪恶未曾获胜，
但世界上依然寒冷，
嘿，白鹰兄弟，飞吧，
太阳在前方大放光明！……

（闫文驰　译）

古斯塔夫·埃伦伯格

（一八一八年至一八九五年）

波兰诗人、政治活动家。为俄国沙皇亚历山大一世和波兰女贵族所生。曾在雅盖隆大学攻读文学和哲学。多次因参加革命活动而被捕，先被判处死刑，后改为在西伯利亚服劳役。一八五九年回到华沙，后定居克拉科夫。一八四八年出版诗集《逝去岁月的声音》对封建贵族进行无情揭露和批判。后期思想转向神秘主义，其创作也失去昔日的锋芒。

扎维沙的绞刑架

有位青年死前微笑说：
“白麻遍野，枝叶繁茂。”
立即有不知名的声音回应着：
“森林里长着冷杉，很高，很高！”

俄国鬼子来这边，把青年悬吊。
“白麻遍野，枝叶繁茂。”
他们挂起他，嘲弄地大笑：
“森林里长着冷杉，很高，很高！”

没有一个神父唱诗，也没有人敲钟。
“白麻遍野，枝叶繁茂。”
四面刮起的风声震耳欲聋：
“森林里长着冷杉，很高，很高！”

青年没有乞求，也没有屈膝。
“白麻遍野，枝叶繁茂。”
他面容平静，没有哭，没有呻吟；
“森林里长着冷杉，很高，很高！”

没有人与他告别，没有兄弟或母亲。
“白麻遍野，枝叶繁茂。”
微笑装点他的唇，直到最后时分。
“森林里长着冷杉，很高，很高！”

俄国佬来这边，后面跟着二鬼子。

“白麻遍野，枝叶繁茂。”
所有人喊叫说：反叛者该死！
“森林里长着冷杉，很高，很高！”

刽子手急忙往他脖子上套绳索：
“白麻遍野，枝叶繁茂。”
俄国鬼子大喊：反叛者已死！
“森林里长着冷杉，很高，很高！”

有位青年死前微笑说：
“白麻遍野，枝叶繁茂。”
立即有不知名的声音回应着：
“森林里长着冷杉，很高，很高！”

（闫文驰 译）

理查德 · 贝尔文斯基
（一八一九年至一八七九年）

波兰诗人、革命家。生于波兹南一个贵族家庭，大学毕业后到大波兰各地收集民歌民谣和故事传说，并形成了他的民主主义观点。一八四四年出版两卷《诗集》，抒发了他对各种感情的感受和评判，其中以批判贵族恶习的《波兹南的唐璜》最为著名。后来他因全力参加革命活动而中止诗歌创作。他多次被捕入狱，后不得不离开祖国，晚年穷困潦倒，死于君士坦丁堡。

向未来进军

迈开步伐

多么悲惨！我们在这里受磨难，
满是眼泪和怨气！
铁环铐住脖颈
留下青紫痕迹，
我们曾是自由身；
而那边是应许之地，
没有暴君也没有奴役，
管理者是神
在那边等我们
在血海！
在红海那边！

多么悲惨！这里的人民
赤足、赤裸，汇聚集合，
田野里燃烧的白色柴火
是我们的骨头。狂暴的声音
四处响起：“饿！”
而那边是应许之地
野草长得及膝，
有面包、谷子和盐
在那边等我们
在血海！
在红海那边！

这里有法老的意愿，
要人尸骨无存。
没有天使也没有宝剑，
上帝并不降下恩典，
纵使我们日夜求恳！
既然老上帝充耳不闻，
就让棍棒成为我们的神，
让我们磨快刀刃，
一起来越过
血海！
越过红海！

（闫文驰　译）

我的星星

在希冀的傍晚，我将你凝望——
你像暮色里的天空；
我的星星在天上向我闪耀光芒，
你的眼中有整个天堂。

我整夜醒着——我的双眼
因为看这颗命运的星而疲倦。
看着——想着：在我配得上它之前，
它从天堂落到地面！

看着——想着！——星星已熄，
夜晚分开成两种暗色，
黑夜消逝——晨光亮起，
但升起的太阳不属于我。

没有太阳，没有星星！——你们奇怪
我过着流浪者的生活？
噢，兄弟！谁要预先就知道会心碎，
就不会在意上帝叫他去做什么！

（闫文驰　译）

流亡者的歌

在我母亲芬芳的果园里，
接骨木繁茂，盛开着玫瑰、
野罂粟和矢车菊，
还有百合——花儿的守卫。

夜莺为它们歌唱婉转，
唱出的曲儿最动听；
轻风沙沙，溪水潺潺，
半似梦，半似醒。

我在孩提岁月时，
年轻的心里有整个天堂，
在花丛中连跑带跳，
在丝质的草毯上。

今日备尝流亡的艰辛，
品尝过苦难中的苦味命运，
双腿伤痕累累，
心中血已流尽。

而那边今天或许依然
有罂粟和矢车菊绽放，
还有比它们更美的玫瑰花，
在我母亲的果园里吐露芬芳。

（闫文驰　译）

齐普里扬·诺尔维德

（一八二一年至一八八三年）

波兰浪漫主义文学后期的重要作家和诗人，出身于一个小贵族家庭。他的文学创作是多方面的，有诗歌、小说、戏剧，还有文学和哲学方面的论文，他的诗题材广泛，风格独特，但晦涩难懂，生前只出版过一部《诗集》，死后留下大量手稿，二十世纪初被人发现，从此时来运转，广受欢迎，被尊奉为波兰现代诗歌的开拓者。这里选译了他具有代表性和广泛影响的作品，表现出诗人热爱祖国、极力伸张正义和同情被压迫者。

我们的土地之歌

直到（用拳头）打了起来，
我们才看到了，谁的法律更好。

——乔安尼·德·阿

一

那个最后一个绞架闪光的地方，
是我的活动中心，是我的城市，
首都也建在那里。

东方有骗人的智慧和黑暗，
用以责罚的皮鞭、对金钱拜物教的
毫不留情的批判，麻风病、毒品和烂泥。
西方有骗人的知识和闪光，
有形式主义的真理，没有实质性的内容，
却自以为是。

北方，这是东西方的交汇，
南方：在对恶人的愤恨的怀疑中，
有了希望。

二

因此我闭上了眼睛，耷拉着脸面，大叫了一声：
叫一个笨手笨脚的人擦掉我身上的冰雹吧！
就像初生的小草。

或者，我要耸一耸我的肩膀，
一个并不引起注意的星星长着金色的羽毛，
是不是从睡梦中清醒过来了？

因此我没有感觉到我在火山上，
我像一个小岛，这里有采集葡萄时流下的眼泪，
有乌黑的血！

你知不知道，我的胸中燃起的是什么火？
要爬到哪里去？什么时候就不再干了？
要皱起眉头。

三

脑袋里织不出精神之布，
但我要等待，我，一个愚蠢的斯拉夫人，
你，西方！

东方！对你来说，这是和你告别的一天，
因为你的地域虽然广阔无比，
但你没有灵魂。

南方！你对我鼓掌，在显示你的力量，
我对你也露出了我的脸色。了无声息的北方！
我已经站起来了。

我把人民看成是我的兄弟，为它的痛苦流尽了眼泪，

因为我知道，它拥有的一切，
就是我不得不忍受的苦难。

（张振辉　译）

孤儿们

你见到那些孤儿了吗，睁着一双肿胀的眼睛，
要强装欢乐。这个小女孩，神色那么紧张，
眼里一阵闪光，就倒下了，
是不是掉进了彩云的床窝？
可怜的孩子们！如果有人给他们提起
过世的父母，他们会有一种幸福感，
因为这给这些童稚的心带来了欢欣，
就像一朵朵百合花，在不断地绽放。
但只要云层下露出了太阳的光焰，
可怜的孩子们！那些百无聊赖的贵人就可以
不受责罚地嘲笑他们。年长的要为他们辩护，
说这很好，“谁叫那些傻孩子哭呢？”
于是又进来一个“欢乐”之客，是不请自来，
看起来就像一株野地里的堇草，带黑色。
他周围的这些忠实的小伙伴都已经疲惫不堪，
他这时也浑身颤抖，脸色苍白，瞅着四方，
只要他的一双蓝眼睛能看到的地方，
到处都是那么凌乱，还有那许多带刺的颈圈。

但不是所有的孤儿都这么不幸，
我见到一个年轻人，他是那么穷困，
母亲在世的时候，他夜以继日地工作，
要努力挣钱，因为只有金钱的伟力
才能使他的母亲活在这个世上。
可现在只剩下了他一个人，
他不时想起母亲临终的时候，

是怎样用一只憔悴的手
在他的额上画了个十字。
他那时就像夏天雨后的怡然自得，
就像遇到了天使，夜晚伫立在教堂的东边。

我还见到一个孤儿，
他坐在一辆便捷的车子里，在大街上奔跑，
他对所有的人都大声地笑着，
露出了红扑扑的脸蛋。
他的身边还有各种金色的小玩具。
他并不是孤儿，用时新的话说：
他的名字叫无限的悲哀，
就像在悼词中写的那样，
要让他的亲人、友人还有他的相识和他共享。

后来我还见到了一个年轻人，
一些虔诚的教徒当时都离开了他。
可是如果有人用仁慈的目光瞅着他，
就会有一大群人的几百只眼睛望着他，
他不得不接受这像碎石一样抛来的目光，
因为他是一个不合法的孩子。
他总是被这些目光盯着，
因为感受到了那数不清的伤痛，
他终于失声痛哭。
他有自己的父母，但不知道他们在哪里。
他曾不止一次用额头碰着一堵花岗岩的宫墙，
宫里有一个他不认识的神父，
躺在一张绒毛椅上，在和命运之神激烈地争吵。
可是这个不幸的年轻人，
失去了本来可以获得的希望。

他像一只蝴蝶掉进了蚁窝，
本想张开被撕破的翅膀，
在流浪中去另觅生路，但这一切都白费了，
因为他又遇到了一个不知从哪里来的凶神恶煞，
在他的身前身后，把他又拉又扯，
要砍杀他，这个可怜的躯体，
要吃掉他，这条可怜的生命。

最后我还遇见了一个性情古怪的人，
他在自己的父母死后没有服丧，
他在人前没有悲哀，也没有去父母的坟前祭拜，
只是有时他的眼皮下垂，显现出欢乐的神采。
可是这个人脸色苍白，眼睫毛总是不停地颤动，
就好像从月亮那里学会了使眼色。
这个人从他被送到这个世上就很不幸，
但他没有失望，
他望着天上，要履行他的职责，
但他却很少顾及地面上发生的一切。
因为一些小事他曾受到责难，
他也常常遭到诽谤，虽然他没有任何过错，
就好像命运要把他变成一个小丑。
他摘下了一些他喜爱的小树枝，
还要采一朵玫瑰花……
他是个孤儿，不幸从来没有离开过他。
他抬起头来，带着一个预言家的圣洁的微笑，
对我说，世上并没有孤单。
但我却很不情愿地仰望着天空，
天空里布满了繁星，
我在星星这两个字中找到了秘密，
因为这两个字写得很清楚，

这个秘密的存在毫无疑义。
如果天上的心值一片面包，
我将永远不会和天空分离，
因为那里总是散发着一股浓浓的香气。

* * *

然后我拿着我沾满了泪水的念珠，
做完了祈祷，周围一片寂静。

* * *

我见到和听到了这么多的新鲜事，
我要到你们那里去，手里拿着一盏明灯，
给你们说真话，
面色苍白、眼皮发肿的穷孩子们！
你们在那些悲戚的人群中是那么孤单，
但不得不永远面对这眼前的一切。
你们的心跳是那么急促，
这世上的一切都和你们隔绝，
你们是美丽的花朵
被疯狂的命运撕碎，撒在一座新坟上，
或者被编织成苦难的花环，戴在你们的头上。

（张振辉　译）

白色的大理石

美丽的古希腊，你那大理石的肩膀令人惊异。
你心地善良……我要问，荷马现在怎么样？
他是否还在叫你对他的合唱组唱星星之歌？
他的坟地或农舍在哪里？说吧！就小声地说吧！
埃格的海浪冲击着岩石的海岸，奏响了诗的韵律！

人人都喜爱的古希腊！菲迪亚斯[1]怎么样了？
他是不是教过你让那些观众的身子都适当地歪着，
像上帝一样缓慢地前行，把躯体当成是灵魂？
他是不是被关在监牢里？米齐亚德斯[2]是不是在打仗？
特米斯托克莱斯，图齐迪德斯[3]，齐蒙……难道都是罪犯？
古希腊啊！那个甜蜜蜜的亚里士多德现在怎么样了？
是不是有人学会了原谅别人，
而他自己就像流放者那样受尽折磨？
老福在争夺荣誉，
你是不是给他下了毒……苏格拉底又怎么样？
啊！女士！
蓝眼睛，雅典娜侧身像，雕得很匀称。
这是你的神庙的废墟，就像你一样，很俊美。
见到它很高兴，告别它依依不舍，
露水浇灌的小堇菜流下了眼泪，
只有它在流泪，它长出来就是为了流泪。

1　菲迪亚斯：古希腊著名雕塑家。
2　米齐亚德斯：古希腊著名军事统帅，曾在马拉松打败波斯军队。
3　图齐迪德斯：古希腊历史学家。

苏格拉底！你给雅典人做了什么？

一

苏格拉底！你给雅典人做了什么？
使他们先毒死了你
然后他们给你竖了一尊黄金的雕像？

但丁！你给意大利做了什么？
使得它把你赶走后，那里不幸的人民
又给你建造了两座坟墓？

哥伦布！你给欧洲戴上了枷锁，
后来又给它做了什么？
使它在三个地方给你造了三座坟墓？

卡蒙斯！你挨过饿，
你给自己的人做了什么？使你的坟墓
第二次被盗时有了惊人的发现。

科希秋什科！你本来就无家可归，
可你在这个世界上又犯了什么过错，
以至曾有两块石头在两个地方压在你身上？

拿破仑！你给世界做了什么，
使你先被关了起来，
死后却有两座坟墓？

密茨凯维奇，你给人们做了什么？

……

二

至于你在一个什么样的骨灰盒里歇息?
它放在哪里? 是怎么放的? 这不重要。
因为你的坟墓还会重新打开,
人们都要再次宣扬你的无限功德,
因为过去没有对你表示敬仰,
大家都很感到愧疚,
现在会向你第二次流泪,
流下更加伤心的热泪,
虽然大家都见不到你了。

三

但是每一个像你这样的人死后,
世界都不会让他安稳地歇息,
就像过去许多世纪那样,
因为一层层的泥土不断地黏合,会更加紧密,
另外一些躯体又挤在一起,会打起架来。

(张振辉　译)

我的祖国

有人对我说，我的祖国是：
田地、绿荫和战壕，
是农舍、花朵和村庄。他应当知道，
这都是她的脚印。

谁也夺不走母亲怀里的孩子，
仆人把手伸到她的膝盖上，
儿子在她的怀里长大，靠在她的肩膀上，
这是一本我们的法律的大书。

我的祖国至今没有抬起头来，
我的身子在幼发拉底河的那边，
我在卡俄斯[1]中找到了灵魂，
我向世界缴纳地租。

任何一个民族都没有拯救过我，也没有
创造我，我只记得那世纪以前的永恒。
大卫的面疙瘩让我张开了嘴，
他称罗马为好人。

我的祖国的脚印沾满了鲜血，
头发中撒满了沙土。
我虽然倒了，但我认识她、她的面孔和王冠，
这是阳光。

1　卡俄斯：即混沌。

我的先辈从来不知道有别的祖国，
我用手触摸了她的双腿，
我吻过我的先辈们身系的
粗制的皮带。

请不要告诉我，祖国在哪里，
因为田地、村庄、战壕，
还有鲜血、身躯和她的伤痕，
这就是她的印迹或脚步。

（张振辉　译）

悼念贝姆的诗[1]

对父亲发誓，我今天是这样，谁都不应怀疑，
我以后还能保持这种状态。

——汉尼拔

一

影子啊！你的手在铠甲上已经折断，战士高举的火炬
照亮了你的膝盖，可你为什么要离去？
宝剑缀饰着绿色的月桂，烛火在田野里哭泣。
隼鹰展翅高飞，战马奋蹄起舞，
这里所有的一切都飞到了天上，
就像士兵带着他们的营帐，在天空中流浪。
军号在凄厉地哀号，这哀声越来越大，
军功章在天上展开了宽阔的翅膀，
就像一些被长矛刺中的巨龙、火怪和飞鸟，
但这杆长矛却显示了许多战略的思想。

二

一些送葬的女人在耸着肩膀，
在微风吹拂下，她们全身都散发着扑鼻的芳香，
还有一些女人泪流满面，在寻找
许多世纪以前就已修好的那条道路，

---

1 尤瑟夫·贝姆（一七九四年至一八五〇年），波兰将军，曾参加一八三〇年华沙起义，一八四八年参加匈牙利革命，一八五〇年在和奥、俄侵略军的战斗中牺牲。

另外一些又把那泥制的器皿往地上扔去，
那些器皿被摔破的咔嚓声使送葬的人更加悲伤。

三

年轻人敲打着他们手中在天空映照下呈蓝色的斧钺，
仆役们手中的黄色的盾牌闪着金光，
一面大旗在烟雾中飘扬，可这杆长矛的矛尖弯了，
你会说，是天把它压弯了。

四

送葬的队伍走进了深山，陷入了峡谷，直到月亮升起才走出来，
在天空映照下他们全身发黑，但不时又发出冰冷的闪光，
就像星星在天上闪光，不会坠落下来。他们唱着赞美诗，
却突然停了下来，但过了一会儿，又像浪涛一样突然掀起。

五

他们再往前走，当快要走到坟前的时候，
他们看见了路边有一道深渊，深渊里漆黑一片，
人类没有办法把它挪到别的地方去，
但他们仍用长矛刺那拉着灵车的战马。

六

送葬的队伍在悲哀的梦中又见到了一座城市，
城门里可以听到一些瓶罐被打碎和有人用斧钺打斗的声音，
埃尔－罗哈[1]的城墙像一堆木头样地倒下来了，

1　埃尔－罗哈：地名，在今巴勒斯坦。

一个民族麻木的心终于觉醒，它眼中的霉菌被清除了。

……

然后，然后……

（张振辉　译）

致公民约翰·布朗[1]

一封在一八五九年十一月寄往美国的信

啊，约翰！我给你送来一支歌，
像海鸥一样，飞越动荡的洋面……

它要飞很长时间，才能到达这个自由人的国家，
因此我很怀疑，你能否见到它？
或者它像你的光荣的白发上升起的一团焰火，
最后却散落在一个空空的绞刑架上？
这只来你那里做客的海鸥
最后会不会被绞杀你的
刽子手的儿子的小手用石头轧断？

* * *

有人用绳索紧紧地套在你那裸着的脖子上，
但是你的脖颈坚强和不屈。

你没有寻找土地，而是在寻找足迹，
你要找到的那颗失落的行星，
还有你脚下的土地就像一些两栖动物
都已不知去向。
只有你，像人们说的那样："被绞杀了……"

1　约翰·布朗（一八〇〇年至一八五九年）美国废奴主义者，因发动黑人奴隶起义而被美国当局绞死，他的死引发美国国内战争。

人都这么说，他们都看着自己，
他们在撒谎吗？

他们要把你的帽子戴在你的脸上，
要让美国重新认识自己的儿子，
不要去对自己那十二颗星星喊道：
“我的王冠上的火焰熄灭了，
夜已降临，黑人脸上的黑夜。”

只要科希秋什科和华盛顿的影子还在闪烁，
你就会听到我的歌开头的一句。

因为我的诗歌已经成熟，一个人可能牺牲，
但诗歌不会死去，人民会站起来。

（张振辉　译）

致亚当·密茨凯维奇

如果没有预言，人民
将成为一盘散沙

有人愿意跟在你的身后，但有的人不仅不愿，
还诅咒你的名字。
那些普通人，那些村社的农民，
都一定会倾心于你，这个流浪的人！

亚当！对这些人，你比别人更加怜悯，
他们十分干瘦，是无辜的人中最无辜的。
他们没有见过你，
但他们有许多许多的爱。

太阳在一大片林子的后面落下了，
一群长着米黄色羽毛的小鸟
在小声地鸣叫，十分悦耳动听，因为饥饿，
它们在寻找那些闪光的谷粒。

在地球的子午线上，出现了
一道珍珠谷粒的彩虹，播种的人啊！
那里开始春播了，总是用儿孙们的老办法，
收获和播种，爱和信仰。

（张振辉　译）

肖邦的钢琴

音乐是一种奇特的东西。

——拜伦

艺术……就是艺术——而且，仅此而已。

——贝朗瑞

一

末了这些日子我在你的身边，
一段没有说明的情节，
就像神话一般充实，
就像黎明一样苍白，
生命快要结束却悄悄地说它正在开始，
我不能把你毁坏，我不，
我要把你高高地举起。

二

末了这些日子我在你的身边，
可你愈来愈像，愈来愈像，
奥尔菲士[1]的七弦琴，
你的歌声浑厚嘹亮，
四根琴弦在说话，
互相碰撞，

1 奥尔菲士：古希腊雅典雕塑家，活动于公元前四九〇至四三〇年。

两次，两次，
你对它们悄悄地说：
“他是否已开始弹奏，
他是不是这样一位巨匠，
虽在奏乐，但他的琴却已被推倒？”

三

这些日子我在你的身边，弗里德里克[1]！
你的手，一只石膏一样白净的手，
一双誉满全球的手，
不时触着鸵鸟的翅膀。
我看见那牙骨键盘
在不停地跳动……
你，就像一尊大理石雕像，
但你身上没有雕琢的痕迹，
巧夺天工，旷古奇迹，
天才啊，不朽的皮格玛里翁[2]。

四

你在演奏什么？你在叙说什么？
尽管你的音乐与众不同，
但你的双手给人们送来了美好的祝福。
你的演奏就像佩雷克莱斯[3]一样的质朴和完美，
就像古老的德行，
走进了村子里的松树林，

1　弗里德里克：肖邦的全名为弗里德里克·弗朗索瓦·肖邦。
2　皮格玛里翁：古希腊的一位雕塑家。
3　佩雷克莱斯：古希腊著名领袖，曾实行民主制度。

她自言自语地说：
“我在天上已经获得了新生，
天堂的大门就是我的竖琴，
林中的小道变成了我的彩带，
我在白色的庄稼中看见了一块圣饼，
艾玛努埃尔[1]已住在军营。”

五

这里就是波兰，
她在历史上的鼎盛时代
曾经享誉四方，
就像彩虹一样辉煌，
可她现在变成了车轮制造匠，
变成了黄金和蜂房。
（我在生命结束时认识了你！）

六

你的歌已经唱完，
我再也见不到你，难道我只能听到这么一次？
什么？你的键盘仍在不停地跳动，
就像孩子吵架一样，
要把你的歌再唱下去。
他们唱了五遍、八遍，终于停了下来，
于是悄悄地问道：“你还弹琴吗？
你是否已抛弃了我们？”

---

1 艾玛努埃尔（一二六八年至一三二八年）：意大利最著名的希伯来诗人。

七

你，你是一个爱情的侧影，
你的名字叫补充，
你的艺术的风韵
掺入了你的歌，像石头一样坚固。
你在民族的历史上叫时代，
历史上没有像你那样兴盛的时代。
你相信精神和文字，
也相信“终了”。
你的业绩是那么辉煌，
可你是谁？你在哪里？
还有你的记号。
你是菲迪亚斯，是大卫，还是肖邦？
你是否在埃斯库罗斯[1]的舞台上？
世上总有缺陷来对你进行报复，
在这个地球上有它的脚印，
要进行补充吗？你很痛苦，
情愿不断地留下典当。
麦穗……在成熟的时候宛如金色的扫帚，
微风轻轻地吹拂着它，
小雨将麦粒撒在地上，
只有完美才能展现它的容貌。

八

你看，弗雷德雷克，……这就是华沙，

1　埃斯库罗斯：古希腊最伟大的悲剧作家之一。

在燃烧着的星空之下，
它是多么地明亮，
你看，法拉那里有一架风琴
你看，那就是你的家。
那里有一栋贵族古老的房子，
这是一个很普通的东西，
广场上灰色的砖地无声无息，
齐格蒙特的宝剑插入云端。

九

你看……高加索的大马
在小街小巷里急急忙忙地奔跑，
就像燕子害怕暴风雨的来临。
它们成群地跑过了营地，
跑过了一百个又一百个这样的营地，
用大火烧毁了一幢幢高楼，
大火虽然熄灭，可又燃烧起来，
我看见墙下有身着丧服的孀妇，
全副武装的士兵在把她们驱赶。
我看见了，在烟雾中我看不见，
在圆柱和栏杆的那边，
好像有人把棺材样的东西
抬走了，抬走了你的钢琴。

十

你曾宣布波兰的历史
在她的鼎盛时代曾十分美好，
你曾为她高唱赞歌，让她名扬四海，

她现在已经成了车轮制造匠的波兰。
你的钢琴在花岗岩马路上已被人抬走，
就像一个人的美好的理想
遭到众人愤怒的责骂。
等到许多世纪之后，
人们终于觉醒，
可是你的奥尔菲士的躯体
已被一千种狂热撕得粉碎，
于是人人都叫喊着：
“这不是我，这不是我！”
真是咬牙切齿。

*　*　*

若不是你，难道是我?
让我们唱着哀歌，来进行最后的审判，
让我们高呼:“高兴吧，儿孙们。”
理想失落在马路上，
花岗岩在低声地哭泣。

（张振辉　译）

特奥菲尔 · 列纳托维奇
（一八二二年至一八九三年）

波兰诗人。出身贫寒家庭，只读过四年小学便出外谋生。一八四一年开始发表诗歌，一八四八年为逃避沙俄当局的追捕而逃至波兹南和克拉科夫，进行革命鼓动工作，一八五一年来到巴黎，并和密茨凯维奇等诗人相识。一八五五年出版的诗集《六弦琴》给他带来巨大声誉。他的诗富于民歌色彩，立意清新，语言朴实无华，但较少涉及社会矛盾和农民不幸，带有田园诗味。他的后三十年都是在佛罗伦萨度过的，并于一八九三年逝世于佛罗伦萨。

雪球花树

雪球花树长得枝繁叶宽，
它生长在林中的溪水边，
它饮的绵绵细雨，收集的是露珠，
它的叶子沐浴在五月的阳光下，
七月它如同色彩鲜艳的珍珠，
它的枝叶编织成条条发辫。
它像年轻姑娘打扮得漂亮，
在水中就像在镜里欣赏着自己，
和风每天都会吹梳着它的长发，
清晨的露水洗涤它的眼睛。

在这溪水旁，在这雪球花树下，
雅肖吹起笛子在柳树周围转悠，
他吹奏了很久，笛声忧伤。
在雪球花树生长的溪水岸边，
他独自唱着：“塔娜！噢，塔娜！”
歌声每天清晨飘荡在露水上。
雪球花树长满了翠绿的枝叶，
像年轻少女在林中等待一样。
而当秋天用绿色的大箱子
把雅肖埋葬在黑十字架下，
认识而又喜爱他的可怜的
雪球花树竟把自己的树叶散尽，
还把生动的项珠扔进了水中，
令人悲伤地失去了自己的美貌。

（林洪亮　译）

情　人

太阳如此美妙地照耀着世界，
当我第一次看见尼娜的时候，
我就爱她，跪下，失去了生命
　　一朵蓝花。

她歌唱得多美，舞跳得多好，
有谁看见过这样姣好的姑娘！
我爱尼娜呀我爱尼娜，
　　一朵橙子花。

我的疯狂真是无边无际，
我是疯子早已闻名于世界。
我爱尼娜呀，我爱尼娜，
　　一朵芦荟花。

我因着迷而失去了理智，
我心中有把火，我一直在流泪。
我爱尼娜呀我爱尼娜，
　　一朵睡莲花。

父亲给了我果园和土地，
叔叔也把全部财产给了我，
但我宁愿要尼娜，要尼娜，
　　我宁愿要尼娜，
　　尼娜。

（林洪亮　译）

卡耐尔 · 乌叶伊斯基

（一八二三年至一八九七年）

波兰爱国诗人。生于乌克兰的波兰贵族家庭。曾在利沃夫中学学习。嗣后多次参加波兰的解放斗争。一八四五年发表的长诗《马拉松》，歌颂希腊人民为自由而斗争的不屈精神，他的诗集《叶列明的控诉》表达了对不幸农民的同情。他的诗富于激情，形式多姿多彩，语言朴素，是波兰浪漫主义后期的代表诗人之一。

找份事做

她赤着脚，穿了件脏衬衣，
静静地站在门边——
这是个农村孩子，
五岁的女孩，
黄头发，面黄肌瘦
眼睛有神，但脸上
有种半哭的表情，
刚一看以为是个天使。
——你想要什么，我的孩子！
——赞美上帝！
——永远永远——你想要什么
我的孩子！
我想找点事做……啊，这狗！
我怕狗……
这狗不会伤害任何人——
你走近点，近一点。
你是谁家的姑娘？
我谁家的也不是——
——那你妈妈呢？
——她早死了。
那你父亲呢？
——父亲待在酒馆里。
那你是怎么过的？
——邻居们喂养我——
他们有时给点，有时不给，
冬天常把我放进羽毛里，

现在不用了……上帝用浆果
来喂养我！啊，人都穷了！
哪个穷了？
就是我呀，亲爱的太太。
这个世上的孤儿真苦呀——
生活真苦，还不如坟墓那地方，
我母亲坟墓那边就要比这里好。
啊，我可爱的小宝贝，
这样小，说起话来还这么懂——
孩子，你想不想在我这里干点活呢？
你会干什么？
我会打扫房子，提水……
你也会闹闹什么笑话吧？
（她想了很久）我也会
我懂得放牧人们的鹅群……
——你是不是饿了？
——是，是，饿坏了……

* * *

啊，你，波兰土地，你不可靠！
啊，你，波兰土地，你这样富饶，
完全能养活半个世界，
却没有面包供给自己的孩子！……
你的草场茂盛，平原肥沃，
你的天空永远充满了露水，
你就像是一个骨灰盒，
你的民众显得忧伤
而又阴沉，
常常有种负疚感，噢，

那是因为不幸福。

啊，你，波兰土地，你不可靠！
你面容秀丽，而又自由奔放，
你的森林长满蘑菇，水源充足，
你的花园鲜花怒放，蜜蜂成群，
这该是为多数部落人民所享用，
噢，如今既没有水果也没有蜂蜜，
甚至连活命的面包，面包都没了！……

看看这孩子，刚刚走出摇篮，
就伤心地望着你的光亮，
就已显得成熟了，被不幸老化了，
就已扩大了她的需要，
她的思想和心灵已失去信念。
刚刚会说话，就不得不抱怨，
就已经像老年人想到了坟墓。
啊，你，土地！乡村的后母！

我的孩子们在哪里？过来，过来，
我的儿子
你还像襁褓中的孩子那样小，
来，到这儿来！
你们的嘴唇应该充满微笑，
快来欢迎你们的小妹妹，
她很小就没有了母亲，
愿她衬衣上的脏迹不会
吓住你们。

她的肉体和你们一样白嫩，
好了，你们用手去摸摸她的脸蛋，
不过得先去吃饭，唉，快拿吃的来！

一八五六年
（林洪亮　译）

最后的段落

墓地上的火熄灭了，
黑暗中听见蛇的咝咝声——
一只可怕的手在重压我们，在重压，
但我们不会屈服，不会腐烂！
人民也不会在儿子的尸体上哭泣，
即使他变成了灰和泥土！
等时候一到，
明天，像昨天那样，
灰——我们会拿起灰，
把泥土变成铅，
从灰烬中会产生熊熊烈火！

（林洪亮　译）

符瓦迪斯瓦夫·希罗科姆拉

（一八二三年至一八六二年）

波兰诗人，原名路德维克·康德拉托维奇。生于斯莫尔科夫的一个穷贵族家庭，中学未毕业，自学成才。他长期生活在农村，深知农民的疾苦，他为农民奔走呼号，是当时波兰最积极的民主主义者。一八四四年开始发表诗作，他创作了大量的闲谈（gaweda）形式的诗歌，有些诗篇如《玩偶》《农民葬礼》具有强烈的反农奴倾向，深受群众喜爱，有些诗被谱上曲，成为流传甚广的民歌。

祖国是什么

祖国是什么？我就要告诉你，
老人们称其为自己的生命、
自己的健康，
无论命运好坏都会忠实地为她服务。
祖国是什么？是你茅屋的墙壁，
是你盖有麦草的年代久远的屋顶，
是一块在你饥饿时能养活你的麦田，
是夏天能让你清净的河水，
是能让你心灵激动的少女的美貌，
是你在这个世界上最美的天空，
是你的苹果的滋味，是苹果树的阴影，
是召唤你去做弥撒的教堂钟声，
是你议会的持久性和自由性，
是你父亲花白了的胡须……
祖国就是——为了这一个词，
各地的个人和集体都会一起
去反抗鞑靼人而保卫这样的祖国，
我们热爱她，我们因此更坚强。

（林洪亮　译）

D.O.M[1] 公民的墓碑

他棒打农民，
他喝烧酒，
他有百栋以上房屋，
他吃带骨头的菜肴，
他爱喝啤酒，
他积攒铜钱，
有时在节日里
他也玩玩纸牌，
他有个佃农
常和他探讨：
会不会发生战争？
是不是太平时代？
他在早餐时
还吃了羊腿，
和二百个
带肉馅的小饺子。
他就这样从不消化
走向了永恒，
在漆黑的坟墓里
他得到了休息。
还没有达到年龄
就已经沉沉入睡，
以至于天使
大声叫喊：

1　代表波兰人的姓名。

快起来——

烤牛排

已经做好了！

一八六一年

（林洪亮　译）

符瓦迪斯瓦夫·卢德维克·安奇茨

（一八二三年至一八八三年）

波兰诗人、剧作家。生于演员家庭，从小受到文艺熏陶，中学开始写诗。曾在克拉科夫大学药学系学习，一八四六年因参加起义而被捕入狱。一八四八年从事化学和制药工作，并开始戏剧创作。这期间受欧洲革命浪潮的影响，写出了一批充满爱国激情的诗篇。一八五八年以后积极从事科普教育工作，并先后主编多种报刊如《儿童之友》等。他还是一八六三年起义的组织者之一，并写有《二十六首起义之歌》。晚年他还写有多部剧本，著名的有《农民——豪绅》《科希秋什科在拉兹瓦夫城下》。

特　使

你们知道这个青年，一头金色头发，
他手握一把斧子，身着山民的服装，
他匆匆走在长满帚石南的小路上，
他突然止步在一座大厦屹立的地方。
他用敏锐的眼睛朝四周侦察了一番，
他把耳朵紧贴在大地母亲上，
他听到军队的脚步声，定是在追赶。
为了避免在路上和他们相遇，
他加快脚步以便不失去时机，
他跳过水沟，便来到树林里。

当他们结束了对他的搜寻，
这个年轻人便跑出了森林，
他跑向克雷万半路中的山上，
紧紧握着一群牧羊人的手，
还和他们进行了长久的交谈，
他们先是哭来后是笑，
大家听着都摆弄起了猎枪，
他的眼里也闪耀出希望之光。
他们向他说：“就在复活节那天。”——
他没有告别便消失在山峦之中。

而在卡尔瓦里亚，一个老乞丐
低垂着他那颗像鸽子一样白的脑袋，
唱起了古老的歌曲：“波兰女王，
你要为不幸的波兰人民祈祷！”

老人的声音是那样地亲切圣洁，
这声音充满着爱，饱含着信仰，
令在场的人们心情都非常激动，
他们哭泣着，重复着老人的歌词，
这声音像波浪淹没了整个田野：
“你要为不幸的波兰人民祈祷！”

接着他向他们唱着：“像上帝之子，
今天的波兰人民也要死在十字架上，
就像他们的罪恶之手浸满了基督鲜血，
今天这只罪恶之手浸满的是兄弟之血。
但是他在十字架上宽恕了他们的罪孽，
诚实的悲痛会消除最深沉的罪行。
因此你们兄弟决不要悲观绝望。
古老的敌人定会被逐出这个地方，
当复活的钟声敲响的时候。”
老人没有告别便离开了他们。

你们知道莫拉维兹[1]，他走遍
克拉科夫想给自己找份工作。
尽管是阴雨连绵，在雷巴克，
在克列帕斯，在本奇霍夫，
在兹维钦涅奇，在卡齐米日，
他在和人们交谈，谁若是抱怨，
他就对他进行推心置腹的安慰，
他若是遇见一个体弱病重的人，
由于长久的期待而身陷绝境，
他又会和他谈起复活的事情。

---

1 莫拉维兹：是住在捷克莫拉夫的一个人。

而当他在路上碰见穷人在呻吟，
为了可怜的孩子们请求怜悯，
他会给他们手里塞点东西，说道：
你会从祖国、最可爱的母亲，
在礼拜日里得到可喜的礼品。
而当农民们拥向小酒馆时，
他便用讲故事来驱散忧愁，
为你们干杯，波兰弟兄们！
而当他们在讲述中而生气时，
他就给他们讲起复活的故事。

你们知道莫拉维兹老山民，
你们知道乞丐，扫烟囱工人、
匈牙利人、茨冈人、意大利人，
还有莫斯科佬，
刚刚到来便立即消失，
今天他作为船夫航行到格但斯克，
明天他是个商人要到匈牙利去，
今天在这里，明天在伦敦，
今天在农民家，明天见教皇，
今天在立陶宛内地，明天在波兹南，
到处他都在宣讲复活的事情。

你们认识的这个人发誓，
要给祖国和弟兄们自由，
他跑遍半个世界为了干面包，
他放弃了对妻子儿女的热爱，
他被风吹日晒得脸孔瘦削，
他的日常生活：痛苦、关爱，

拥抱、斗争、死亡、绞架——
这就是特使：爱德华·邓博夫斯基[1]，
为了这一切当他去世时，
唯一想听到的是复活的钟声。

（林洪亮　译）

1　爱德华·邓博夫斯基（一八二三年至一八四六年）：波兰十九世纪中叶最杰出的哲学家、文艺批评家、政治家、激进的社会活动家和革命家，是一八四六年革命的领导者。

致祖国

祖国呀祖国！你是大海中
迷路水手的指路明灯，
你是乌拉尔矿井里的火把，
给迷宫般的岔路指明方向。
你是西伯利亚冰原上的灼热太阳，
给流放者冻僵的胸膛以温暖。
你是幻影，梦幻般出现在流浪者面前，
激起了他们对希望的暖意。
祖国啊，你是撒哈拉沙漠中的泉水，
从而挽救了流浪者们的生命。
你是那不幸囚徒的神奇饮料，
能使心灵迸发出坚毅不屈。
祖国啊，你是姑娘最好的情人，
也是男人最可爱的少女。
你是美妙的春天，五月的清晨，
让心胸激动，幻想迭生。
你是山岩悬壁中的可爱山谷，
被千姿百态的鲜花装扮。
你是忧愁父母的最后孩子，
你是孤儿们尊崇的母亲！
你仅仅受到上天的掌控，
而使你的孩子们充满怀念。
祖国啊，生为你生死为你亡，
这是我们唯一的幸福快乐。

（林洪亮　译）

列昂纳德·索文斯基

（一八三一年至一八八七年）

波兰诗人。生于乌克兰的波兰贵族家庭。在基辅大学学习期间便参加革命活动，一八六二年被流放俄国内地，直到一八六八年才来到华沙。他写有历史长诗、十四行诗和剧本。他的诗具有浪漫主义激情，语言简洁。

你是什么？

你是什么，什么？
是爱，信仰和希望！……
是最后的不可变更的判决……
对我说来你是疯狂的风暴，
增强激情的浪潮。
是绝望，斗争，怀疑，
疯狂和谴责！……

你的儿子，已在摇篮中——
你生存中的恶精灵
已把我那可怕的鬼怪的魅力去除，
为此我要深深地感谢你——
从年轻人的痛恨到老年人的微笑。

（林洪亮　译）

密奇斯瓦夫·罗曼诺夫斯基

（一八三四年至一八六三年）

波兰爱国诗人。出身贵族家庭。曾在利沃夫大学学习法律，后因经济困难而辍学，曾因参加波兰解放运动而被捕入狱。出狱后一个月，他便参加了一八六三年的起义军队，并在约瑟夫乌一战中喋血沙场。罗曼诺夫斯基的诗充满自由思想和爱国激情，诗风简朴，具有民歌风。

何时？

我们今天的精神状态有如
从软弱无力的冬天迸发而出的春天：
有悲伤有痛苦，也有欢乐的霞光，
而绝望则被北方的狂风吹散。
啊！当有一天我投入我所渴望的战斗，
啊，波兰，你是我挚爱的母亲。
当枪炮轰鸣、火光闪耀之时，
我们要提高自由的呐喊声。
而当我们这样做了，自由的农夫
双面刃的犁头已染满鲜血？
啊，到那时世上再也不会有人哭泣了，
除了我们翠绿农田中的露珠。

一八五七年

（林洪亮　译）

克里姆林宫中的波兰旗

克里姆林宫塔顶上的钟声轰鸣，
沙皇在听神圣的牺牲品。
而在庄严的教堂拱顶下，
波兰的旗帜在飒飒飘动。

“光荣啊光荣，”合唱队在高唱——
“沙皇把那些亡命之徒加上锁链！”
作为回应，顶上发出轰天喊声：
“为了你们和我们的自由！”[1]

歌声停止了，献品也静默了，
沙皇在听，议论声把他吓住了。
他抬头一看，上面的旗子在高唱：
“为了你们和我们的自由！”

（林洪亮　译）

1　这是十九世纪波兰革命人士提出的一个革命口号，把“你们的”摆在前面，体现了他们进行的解放斗争具有国际主义的性质。

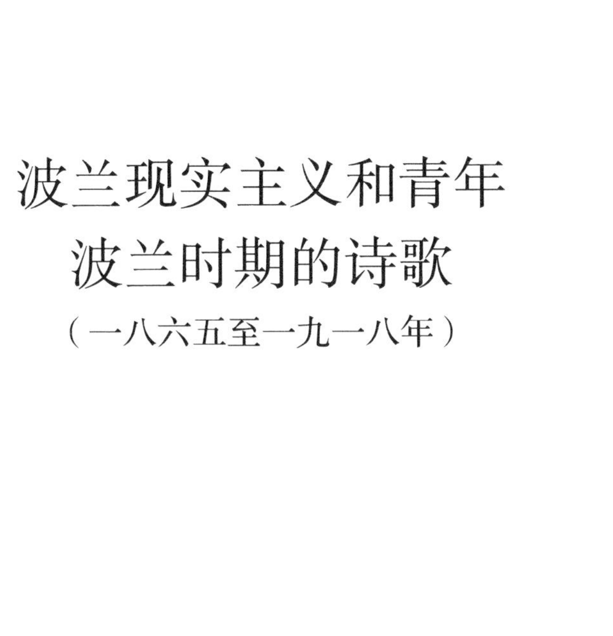

波兰现实主义和青年波兰时期的诗歌

（一八六五至一九一八年）

亚当·阿斯内克

（一八三八年至一八九七年）

波兰十九世纪下半叶著名诗人。生于卡利什的一个小贵族家庭。曾在华沙医学院学习，积极从事秘密爱国活动，一八六〇年因参加游行而被捕，后流亡巴黎。曾参加一八六三年波兰大起义，成为民族政府的一员。一八六六年获海德堡大学的博士学位。后从事新闻编辑工作多年，并被选为加里西亚议员。由于健康原因，阿斯内克晚年常住在国外，一八九七年死于意大利。

他于一八六三年发表诗歌，他的诗大多描写爱情和自然风光，有的涉及哲理和社会问题。其诗句朴素，感情真挚，富于音调和韵律，常被波兰作曲家配上曲谱，广为传唱。

十四行诗

一颗心！这太少了，太少了，
我需要一颗心在这大地上！
让它伴随我为爱情而颤动，
好让我变成个最最平静的人。

需要一张嘴！让我能永久不停
地用我的嘴去喝饮幸福的甘醇，
还需要两只眼睛能让我勇敢地
去认识那位圣人中最神圣的人。

一颗心和两只洁白的手！
能把我的眼睛紧紧蒙住，
让我甜蜜地入睡，想着天使。

天使抱着我飞往天空：
一颗心！我需要很少。
不过我看到我的要求不少。

一八六九年

（林洪亮　译）

警　告

亲爱的姑娘，你有颗敏感的心，
能为一切美妙的东西而激动；
但我建议你，如果你想要幸福，
就去找一个贵族做你的丈夫。

你可不要去找会写诗的爱人！
生活中的诗歌，那是忧虑和痛苦，
你首先是个贵族出身的姑娘，
你需要找的是有庄园田产的丈夫。

你母亲的做法非常理智，
她打消了你任性的幻想……
爱情——这是个难解的谜，
财产——那是看得见的！

心情欢愉的春天会过去，
你所生活的美梦也会消失，
你会笑话童年时代的幻想，
当你为日常忧虑而成长时。

你以后会衷心感激你的母亲，
她让你能坐上四轮马车去跳舞，
她让你嫁给了一袋黄金，
她让你放弃了诗人。

（林洪亮　译）

徒劳的悲伤

徒劳的悲伤，无益的劳累，
无力的谩骂！
割裂形态的任何奇迹
都不能恢复其存在。

世界在后退却未远离你们
一系列消失的幻影，
无论是火还是剑都无法
阻止思想的前行。

首先应与活人同行，
去追求新的生活，
不要用枯萎的橄榄枝冠，
勉强地戴在头上。

你们不能在生活的波涛前退却，
任何的抱怨诉苦都无济于事！
软弱无力的愤怒，徒劳无益的悲伤！
世界依然会沿着自己的道路前行。

一八七七年

（林洪亮　译）

致年轻人

你们要去寻找光芒四射的真理！
你们要去探寻尚未发现的新路……
在创造物的秘密中的每一步，
人类灵魂会不断得到扩展，
上帝会变得更加伟大！

虽然你们摇落了多彩神话的花瓣，
虽然你们驱散了神话中的黑暗，
虽然从蓝天中吹散了幻想之雾，
人们对天空中的景象不乏称赞，
但他们的目光却看得更远。

每个时代都有其特有的目标，
都会忘记昨日的梦想。
你们应高举知识的火把站在前面，
你们要在世纪的工程中立下新功，
你们要支撑起未来的大厦。

但是你们不要践踏过去的神坛，
虽然你们会建起更华丽的神坛，
但是圣火依然会在那里燃烧，
人们的爱一直会守护着它们。
你们应该对它尊敬。

世界已进入黑暗之中，
和它一起是美梦的彩虹，

真正的智慧会使你们和解，
还有你们的星星，年轻人的征服者
重又会在黑暗中熄灭！

（林洪亮　译）

暴　雨

在塔特尔山峰上，在塔特尔山峰上，
在它们青翠的山坡上，
呼啸的狂风在云雾中肆虐不停，
重重乌云在急速飞奔。

云雾中展开了一张编织的幕布，
把云里的露水挤掉，
从湿淋淋的幕布上一条条水流，
流落在削壁断岩上。

在层层山岭上，在墨绿的树林中。
青翠的幕布降下了，
在泪水似的大雨中那红色的洪水，
迅急铺满了整个平原。

什么也看不见了——天蓝色的背景，
和整个地平线，
都被云雾罩住了，沉入了阴影中，
被条条雨水撕成了碎片。

白天，黑夜和新的太阳升起，
毫无变化地度过——
周围是洪水涌动的哗啦声，
天空拱顶如同铅重。

雨水淅淅沥沥，狂风呼啸，

河水大声咆哮。
在塔特拉山峰，在塔特拉山谷，
是漆黑一片和狂风暴雨。

（林洪亮　译）

马丽亚·科诺普尼茨卡

（一八四二年至一九一〇年）

波兰杰出的女诗人、短篇小说家。生于律师家庭，婚前姓瓦西沃夫斯卡，曾在华沙女子寄宿学校学习，一八六二年嫁给贵族科诺普尼茨基，并相继生下六个孩子。住在乡下庄园时，她接触了许多贫穷的农民，逐渐形成了她的民主思想。一八七七年她离开丈夫独自带着六个孩子来到华沙，靠教书和抄写为生。不久后担任《曙光》杂志编辑，一八七七年开始发表诗歌，先后出版《诗集》第一至第四卷和《过去的戏剧片断》《意大利》《小事》《致人们和时间》等。她的诗主要描写农民的苦难生活，反映了她的激进的民主主义思想和反对教权主义的倾向，因而受到保守派与教会的责难和迫害，不得不离开波兰，在法国、意大利、奥地利和瑞士等地流浪漂泊达十年之久。一八八八年开始发表短篇小说，先后出版《四个短篇小说》《我的熟人》《短篇小说》《人和事》等小说集。为了庆祝女诗人创作二十周年，波兰社会各界集资在喀尔巴阡山下买了一座庄园送给女诗人。她积极支持一九〇五年的革命，并在其影响下写作了她最著名的长诗《巴尔采尔先生在巴西》。

自由的雇农

狭窄的小路像条伸展的丝带，
穿越在大麦田和黑麦地中间，
行走着一个脸色苍白、衣衫褴褛的人，
他就是那个自由的雇农。

从来没有如此多的辛酸和苦难，
也无须对内容进行更多的阐述！
从来也没有过如此深重的苦痛，
在这个穷人的生存中。

这一年灾祸连绵，暴雨用自己的
银鞭抽打着春天播下的种子，
浸透了泪水的土地上
长出的尽是杂草。

由于交不起租金，他被赶出了茅屋，
穷人离开时没有向任何人告别……
只是把一撮泥土装进他的行包里，
他便踏上了流浪的征程。

寂静的云彩悬挂在蔚蓝天空中，
东边的树林里传来牧童的笛声，
他站住了，用衣襟擦干泪水，
这自由的雇农。

他自由了，因为他抛弃了牢笼

把他锁住的枷锁——土地，
他在这里做牛做马流血流汗，
如今他也摆脱了铁血法令规定的租税。

他自由了，因为他今天已经不再
给别人的槽里装进新鲜的草料，
他自由了，因为他可以扔掉自己的房子，
只要他喜欢……

他自由了，他不再遭受其他重负，
也许只有他肩上扛着的这把大镰刀，
还有他背上的那件破棉袄
和生存的痛苦。

他自由了，是他最后的一个孩子，
由于饥饿而浮肿，春天便夭亡了，
就连那只老狗也只能躺在篱笆旁，
发出呜呜的低吠……

他是自由的！他既可行走也可以休息，
或是对他忍受的绝望发出愤懑的咒骂，
他也可以发疯，痛哭和放声歌唱——
上帝会对他宽恕。

如同严寒结成霜，他全身冻僵，
他像疯子那样用头去撞地面，
然而那东升和西落的太阳
却毫无改变。

你茅屋旁的贫瘠土地和田野，

当地政府种上了草和帚石南，
还逼得他……交税！交税！
他怎能不流浪他乡！

去，去！快去付款处交税，
即使一粒种子只长出三串谷穗，
即使你一整年也没有吃过面包，
去，快去拿镰刀！

他为何站住？既然他像鸟一样自由？
他想活就活，他想死——就去死！
他想要溺死，还是想去找工作，
谁也不会过问……

你看他多么痛苦地揪住头上的长发，
他在做什么，他怎么生活，谁也不关心，
即使他从此倒下，长眠，也不会有人过问……
他是自由的雇农。

（林洪亮　译）

雅西没有等到

在简陋的房里出现了慈善的客人：
那是春天的五月的温馨的阳光！
这阳光是通过狭小的玻璃窗射进，
把一束明亮的光线投射到地上。
如同一支金箭落在了松木桌上，
投射到古老的腐朽的木板地上，
照到了用毯子蒙住的破沙发上，
照见了冰冷的空炉子，没有点火，
在穷人房顶下的那个金色画框中，
一幅画像闪耀出灿烂的光芒，
那就是所有不幸之人的上帝。
他大慈大悲，给伤心者以勇气，
在他的祭坛上积聚了许多财宝，
他屹立在淡红的光亮和基石上，
当饥寒交迫而又独立无援的人们
匍匐在他前面，捶打自己的裸胸！

*　*　*

那是一个春天的星期天早晨，
一个死灰般脸孔的雇工坐在房里，
他靠在黑乎乎的潮湿的墙上，
由于寒气太重都结成了颗颗冰点，
温暖的阳光使他从沉思中惊醒，
他倾听着房顶上麻雀的吱呷声，
用迷迷糊糊的眼睛环视了一下，

随后他便注视着那明亮的阳光。
发出了压抑的悄悄的叹息声：
“雅西——没有等到！”
他用那衬衫的宽大袖子
擦了擦脸上流淌不停的泪水，
它们是那样地浑浊凝重，
就像一串串的雨水倾泻不止，
然而那颗从心灵上脱落的石子
却掉进了深渊触动了大地。

* * *

冬天酷冷。白雪的精灵
飞翔于天空与大地之间，
白色的翅膀把蓝天遮盖，
北方的狂风把雪花吹舞，
可怜的墙壁被吹得抖动不停。
这种境况的穷人都是些饿鬼，
他们不幸只能啃坚硬的黑面包，
脊背上披着的是件破旧的棉袄。
为了孩子他得去干繁重的工作，
在这雪花飞舞和严寒之中！
冬天酷冷。火炉里面，
并非终日都是热火熊熊，
也不是每日都能煮饭炒菜。
父亲晚上回来劳累不堪，
连斧头和锯子都拿不动，
躺在板床上如同死人一样……
而此时的雅西还穿着件破衬衫，
越来越苍白越来越沉默安静，

就像盏昏暗的油灯和火把，
他啃着片面包，坐在地上，
用愁眉不展的眼神看着父亲，
就像那些不敢说肚子饿的人！

*　*　*

他终于无法从板床上抬起身来，
只有远远地用微笑来欢迎父亲，
穷人害怕了，立即抓住他的肩膀，
他们的胸膛能听见跳动和悲伤……
整个晚上他都用呼吸来暖和孩子，
因为他觉得他变僵了，正在死去……
他祈祷、他哭泣，用头去撞墙，
可是墙却像钻石似的纷纷落去，
因为冬天给它披上了白色的外衣，
泪水在上面结成了珍珠般的冰霜。

*　*　*

凌晨，这个雇农拿起自己的锯子，
把小桌锯掉，点燃起了火堆，
还请来了医生，医生是个年轻人，
他宣称：这里的空气脏臭难闻，
而且房子里面潮湿得实在吓人，
应该给孩子以更舒适的地方，
一个又大又亮能生火取暖的房间，
而且还要盖得暖和。每天早上，
要喂他流食，要有营养的热汤。
此外他还保证，如果这个孩子

能活到春天，太阳会使他强壮，
最后他说，这寒冬——砰的一声，
医生离开了。父亲呆呆地站着，
一双晶莹明亮的眼睛盯着大门……
然而此时此刻，寒风刮得炉子里
火星四射和冒烟，还敲打着玻璃，
仿佛要向这贫穷的房间发起进攻。
孩子的那张苍白脸孔变成了青色，
他朝父亲伸出了他那双瘦手，
他动了一下，双唇颤抖不停……
死神正用银色的外衣把他裹住，
让他跟随着自己走在神秘的路上……
雅西却没有等到那灿烂的阳光。

*　*　*

他躺在一座小坟中，任何阳光
都不能把他的灵魂唤醒，激动……
再也无法抬起他那孩子的眉睫，
去观看创造自然的伟大奇迹，
再也不会有对知识、对自由的热情，
胸中也不再有“你是人！”的呼叫声。

*　*　*

像这样的小坟墓世上会有多少，
这样的坟墓该会让人多么伤心！
人类应该以大众的力量共同生存，
可是贫穷每天都在夺走他的力气……
这坟场里的一排排的小坟墓，

吓坏了这忧心忡忡的思想家——
播种无收获，就是徒劳无功。
开花不结果，浪费了种子，
通过这些孩子沉睡的坟墓，
在死神的无言的可怕沉默中，
随着贫穷人们的肩膀和精神
缓缓地走来，像要夺走其目标！
啊，弟兄们，难道你们没有过错，
雅西等不到——阳光？

（林洪亮　译）

九　月

从格涅兹诺，从瓦尔塔河，
到处响彻了妇女的公开呼声，
这呼号声震长空，大地在呻吟：
——普鲁士人在折磨波兰儿童！

父辈们用自己的母语，
给我们写下了这段祈祷文，
母亲们教会了我们朗诵：
——普鲁士人在折磨波兰儿童！

白色雄鹰从巢里站了起来，
展开了它那闪闪发亮的翅膀，
它要飞到上帝那里去控诉：
——普鲁士人在折磨波兰儿童！

皮亚斯特的骨灰已经苏醒，
国王手握权杖肃然起立，
两鬓在王冠下面闪闪发亮，
他这是要去保卫波兰儿童……

你们要听从我的建议，
快快前去参加集会！
要把所有的农工们召来……
——普鲁士人在折磨波兰儿童！

起来吧，村庄，起来吧，城镇！

从戈普沃湖的岸上，人们在前进！
钟声齐鸣，从克鲁什维察，
响彻了皮亚斯特的整个国土。

钟声轰鸣，震撼着人们的心灵，
让背信弃义的普鲁士人发抖吧，
让我们的呼声传遍整个世界：
——普鲁士人在折磨波兰儿童！

我们的信念坚定、意志坚强，
让我们的号令传遍整个大地，
我们的人民团结一致，奋不顾身……
——普鲁士人在折磨波兰儿童！

（林洪亮　译）

当国王奔赴战场

当国王奔赴战场，
军号为他奏响，
金号角为他吹起
胜利的鼓舞之歌……

当斯达赫奔赴战场，
明亮的武器叮当响，
田里的谷穗沙沙响，
发出思念和痛苦声。

战场上子弹吱吱响，
农民像麦秆纷纷倒下，
国王们在英勇战斗，
牺牲最多的是农民。

鹰旗在迎风飘扬，
村里十字架被打倒，
斯达赫受了致命重伤，
国王健康地回到城堡。

当国王进入明亮城门，
迎接他的是金碧辉煌，
城里的大钟一齐敲响，
钟声响彻四面八方。

他们给农民挖了个墓坑，

远方的树林发出了声响：
为他敲起钟声的是橡树、
是百合花、是小铃铛……

（林洪亮　译）

吹 笛

为什么要降下
这冰凉的露水，
当我赤脚裸体，
家中饥寒交迫时？……
一个人在世上哭泣
难道这还不够，
整个晚上都在流
银色的泪水？

* * *

啊，假如我要行走
经过这田野，
你可计数一下落在
田里的眼泪……
害怕从这播种中，
会把收成减缩。
真希望染血的麦秸
能产生奇迹。

那天上的太阳，
正在升起，
并吸吮着草场上
丰富的露水，
希望我们的泪水海洋
也被它吸干，

那么你得晒爆整个世界，
我的上帝！

（林洪亮　译）

你为了理想而斗争

你为了理想而斗争，
向你致敬！
因你在狂风暴雨中，
开启了你希望中的
明朗的日子……
你投入了伟大的战斗，
你那天使的翅膀，
让你披上了精灵之光
和自己的红色鲜血
出现在世界面前！

你为了理想而牺牲，
向你致敬！
因你倒在希望的门前，
没有等到你相继而来的
明朗的日子……
在你的骨灰和坟墓里，
将会找到永恒的力气，
你的尸骨将会以血迹
指示出通向未来的
光明大道！

你会获得更大的荣光，
你是为了理想而活着，
你为它缝制躯体的外衣，
在你希望的残烛旁边，

是明朗的日子……

在劳动中、在苦难中，
你的双手流血，
在世界的曙光照耀下
你的痛苦你的贫穷会消散。
谁也不关心，不过问
你的最后一滴血
会掉落在什么地方。

（林洪亮　译）

肖邦纪念年

在外国的某个地方，
是你坟上的碑石。
外国的天空流淌
在你脑海的梦里。
外国多云的天空，
清晨浇湿你的坟茔，
外国的风给你送来
外国歌曲的回声。
可是你的坟墓，
得不到我们杨树守护，
弯曲的枞树也不能
在那里低诵祷文，
就连我们的柳树，
也不能用悲哀的声音，
晚上也不能把你
从死亡沉思中唤醒。
弟兄们也无法去
修整你的坟墓，
我们的金色阳光，
也无法将你照亮，
我们颤动的星星，
也不能照暖你身。
我们的月亮也不能
把银光洒在你坟上……
啊，母亲在自己门前，
得不到自己的幸福。

啊，她让儿子们
走上了不同的道路……
啊，儿子们在那边
生活在长久的屈辱中，
啊，他们给予母亲的
是颗撕碎了的心！

（林洪亮　译）

星星在照耀

星星在照耀，在照耀，
在高高的天空上……
农民啊，你不要以为
这是为了你才这样！
这千百颗中最亮的
它从森林后面升起，
就像一小块的太阳，
它就是庄园主人的星。
在它的下面，这第二颗
发出纯金的光亮，
在湖泊上面眨眼的，
是我们神父的星星。
在它旁边的第三颗，
发出一束火光，
就像银色的樱草
那是管风琴师的星。
所有你能看见的星星，
都在闪闪地发光……
农民啊！唯一缺少的
就是你的，我的上帝！
人们都在传说：
在混沌初开的古代，
上帝平等地
点燃了所有的星星，
在高高的天空中
既无农民也无地主之分，

每一个人都有属于
自己的那颗星。
可是当贫困的人民
开始弯背曲腰时，
天上的星星
便踏上了不同道路……
地主们的星星
亮得像白色银币，
农民们的星星
像泪水掉进了地里！

（林洪亮　译）

发　誓

我们决不抛弃我们民族的土地，
我们决不损害我们的语言！
我们是波兰民族波兰人民，
我们是皮亚斯特王族的子孙，
决不让敌人把我们德意志化……
——上帝一定会帮助我们！

为了保卫我们的民族精神，
我们将战斗到最后一滴血。
直到十字军的旋风
落到尘土和灰烬之中。
每座门槛都是我们的城堡……
——上帝一定会帮助我们！

我们决不受德国人的污辱，
我们也决不让孩子们日耳曼化。
我们的武装部队已经站起，
民族精神将领导我们前行，
当金号角吹响我们奋勇向前……
——上帝一定会帮助我们！

（林洪亮　译）

瓦兹瓦夫·希文切茨基

（一八四八年至一九〇〇年）

波兰无产阶级革命家、诗人。曾在彼得堡技术学院学习，因参加革命运动被学校开除。在彼得堡期间，他阅读了大量俄国革命民主主义者和马克思、恩格斯的著作。回国后积极组织革命小组，于一八七八年被捕入狱，后被流放到西伯利亚。他在狱中曾主编地下刊物《囚徒之声》，并在上面发表了许多诗歌作品。一八八三年回到华沙后，积极参加《无产者》的活动，并写出了他的著名诗篇《华沙革命歌》，受到波、俄革命者的喜爱，晚年受到宪警的监视，一九〇〇年死于华沙。

华沙革命歌

哪怕风暴还在横扫大地，
哪怕敌人还将我们压欺，
哪怕明天的命运还未决定……
我们都会勇敢地把红旗高举！
啊！这是人民的大旗，
是神圣的号召，解放的歌声，
全世界人民团结的象征，
劳动和正义事业的胜利！

华沙啊，前进！
去进行流血的斗争！
我们的斗争正义而神圣。
华沙，前进！前进！

劳动群众今天受够了饥饿的折磨，
可恶的寄生虫们却在纵情享乐。
我们决不做可耻的懦夫叛徒，
在敌人的绞刑架前也决不退缩！
先烈们把一生献给了革命事业，
他们的鲜血决不会白流，
他们的英名活在亿万人民心中。
我们前进，高唱胜利的凯歌！

华沙啊，前进！
去进行流血的斗争！
我们的斗争正义而神圣。

华沙，前进！前进！

乌拉！我们要掀掉沙皇的皇冠，
劳动人民的鲜血浸透了沙皇的宝座。
人民还在遭受悲惨的命运，
我们要把这宝座埋在血泊中。

嘿！我们要向专制暴君报仇雪恨，
千百万人民的生机决不能再被剥夺！
嘿！向沙皇和财阀们讨还血债，
未来的果实由我们人民收获！

华沙啊，前进！
去进行流血的斗争。
我们的斗争正义而神圣。
华沙，前进！前进！

一八八三年
华沙
（林洪亮　译）

写在去西伯利亚之前

别了啊，别了，可爱的国家！
再见吧，再见，亲爱的故乡！
暴君们正在狂欢滥饮，
人民的血泪还在流淌……

我们为保卫穷人的权利而斗争，
敌人却折磨我们，用监禁和流放。
他们为自己的胜利欣喜若狂，
把欢乐建立在人民的痛苦之上……

为人民利益投入斗争的行列，
我们走后会涌现出新的力量。
人民群众已经挺起了胸膛，
大海的怒涛正冲击着堤岸……

人民的海洋汹涌澎湃，
海底的万物正在震荡……
崭新的生活一定要诞生，
到那时，丑恶的世界就会灭亡。

自由的曙光正在磅礴上升，
明天的世界一定属于我们。
虽然分手在即，只要有信心，
我们不久就会在战斗中重逢……

用血和泪去摧毁一切枷锁，

让贫穷和压迫在历史上消亡……
现在只好告别了，亲爱的祖国！
再见吧，再见！我那穷人的故乡！

一八八〇年五月十日
华沙齐达德拉特监狱
（林洪亮　译）

博列斯瓦夫·捷尔文斯基

（一八五一年至一八八八年）

波兰革命家、诗人。生于利沃夫，毕业于利沃夫大学哲学系，后从事新闻记者工作，并在工人中间积极进行革命活动。一八七四年起发表小说、诗歌和戏剧，《奴隶》（一八八二年）一剧受到广泛关注和喜爱。他的《诗集》（一八八一年）反映波兰劳苦大众的苦难命运和反抗精神，《两种观点》（一八八七年）努力宣传马克思的思想。

红　旗

统治者使我们不断流血牺牲，
人民流尽了辛酸的眼泪，
复仇的一天终将来临，
我们就是旧世界的审判者。

我们的歌声响彻四方，
红旗在世界上空飘扬，
它给未来播下革命种子，
人民的怒吼如雷霆轰响。
我们的红旗光芒万丈，
是工人鲜血染在旗帜上！

腐朽的黑暗势力还在梦想
重新补好那破烂的罗网，
但邪恶定会被扫除干净，
善良必将百世流芳。

我们的歌声响彻四方，
红旗在世界上空飘扬，
它给未来播下革命种子，
人民的怒吼如雷霆轰响。
我们的红旗光芒万丈，
是工人鲜血染在旗帜上！

我们一定要消灭旧的世界，
腐朽的旧世界已经摇摇欲坠。

我们团结一致，共同奋斗，
劳动的果实将由我们自己分配！

我们的歌声响彻四方，
红旗在世界上空飘扬，
它给未来播下革命种子，
人民的怒吼如雷霆轰响。
我们的红旗光芒万丈，
是工人鲜血染在旗帜上！

嘿！联合起来，工人弟兄们！
我们万众一心去参加战斗，
世界上没有任何一种力量，
能阻止滚滚向前的革命洪流！

我们的歌声响彻四方，
红旗在世界上空飘扬，
它给未来播下革命种子，
人民的怒吼如雷霆轰响。
我们的红旗光芒万丈，
是工人鲜血染在旗帜上！

打倒专制暴君，打倒吸血鬼！
把卑鄙龌龊的旧世界彻底摧毁。
依靠我们自己的力量，
建立起新的生活，新的社会！

我们的歌声响彻四方，
红旗在世界上空飘扬，
它给未来播下革命种子，

人民的怒吼如雷霆轰响。
我们的红旗光芒万丈，
是工人鲜血染在旗帜上！

一八八一年
利沃夫
（林洪亮　译）

路德维克·瓦伦斯基

（一八五六年至一八八九年）

波兰革命家，波兰第一个工人阶级政党“无产阶级党”的创始人，生于乌克兰。一八七六年来到华沙，积极从事工人运动，不久被迫离开波兰。一八七九年在日内瓦主编杂志《平等》，并阅读了马克思和恩格斯的许多著作。一八八一年秘密潜回波兰，领导“无产阶级党”的建党工作。一八八三年被捕，一八八五年被判十六年苦役，后改为监禁。一八八九年因肺病死于狱中。

镣铐舞曲

让我们愉快地跳吧，
反抗的信徒们！
欢快地跳呀，不停地旋转，
这里是华沙和卡拉[1]。

敌人给我们准备了大量的镣铐，
也为我们建造了无数的监狱。
但我们乐观，镣铐的叮当声，
给我们奏起了玛祖卡舞曲。

卡拉营房就是我们的舞厅，
鲜红的袖章
和苦役犯的灰色囚衣，
是我们参加舞会的盛装。

我们身穿这样的盛装，
在营房中尽情跳舞歌唱。
忧愁并没有销蚀掉
我们的革命激情和思想。

牢房也不能使我们的感情冷淡，
它如同熊熊烈火，越烧越旺。
年轻的战友们身在地狱之中，
对生活却充满了无限的希望。

---

1 卡拉：沙皇设在西伯利亚的一个苦役营，营里关有许多波兰的革命志士。

怀疑的眼泪没有模糊
我们姑娘眼中的光辉。
严刑拷打也摧残不了
她们那英勇无畏的心灵。

她们的嘴里唱出了
愉快动人的歌声。
有谁能够猜想到，
她们正经历着痛苦的时刻。

敌人在绞杀我们的战友，
这暴行又岂能吓倒我们。
人生在世谁无一死，
讨还血债定有复仇人！

我们的同志会一如既往，
为死难的弟兄雪恨报仇。
献给他们的不是花圈，
而是专制暴君的头颅。

武器在响，镣铐叮当。
欢快的玛祖卡舞曲啊！
这舞曲使我们的心儿更加坚强，
使我们的眼睛更加明亮。

盛大舞会的时刻一到，
同志们就会用身上的镣铐，
伴随着这舞曲的节拍，
去砸烂那拘押我们的监牢。

我们将变得更加英勇顽强，
把身上的枷锁砸烂。
到那时大半个波兰
会将我们的镣铐舞曲唱响。

歌声会传遍波兰全国，
像一支激越的进行曲。
伴随着这支舞曲的节奏，
人民奋起斗争、英勇不屈。

我们奏起这支欢快的曲调，
整个波兰人民就会并肩战斗。
那些最英勇的革命战士，
就会领导这场威武雄壮的舞蹈。

从此，阳光驱散黑暗，
镣铐、监狱和铁丝网，
还有沙皇的整个专制制度，
都会像幽灵一样从世上消亡。

我们将回到自己的家乡，
健康、愉快而又勇敢坚强。
我们会把这镣铐舞曲，
给我们的子孙后代哼唱。

一八八六年
波维亚克狱中
（林洪亮　译）

佚名革命诗歌

十九世纪末，随着工人运动的蓬勃发展和无产阶级政党的建立，无产阶级革命诗歌也随之兴起和大量涌现，其中有的署了名，但绝大多数都未能署名。现选择两首以飨读者。

暴风雨来临之前

沙皇统治的国家一片死寂，
只有铁链的声响锒铛不已，
还有奴隶们被皮鞭抽打的声音，
和沙皇屠刀下宣传鼓动者的喘息。
所有这些革命烈士的鲜血，
像苫布一样覆盖了整个大地。

还有另一类人物出现在今天，
那是来自阴暗角落的坏蛋们，
他们践踏着死去弟兄们的尸体，
对主子却是一副谄媚的丑脸。
他们把我们召到沙皇脚前，
要我们去亲吻他的皮鞭。

我们想咒骂，想大叫大喊，
但只能站着，像哑人一般，
我们的嘴里已塞满了血浆，
我们的心紧贴着社会的心坎。
人民无言的愤怒正在高涨，
反抗的海洋正在波涌浪翻！

一层层浓厚的乌云
低压着沙皇坚固的城堡，
蓝色的火光照亮了苍穹，
可怖的雷电在不停咆哮。
喂！停止哭泣，擦干眼泪！

伟大的暴风雨已经来到！

欢迎啊，暴风雨，我们欢迎你！
快快展开你那雄鹰般的双翼。
为了清除一切腐败的污泥浊水，
复仇的人群已经昂然站起，
他们正进入斗争的阵地。
斗争，斗争！我们奋战不息！

（林洪亮　译）

在饥寒交迫中学习

狱中的同志们啊，
请不要苦闷，
请不要呻吟。
快快拿起书本，
坐下来，学习要抓紧！

在这苦役的牢房里，
要把自己的意志磨炼，
因为我们将在街垒上，
同敌人展开殊死的决战，
这事儿决不那么简单。

我们没有火炉取暖，
我们没有佳肴充饥，
为了做一个布尔什维克，
要在饥寒交迫中学习，
要在艰难困苦中学习！

我们的同志啊，
我们要团结奋斗。
敌人没有什么了不起，
我们定能经受住考验，
你也会成为共产党员！

红色的工人弟兄们，
决不会把我们忘掉。

只要时候一到，
他们就会从街头涌来，
把我们解救出监牢。

一九二七年
克拉科夫的圣米哈尔狱中
（林洪亮　译）

扬·卡斯普罗维奇

（一八六〇年至一九二六年）

波兰诗人、作家、翻译家。出身农民家庭。曾在莱比锡大学学习，后在伏罗兹瓦夫大学学习哲学和文学。大学期间曾接触社会主义思想和工人运动，并被关押六个月。一八八九年移居利沃夫，先是从事记者工作，一九〇九年起担任利沃夫大学的比较文学教研室主任，第一次世界大战期间住在扎科帕内，战后曾任利沃夫大学校长。他的早期诗歌多描写农民和手工业者的生活劳动与苦难命运，反映出早年的激进思想。进入十九世纪九十年代以后，他的诗歌创作从现实主义转向象征主义和表现主义，成为波兰表现主义的代表诗人，而且大多与塔特拉山的绮丽风光有关，其主要作品有诗集《野玫瑰丛》《垂死的世界》《圣母万岁》《穷人之书》《我的世界》等。他还翻译了大量古希腊罗马和德国的文学作品。

我们需要信仰

我们需要信仰——但不是
那种五颜六色的迷人彩像，
也不是大叫大喊，耶和华
的仆役们会步入天堂！
我们需要信仰，但不是那种
在日出前被灯火所遮掩的夜晚，
也不是那种大预言家们在黎明
升起时的颤抖。

我们需要信仰，但不是那种
在灵魂中呼叫：你是灰，人啊！！
它残害了意志，掩盖了脉动，
行动的脉动。
也不是这种信仰，它下令
敞开胸膛去面对利剑，
以便再次用月桂树去装饰
豪华的祭坛。

我们需要信仰，但不是那种
向精神预测椎心的痛苦，
而是用想象中的天堂
去换人间旅行中的针刺。
我们需要信仰，但不是那种
用地狱的可怕景象
“蓝色的浆状物将永远
喷溅在你们身上。”

我们需要信仰，面对饥饿
和痛苦，它威力无边，
在光明中联合武装部队
我们投入战斗。

我们需要信仰，我们依靠
自己的意志和双手
把我们的思维变成青铜
和一束月桂！

我们需要信仰，是基于
理智和爱的信仰，
在永恒秩序的大厦中，
将放射出金色的光芒。
我们需要信仰，这座阳光
和面包的大厦将为大家开放，
人人都应奋斗终生，
直到他战死沙场。

我们需要信仰，相信吧，弟兄们！
啊，我们坚信，胜利即将来临！

（林洪亮　译）

茅屋（节选）

沙地小山上有一排茅屋，
茅屋后面是一片葡萄园，
古老的柳树垂下了脑袋，
在马圈和低矮的牛栏旁。

篱笆倒塌了，院里长满苦艾，
这里马在颤抖，瘦母牛在吼叫，
那边，戴着花冠的健康姑娘在刺绣，
在美丽的手绢上，用彩色的细线。

灰色的农舍！简陋的农民茅屋！
我的生活应如何与你们同在，
像你们那样简单，缺少娱乐……

如今你成了我记忆的丰富宝库，
但是这些记忆里却充满了泪水——
嘿！让泪水停止的时代是否到来？！

（林洪亮　译）

野玫瑰丛

在黑斯姆勒钦的碎石之中，
一座蓝色的小湖睡意惺忪，
一丛野玫瑰的鲜红花蕾，
正从灰碎石中破土生长。

它的脚下是浓密的野草，
旁边是陡峭滑溜的山峰，
低矮稠密的松树林
覆盖着山石的沟壑。

孤独、睡意、沉思，
而把花冠紧贴着泥墙，
仿佛害怕暴风雨侵袭。

寂静……风未把树叶吹动，
只有那叶枯的欧洲松
停息在野玫瑰丛旁。

（林洪亮　译）

母　亲

苍白的月光在照耀，
现在是十二点钟。
在我的窗前，我看见
站立着一个老女人。

额上满是皱纹，
脸孔狭小下陷，
看起来不像人，
倒像个鬼影。

头上裹着条头巾，
头发藏在它垂下的
布块下面，白衣领
露出了她的脖颈。

她用枯黄的瘦手，
轻轻敲打窗玻璃，
发出的声音仿佛
是远方传来的音乐。

"你到底想要什么？
你有你走的路。
可是我在这里，
什么事都干不了。

"大家都在家里睡着了，

所有锅碗瓢盆都是空的，
在这个时候就是去乞讨，
那也是毫无作为。

“我倒很想帮助你，
尽量给你一些东西，
但是你也看到了，
这不幸的床把我困住。

“疼痛的双手，
疼痛的双脚，
让上帝保佑
你一路顺风。

“你一定来自远方，
不会有大的损失，
你要明天早上来，
会有人送你东西。”

“是来自远方还是近处，
对此都有不同的议论。
我要告诉你，我来到此地
并不是为了乞讨。

“我听说你病了，
你的年纪已不年轻，
我才想来看看你，
因为我是你们的母亲。”

“我知道，我明白，

是带走我的时候了，
你来了就把我带走，
我会表示特别的感谢！”

“今天我还不能
让你和我一起走，
人活着就是要受苦，
受苦吧，我的病儿。

“此外，你在此地
还有你欢乐的时刻：
月亮、太阳、森林、河水，
你还有翠绿的春天。

“不过我在那边也还不错，
处在被拯救的人们中间，
就是有的时候，不免想起
你们的这个人世间。

“因此，你要好好活着，
等到你健康地站起，
你就要到地里到树林中去，
到冰雪覆盖的山顶上。”

今天在这午夜的时分，
和几乎已被忘记的母亲，
进行了这样的一番交谈，
因为她早就躺在了坟中。

（林洪亮　译）

安托尼·兰格

（一八六一年至一九二九年）

波兰诗人、作家。生于华沙的犹太人家庭。先在华沙大学学习自然科学，后到巴黎研读哲学，毕业后从事教师工作，并积极向进步刊物投稿。一八九〇年回到华沙后，担任《生活》刊物的主编。一九〇七年因新闻事件而被捕入狱。一九〇九年至一九一二年来到巴黎，一九二九年死于华沙。

兰格的早期诗歌以浪漫主义手法去描写社会问题，后转向现代派，他是把世纪末和颓废思想引入波兰诗歌的第一人。其代表作有《诗歌》第一、第二卷，《沉思遐想》《第三天》等。他还写有多部小说、剧本和文学评论。

韵律（节选）

你不喜欢我那过于简单的韵律，
你想要的是声音洪亮和谐的歌曲，
它有如三重金色的离合词闪闪发光，
韵律组成出乎意料的一组组诗节。
的确，韵律对于诗歌如同头脑的颅骨，
就像蚌类的珍珠遮掩了人们的思想。
韵律如同天空和太阳，地狱和厄巴斯，
存在于其中的音乐如同飘扬的回声。
其音调越丰富，胸膛呼吸越宽广——
韵律就像风信子那样五光十色，
而歌手朝上飞驰奔向天堂大门，
像是在向听众大喊：跟我游吧，游吧！
因为韵律以出乎意料的音节所组成，
使人觉得这更能突出自然的内容，
有如海浪不断涌起的强大力量，
犹如金光灿烂的仙女一群更胜一群。

（林洪亮　译）

希维特什

明朗的远方是希维特什湖，
它像一面硕大的镜子。
在它的神圣波浪前、圣浪前，
你跪下了，啊，朝圣者！

银光闪闪，纯洁而流动的玻璃，
展开成一个巨大的圆体。
波浪带着轻轻的响声消失，
消失在地平线下。

碧绿的树林，原始的树林，
一排排簌簌响的树木，
成了神庙的活围墙，
给湖岸戴上了花冠。

波浪冲洗着湖岸的斜坡，
还向树林唱起了动人歌曲。
哼唱之声直达树林的深处，
甚至还让深处的树木摇曳。

光滑的湖上流动着平缓的湖水，
然而又在它的平川上掀起皱纹，
它那绿色的发丝装饰着两鬓，
高处是稠密的芦苇丛。

希维特什伸展到明亮的远方，

它就像一面硕大无比的镜子，
面对着这神圣的波浪，波浪，
你跪下了，啊，朝圣者！

你受到了圣水的祝福，
这银色湖水的原野！
从这里发出奇迹的圣曲，
流淌在永生的境界中。

从摇曳的浪中发出的歌声，
那是一支神秘的歌曲，
空中飘扬着神圣的精神，
那是密茨凯维奇的精神！

（林洪亮　译）

卡齐米尔·普热尔瓦·泰特马耶尔

（一八六五年至一九四〇年）

波兰现代派诗人。生于波兰南部塔特拉山麓的一个贵族家庭，先在克拉科夫的雅盖隆大学攻读哲学，后到海德堡大学留学。毕业后住在扎科帕内，第一次世界大战后移居华沙。一八八六年发表短篇小说《新兵》，一八九一至一九一二年期间出版了七部诗集。他的诗反映了世纪末的思想情绪，充满怀疑、厌恶和否定一切的倾向。他的爱情诗和描写塔特拉山绮丽风光的诗篇深受当时的读者的喜欢。除了诗歌，他还写有十多部小说，其中以描写拿破仑时代的历史小说《史诗的结束》和描写塔特拉山的系列小说最为著名。

白桦树

大声号啕的白桦树，
锈红的枝叶在哭泣，
它那响亮的哭声
直达远方昏暗的大海。

大海问道：“为什么
会哭得这样的悲切？
是你们缺少明媚的阳光，
还是缺少滋润的雨水？”

我们并不缺少灿烂阳光，
乌云会给我们送来雨水，
只是我们生长的这块土地，
浸透了人们的鲜血。

（林洪亮　译）

我的情人

感谢上苍，我的情人，
并不来自“我的阶层”，
她没有娇小白嫩的双手，
她把我爱中的“差”写成“哈”。

她没有任何的装腔作势，
她常常把时间说成“查斯”，
但是我情愿把我阶层的
所有女人去换她的这个词。

（林洪亮　译）

前奏曲

请给我说些什么……我多少年来
都在想这种谈话……你的每句话，
会在我心里引起甜美的震撼——
请给我再说些什么……

请给我说些什么……别人听不见，
你的每句话像鲜花那样让我欣赏，
让我爱抚，你的每句话沁入肺腑，
请给我再说些什么……

（林洪亮　译）

十四行诗

我喜爱十四行诗的困难而简洁的结构，
让我觉得，就像是给了我一块大理石，
我的凿子便能任意地把它雕塑成作品，
它的形式永远一样却能出现新的形象。

我喜欢它完美的宽广而粗犷的声响，
永远发出那同样优美动听的乐曲声，
展现出它那无穷无尽的不同的主题，
就像天空中的云雾变化不同的形态。

我喜欢这小小教堂，它里面安放着
巨大的神像，如同雄伟的中央教堂，
我喜欢这难于攀登的山岩崎岖小路。

谁若是不把脚掌踩稳，谁就会掉下，
我喜欢这像霞光一样照射的小星星，
狂风暴雨的轰鸣都掩没不住的钟声。

（林洪亮　译）

他永远只住在荒野中

他永远只住在荒野中，
他在那里谁也不会得罪，
也不会带来悲观绝望，
只有乌鸦在他头上鸣叫。

谁若是不关注人类事情，
也不卷入他们的流血痛苦，
那就不要抱怨他这个人，
人们可以无声地走自己的路。

谁若是只喜爱狂风和岩石，
那他便拥有狂风岩石的权利，
当他躺在冬天的草丛之下，
要求它们对他产生怜悯。

（林洪亮　译）

斯达尼斯瓦夫·韦斯皮安斯基
（一八六九年至一九〇七年）

波兰诗人、剧作家、画家。生于克拉科夫的一个文艺世家。曾在克拉科夫的雅盖隆大学哲学系学习。一八九〇至一八九四年出国学习和访问考察，深受巴黎戏剧的影响，回国后热心于戏剧艺术的探讨，多年担任《生活》周刊的艺术部主任，并开始发表剧作。一九〇五年成为克拉科夫美术学校的教授。一九〇五年当选为克拉科夫市政委员会成员。后受疾病折磨，于一九〇七年逝世于克拉科夫，年仅三十八岁。

他的诗歌虽不及他的绘画和戏剧名声响亮，但也具有一定的地位，其成就更是表现在诗剧上，他一共创作了十多部戏剧，题材广泛，有波兰历史剧、古希腊罗马剧和现实生活剧，其中最为著名的《婚礼》是波兰的经典名剧。他不限于戏剧创作，还集导演、布景设计师、艺术指导和舞台改革家于一身，对波兰舞台艺术的发展做出了重要的贡献。

谁也不要在坟上对我哭泣

谁也不要在坟上对我哭泣，
除了一人，我的妻子，
你们的眼泪对我毫无作用，
这悲痛是你们的感官所致。

让钟声不要在我的棺材上敲响，
任何的歌曲也不要为我歌唱，
但愿雨水在我的葬礼上哭泣，
让狂风怒号、电闪雷鸣。

谁若想把一块土地紧紧压住，
直至把我堆成一座小小土堆，
让太阳照耀在坟茔上，
把干燥的土地烧烤。

也许以后还会再来一次，
当我厌倦地躺着的时候，
我会把安放我的房子掀翻，
在阳光中开始奔跑。

如果你们看到我这样飞奔，
而且我的形象是如此鲜明，
你们就大声呼唤我快回来，
用我自己的语言。

我能在上面听得见呼唤，

当我要穿越星星之时——
也许我还会重来一次
这折磨我的行动。

（林洪亮　译）

我怎么能平静

我又怎么能够平静——
我的双眼充满惊恐，
我的脑里满是噩梦，
我的心中老是担心，
我的胸膛不停颤抖，
我又怎么能够平静。

（林洪亮　译）

塔杜施·密琴斯基

（一八七三年至一九一八年）

波兰诗人、剧作家、小说家。生于罗兹，曾在克拉科夫大学学习历史，在莱比锡大学攻读哲学。一战期间曾担任《世界》的战地记者和莫斯科的报刊编辑。一九一八年在回国途中被农民打死。

一八九五年开始发表作品，其作品具有象征主义和表现主义的创作特点，在当时享有盛名。诗集有《在星星的黑暗中》《教师之夜》等。剧本《波将金公爵号》以表现主义手法展现一九〇五年革命时期的斗争，深受观众的喜爱。

命　运

群星对我进行了评判：
——永远黑暗，永远错误，
——你是超越星星的高塔建设者，
——你在这里会像野兽那样流窜，
——你脚下的每块土地都要陷落——
——你会在火里冻僵，像蜡一样融化。

而高贵的精神能抵抗群星，
给予你们的是循环运动，
错误是我自由的见证，
我的心能撑起深处的陆地，
坟场的树木发出哭泣的声响，
在生命的肩膀上流出我的歌唱。
我是超越星星的高塔建设者，
我绝望地嘲笑正在熄灭的星星。

（林洪亮　译）

在明杜西草场上

浓雾在黑树林上空移动，
露水从树木上纷纷落下，
我听见远方的夜莺歌声，
在我心中成了合唱共鸣。

空中乌云密布，昏黑吓人，
云雾中有座我不认识的山峰，
一只金翼的小鸟对着我唱：
已经是黎明了，黎明已来临！

（林洪亮　译）

马利娜 · 沃尔斯卡
（一八七五年至一九三〇年）

波兰女诗人、作家。生于利沃夫，父亲是画家。曾在慕尼黑和巴黎学习绘画，后转向文学。一八九四年与石油资本家结婚，她的家也成了当地的文艺沙龙。一八九三年开始发表作品，随后出版了诗集《秋天交响乐》《太阳节》，一九二九年出版的诗集《一杯草莓》深受好评。她的诗歌创作早期受科诺普尼茨卡的影响，后来形成自己的风格，充满对生活的忧虑、对以往时光的回忆和感怀。

稠　李

稠李开花啦！苦涩而清新的气味
在云雀歌颂的空气中流淌，
春天的号角已响彻天空，
白色的花朵使丛林铺上了白雪，
在明亮的草地，在溪河的水波
令人不快的枝叶绒毛高高飘落。

稠李开花啦！当苦涩的气味
被吸入心里，吹拂着你的
双鬓和头脑，花瓣飘撒在草场上，
我的心中仿佛有一首歌在歌唱，
在天空的天鹅绒罩布下凝集
并发出钟响，当稠李开花时……

（林洪亮　译）

前奏曲

夜……春雨已停，湿淋淋的丁香花气味清新
从梦幻的果园中升起，充溢整个心胸，
像是被一股神秘的浪潮冲击着——
短暂的春天过去了……消失了……夏天来临，
期待的夜晚被凝重的雾霭所笼罩，
星星在潮湿的蓝色汪洋中闪闪发亮，
四周一片寂静，如同节日的前夕，
我感觉到我生命中的最高音符
还未达到……

（林洪亮　译）

斯达尼斯瓦夫·卡拉布·布佐卓夫斯基

（一八七六年至一九〇一年）

波兰诗人。出身于文艺世家，曾在利沃夫大学学习哲学和法律，后出任克拉科夫《生活》驻利沃夫的代表。一九〇一年自杀身亡。

他的诗具有象征派特点。其诗作不多，一九一〇年出版诗集《当心还未静止时》。他还翻译了多位法国诗人的作品。

真　空

一棵孤立的光秃秃的树，
抬起了它那瘦削的手臂，
绝望地把嘶哑的颂歌，
送往真空的铁青色天空。

树下竖立着一个腐朽的十字架，
上面钉着奄奄一息的耶稣，
他抬起他的那双失望的眼睛，
凝视着真空的铁青色天空。

在十字架下有个痛苦的灵魂，
从他那黑暗的虚无的深渊中，
激起了他那疯狂的愿望，
朝向那真空的铁青色天空。

（林洪亮　译）

夜晚来临

夜晚来临，忧心忡忡的太阳逃离，
流血过多。
它那血色深红的霞光
通过眼睛
落在
我的脑海的深处。
夜已来到，世纪最深重的黑暗，
落入眼中：
我胆战心惊，我把目光转向后面
望着我的脑海的深处——
我看见，太阳的光芒沐浴在
我的鲜血中，
——特别血红——
在热气和亮光中燃烧
夜晚在它的面前消失了，
永远！

（林洪亮　译）

马丽亚·科莫尔尼茨卡

（一八七六年至一九四九年）

波兰女诗人、作家。曾在英国剑桥大学留学。一八九八年与勒曼斯基结婚，两年后分居。一九〇五年参加革命运动。一九〇七年后受到心理疾病的折磨。

她以小说《穷人斯达舍克的生活》（一八九二年）步入文坛。创作涉及当时的社会现实问题，竭力反对“为艺术而艺术”的口号，其主张与存在主义相近，其诗歌则具有表现主义的特点。

五　月

在花园的隐秘处，
在绿色的波浪中，
布谷鸟在远处歌唱——
快来——它唱道——生命
在五月的小屋中消失，
死神像情人在等着你，
她头戴花冠。
快到我这里来，在安静的橡树林，
在飘散的充满芬芳的光线中，
绿色的枝叶
进入你的梦中，
特别地惊奇——
等——待！等——待！等——待！

我把小船驶离了海岸，
我在海水和蓝天之间
划游，
在地平线的
深处。
我去抓行进中的
太阳光芒——
沿着乳青色的道路
划游——
我把脚掌离开大地
飞翔。
在明亮的天空弯弓中，

像彩虹
在照耀，
我沿着金星的轨迹，
满含泪水，
在兴奋、幸福和惋惜中
飞翔。

（林洪亮　译）

“一带一路”沿线国家经典诗歌文库
（第一辑）

主编　赵振江
副主编　蒋朗朗　宁琦　张陵　黄怒波

波兰诗选

下册

林洪亮　编
林洪亮　张振辉　易丽君　等译

作家出版社

波兰现当代诗歌

（一九一八年至今）

波列斯瓦夫·列希米扬

（一八七七年至一九三七年）

诗人，出生于一个波兰化的犹太知识分子家庭，童年和青少年时代是在乌克兰度过的，二十世纪初来到华沙，一九一一年他和朋友一同创建了华沙艺术剧院，第一次世界大战期间迁居罗兹，曾任罗兹波兰剧院文学部主任，一九三五年又回到华沙。

致大姐

你在棺材里的睡梦是那么隐秘，像神仙一样。
　　我不知道，你是不是摆脱了所有的牵挂?
死后就只留下了这么一个腊制的洋娃娃，
　　我爱这个柔软的、已被损坏的洋娃娃。

人死后会感到孤独，可是我，你的兄弟，
　　却陷进了黑暗的深渊。
我把你的裙子做得很大，但它并不昂贵，
　　它就是你的那个世界。

死都是罪恶造成的，但是梦却掩盖了罪恶，
　　虽然没有罪犯……
但对一个人的死，所有的人都是有罪的，
　　是的，所有的人都有罪。

我会指出这些犯罪的人！谁也自我辩护不了，
　　就是这个，这个和那个！
我也有罪，我的罪最大，虽然我知道，是他们犯了罪！
　　我，还有他们。

所有的人都有罪，他们偷偷地犯罪，集体犯罪。
　　我们说，这是命里注定。
愿上帝让活人和死人都远离罪恶！
　　我们为此而祈祷！

我很担忧，因为你总是在挨饿，总是在生病，

我还得到了一个不好的消息，
说你每个晚上总是从坟墓里出来，
在细声地哀求：“给我吃的！”

我怎么回答呢？我不用回答。
让上帝回答吧！
大姐啊！世上已经没有面包，
谁能给你吃的？

你的棺材已被抬到一辆笨重的灵车上，
我记得，那是多么令人伤痛，
可是这既荒唐，又可笑，
这是一种非人的暴力。

我怕把你当成一个活人埋在坟墓里，
在那里昏睡，做噩梦。
正好这时有人走到灵车旁，说不是这样，
我这才放心。

我在等着灵车的启动，要把你送进城里，
灵车在烈日的暴晒下吱呜吱呜地行驶，
车上的棺材抖动起来，已经是十二点了，
车下面的铁轮子加快了行驶的速度。

我突然感到在这么强烈的光照下要停留一下，
我看了看灵车走过的印迹，
周围的世界好像变得和你的身躯一样细小，
原来这就是整个世界！

我的感受只有悲哀，但它是那么微弱，

　　就像一丝蛛网一样，
我想，这个世界除了你，我没有第二个亲人，
　　没有你我真的活不下去。

这个晚上，我是和死者一起度过的，
　　这是一个寂寞的夜晚，除了痛泣，没有别的。
我的眼睛都哭瞎了，它就像张不开的嘴巴一样，
　　死亡已进入了我的骨髓，却没有表现在脸上。

我知道，你是带着虔诚的信仰死去的，
　　在阴暗的冥府，你依然举起了十字架。
但我不敢去你那里寻找各各他，
　　想知道你是怎么安睡的？

你终于苏醒了，身上没有血，也没有安乐的表情，
　　这难道是幻觉，难道没有一点虚假？
也许是上帝抹去你身上的尘土，露出了你的真身，
　　可他不知道，这是不是你？

上帝啊！你离弃了我们，不知你去了何方？
　　你不要走啊！
请你将我这个永远带着屈辱、泪流满面
　　和敬信于你的残身，抱在你的怀里吧！

（张振辉　译）

忆童年

我回想，但不是什么都想得起来：
草地……草地那边是我的世界……
我在呼唤着一个人，我爱一个人大声地呼唤。
百里香散发着扑鼻的芳香，日头沉落在草丛中。

还有什么？那些年我还能想起什么？
果园里有许多我熟识的枝叶和面孔，
还是那些落叶松的枝叶，一点也没有变！
我走在一条小道上，情不自禁地露出了笑脸。
我跑了起来，脑子里昏昏然，像在云雾中一样。
我气喘吁吁，只看见一些果树的树梢。

我走在一条大河的堤坝上，
听到我的脚步声，这脚步声是那么清新、美妙！
我回到家里，经过那片草地回到了家里。
我爬上楼梯，最爱听爬梯子的脚步声。
房间里曾经散发过暖春和酷夏的气息，
在一些角落里还留下了我儿时的身影，
我吻着窗玻璃，好像经过一次长途旅行，
我又来到了这里，这是我的力量，我的生命。

（张振辉　译）

莱奥波尔德·斯塔夫

（一八七八年至一九五七年）

出生于利沃夫，曾在利沃夫大学攻读法律、哲学和拉丁语系语言。一八九八年首次发表诗作，一九〇一年出版诗集《威力梦》，奠定了他在波兰文学界的地位。一九一八年迁居华沙，一九三三至一九三九年任波兰文学院院士，一九三四年起任文学院副院长。二战期间参加地下抵抗运动，战后住在克拉科夫，一九五〇年起定居华沙。

他曾于一九三九年和一九四九年获华沙大学和克拉科夫的雅盖隆大学荣誉博士学位。一九四八年获波兰笔会文学奖，一九五一年和一九五五年先后两次获波兰国家一等文学奖。

斯塔夫是波兰很有名望的现代诗人，他经历了“年轻波兰”、两次大战之间二十年、沦陷和战后四个时期，对波兰诗歌的发展起了承上启下、继往开来的作用。他的诗歌创作也发生过很大的变化。早年的诗具有悲剧性和颓废的情调，后来他成了波兰古典主义的代表诗人，诗中表现出的是一种开朗的情绪、内心的平衡和对人生遭遇的一切都能理解的态度。诗中的画面往往富有象征性和深刻的哲理性。他的语言也非常丰富，爱用神话典故，富有想象力，诙谐而高雅。

童　年

描述古井、残钟、阁楼的诗文，
没有人演奏的沉默的破提琴，
夹着枯花的发黄的书本——
都是我童年最具魔力的莽林……

童话……我捡到的钥匙旧得生了锈，
它说，钥匙是一种奇异的礼品，
能给我打开贵族神秘紧锁的大门，
我进去——却是凡·戴克[1]画上苍白的王侯。

后来我捡到一盏神灯，
在墙壁上映出奇幻的图影，
我还收集邮票，多得数不清……

如同到世界上发疯地游览，
把普天下各个角落都走遍……
那些甜蜜的梦，跟幸福一样荒诞……

（易丽君　译）

1　凡·戴克：佛兰德斯画家，鲁本斯的主要助手。作品以神话、宗教等为题材，但以贵族肖像画为主，对英国十八世纪肖像画起了示范作用。

魅　力

岁月如浮云般流逝，
我的希望却永远像松树常绿。
黄昏的阴影在我身边延伸，
然而我心中却是春天永驻。

我耕耘的荒地坚硬而又贫瘠，
我承受着劳动重负和精神的压抑，
可是我勤劳的双手却永远不知歇息，
我在生活的篝火旁让它们烤着热气。

我的记忆储存着可悲的业绩，
死亡把它们深深掩埋在坟墓里，
可是生活中那些最美好的东西，
总是在前方跟我们保持远远的距离。

我爱冥想爱歌曲，爱动物爱人间，
我爱星星爱花朵，爱寂静的田园，
然而生活的真正魅力，
却隐藏在岁月之山的另一边。

（易丽君　译）

诗的艺术

一个回声发自心底，难以捉摸，
它冲我喊叫：“快快抓住我，
趁我尚未变得苍白，尚未失落，
尚未变成淡蓝、银灰、透明、无色！”

我匆匆抓住它如同抓住一只蜻蜓，
不是为了让世界对它的奇特吃惊，
而是为了这一刻变得有声有色，
为了朋友们能理解我这颗心。

但愿诗歌都发自爱的琴弦，
旋律、音韵悠扬而淡远，
像两双对视的眼睛一样明澈，
像兄弟握手一样朴实自然。

（易丽君　译）

母　亲

黄昏时母亲坐在窗边
用脚摇着晃板
孩子睡在摇篮

可是已经没有摇篮
孩子也不在跟前
孩子已在树荫下长眠。
黄昏时母亲独坐窗旁
用脚摇着思念。

（易丽君　译）

桥

我站在河岸，
河面宽阔，流水急湍，
我不相信
我能通过那座桥面，
它是用纤细的芦苇编成，
用脆弱的纤维缠绕。
我走时身轻似燕
又重如大象一般，
我走时定像个舞蹈家步履翩跹
又像个瞎子颤悠悠，
我不能相信，
我能走过那座桥。
当我站到了河对岸，
我不相信，我已通过那座桥面。

（易丽君　译）

在河岸上

我漫步在铺满沙砾的堤岸，
蓦然站定像被钉住在河边。
死去的幸福在记忆中闪现，
复活了百分之一秒的瞬间。

金色的晚霞映照在天边，
带着对逝去的夕阳的依恋。
黄昏我默默坐在河岸上，
投进水中的石子激起水花四溅。

（易丽君　译）

我这一代的最后一人

我是我这一代人中最后一个，
我曾为多少挚友唱过挽歌。
我见过生活在怎样变化，
我深知我在怎样改变着生活。

我热爱大自然也热爱人，
我展望过未来，用一双明亮的眼睛，
我赞美过自由和解放，
也吟诵过清风皓月和天上的浮云。

能引诱我的不是青铜雕像，
嘹亮的号角和掌声都牵不动我的心。
我身后会留下个空荡荡的小屋，
还有那点无声无息的平静的荣光。

（易丽君　译）

马丽亚·帕芙里柯夫斯卡－雅斯诺热夫斯卡

（一八九一年至一九四五年）

两次世界大战期间波兰最有成就的女诗人。她生于克拉科夫，父亲沃伊切赫·科萨克是著名的画家，从小就培养了她对艺术的浓厚兴趣，她主要靠家庭教育和自学成才，曾多次出国旅游，到过法国、意大利、土耳其、南非和希腊，一九三九年九月离开波兰，先去巴黎，后定居英国。

玉兰花

叶上躺着花朵，
　　昏昏欲睡，
如同象牙黄里透白。
　　甜得使人腻味，
香得让人心醉。
　　它为世界增添了如许光辉，
　　来到我们人间做客，
　　带着天宫的娇贵。

（易丽君　译）

爱　情

我没见到你已经一个月。
倒也不算什么。
也许脸上少了一点血色，
也许有点昏昏欲睡，
也许还多了一点沉默，
看来没有空气照样能活。

（易丽君　译）

中国一系列

我要去中国，
并不是要去看那些漂亮的寺庙，
明朝或清朝的那座宝塔，
或者靠林[1]的美景。
　　实际上，
只要我有一副白中带玫瑰红的面孔，
额头上没有鸡爪子，
谁都不能不让我有
各种各样的梦想。
　　我现在，
要去中国人最爱去的地方，
要去中国的樱桃园，
因为去那里最容易、最方便。
我做了一个中国梦：
　　好像
有一个爱说话的高官，
深黄色的皮肤，肩上披着一件绸布衫，
我并不认识他，
他却给我说出了许多中国的秘密。
　　什么秘密？
漆和茶的秘密，
薄得像树叶一样的鸭舌帽的秘密，

1　这是原文 Kao-lin 的音译，不知是指什么地方。

宝塔和有角的龙的秘密，
还有我心中的秘密。

（张振辉　译）

姑　妈

我的几个姑妈都不漂亮，也不是算命的巫婆，
但她们都很坚强，出嫁后最爱穿一身绒布裳，
她们既没有金色的头发和纤细的鼻梁，
也没有长着奇形怪状的睫毛，预示着不祥之兆的眼睛。

她们和她们的丈夫并不常在一起，也不爱梳妆打扮，
而只是一心一意地养育儿女，种植花果。
她们最爱静悄悄地躺睡在一个月色满天的夜里，
满面尘土，浑身无力，疲惫不堪。

只有约娜姑妈心性柔弱，但她的身上总是散发着扑鼻的芳香，
就像一个算命的巫婆和巴黎玩具店里的洋娃娃。
她的发上最爱饰着一些鸟羽，披着带花的光亮的纱巾，
她每次揭开绣着星星的面纱，都要吻它一下。

可是在一个春天的白天，雷电交加，
突然一阵旋转风，把她悲哀地卷走了。

别的姑妈都号啕大哭起来，她们不知道，
什么叫爱，什么是鼠药。

（张振辉　译）

卡齐米拉·伊娃科维丘夫娜

（一八九二年至一九八三年）

出生于维尔诺，一九一〇年在彼得堡读完中学，一九一〇至一九一四年在克拉科夫的雅盖隆大学攻读波兰语言文学和英国语言文学。一九〇五年首次在《绘图·周刊》上发表诗作《苹果树》，一九一一年出版第一部诗集《伊卡洛斯的飞行》。二战前曾先后在波兰外交部、国防部工作。一九三九年随政府撤退到罗马尼亚，一九四七年回国，定居波兹南。一九六七年获波兰文化艺术部一等文学奖，一九七六年获波兰国家一等文学奖，一九八一年被授予波兹南密茨凯维奇大学荣誉博士学位。

她以写抒情诗著称，承袭了波兰浪漫主义和新浪漫主义的传统，在风格上模拟古波兰歌谣和童话，同时又充满了幽默和戏谑。她还写过不少童话诗、宗教诗和圣诞颂诗。

黄　昏

如此姗姗来迟的黄昏，
风儿也累得筋疲力尽，
它坐在门槛上，哭得伤心：
“啊，我这狗一般的生命！”

黑暗是这样地深沉，
秋天是这样地阴冷，
雨点敲出的只有一个单音……
唉，我这把破提琴！……

夜是这样地漫长，
歌是这样地哀怨，
苦闷踯躅在房间
……唉，这琴弦，断了的琴弦！……

（易丽君　译）

夏　天

满沟的草莓，满沟的鲜花，
泥土、蜂蜜、树莓把浓香播撒，
甲虫、苍蝇、羽毛、草茎迎风起舞，
大颗的草莓果隐藏在叶下。
沟底传来阵阵蛙鸣，
忽高，忽低，忽远，忽近。
是什么开着茂密的小白花，
像天上飘来一片浮云。
越高的处所，越活跃着生命，
有的一唱一和，有的一呼一应，
有的窸窸窣窣，如在缎子上爬行，
有的嘁嘁喳喳——那是鸟儿的歌咏。
是谁迈出的步子这样低沉？
不是孩子，也不是成年人……
仿佛庄稼地里过于欢腾，
闹得他欲睡不能……
仿佛广袤的田野盛不下这许多声音！……
才到处弥漫着呼唤、啁啾、招引……

可是到了秋天——庄稼都被收割，
光秃秃的地上一无所有。

（易丽君　译）

在泉边

我凝视着明镜般的水面，
我俯身于一泓清泉，
为了窃取那着了魔的瑰宝——
它在这泉水里已储藏了多年。

我渴求至高无上的魔力，
像每一个成年的人，
我企望奋飞和激情，
为这成熟的、贪婪的灵魂。

可是当我伸下一只金盏，
舀一点魔水送到唇边
——我尝不出别的滋味，
除了充满蜜甜和奶香的童年。

也许那泉水能借我一点魔力，
让我把情人的倩影召唤……
我凝望水底，它的魔力确实非凡：
给我送来了我母亲的笑靥。

我等待着，徒然望着水面，
那蜜和奶的甘美涌到我心田，
我徒然把你寻找，把你思念，
可显现给我的却是——我母亲的容颜。

（易丽君　译）

尤利安·杜维姆

（一八九四年至一九五三年）

出身于罗兹的一个职员家庭。一九一三年首次在《华沙信使报》上发表诗作《请求》。一九一六至一九一八年在华沙大学攻读法律和哲学。一九二〇年参加组建文学团体斯卡曼德尔诗社，成为斯卡曼德尔派著名的五诗人之一。在诗歌创作上，他受到美国诗人惠特曼和法国诗人兰波的影响，同时也继承了波兰古典诗歌的传统，成了抒情诗和讽刺诗的大师。他在诗中运用城市的口语，表现了普通市民的抒情形象。二十世纪三十年代后，由于感到法西斯主义的威胁，他在诗中捍卫人道主义、民主和自由传统，写出了著名的政治讽刺长诗《歌剧中的舞会》，充满了对民族悲剧即将来临的预感。二战爆发后，杜维姆流亡美国，写了《波兰的花朵》，表达他对祖国和人民的热爱，以及彻底改变波兰社会的希望。一九四六年他返回波兰，出版了《新诗集》。由于他在波兰文学上的杰出贡献，曾获波兰一级“劳动旗帜”勋章。

老人们

我们隔街相望，
通过半开半掩的百叶窗。

我们常去亲吻别人孩子的笑脸，
把窗台上的花儿细心浇灌。

我们就这样各自活在人间，
从日历上撕下一张张纸片。

（易丽君　译）

驼背

这条领带多么鲜艳，
可我是个驼背，它又怎能把我装点？

配上这条银光闪烁的领带，
兴许能为我增添光彩。
然而全是徒劳：
谁会对它投以青睐？

哪怕它有虹的七彩，
哪怕它是用孔雀羽织造出来，
谁也不会说：“多么漂亮的领带！”
却都会说：“多么可怕的驼背！”

我需要的是一根长长的绸带，
普天下绸带里最长最美的一根！
我要用它把自己捆紧，
叫你们无法把我辨认！
——啊！啊！——你们会嘟哝个不停——
这驼背好不叫人伤心！
可……您为什么……用条领带悬梁自尽？

（易丽君　译）

不认识的树

纪念斯·热罗姆斯基[1]

茁壮的大树，你在哪儿傲然挺立？
繁叶密枝萧萧响，如诉如泣，
错综的盘根深深植于泥土里，
可否拿你做具寿材让我安息？

我必须与你相识，敲敲你的树皮，
我踏遍密林到处呼唤你：
神秘的棺材树，你在哪里？
你的情人来把你寻觅！

我忧伤地徘徊于昏暗的密林，
哪儿也找不到我那棵树的踪影，
请你发出喧哗，歌唱我们的永恒，
好让我跟着你一起进入梦境。

我俩理应预先约定，
去迎接那个艰难的死的时辰，
既然我们命中注定，
要变成不孕的冻土，化为灰烬。

也许你已驾着木排穿过蓝色的波浪，
漂来找我，从那遥遥的远方，

1 斯·热罗姆斯基：波兰著名作家。

倘若你我一直为邻却至死不能相认，
彼此会感到多么惆怅！……

也许你就生长在我房前，
虽不相识却每日问寒问暖，
也许有人在你的树皮上
刻了两个名字，表明我俩的爱恋。

但愿我能久久地跟你亲切攀谈，
能感动你，用诗歌和悲叹，
让你把黑色的泥土顶穿，
再给坟墓投下绿荫一片。

让你把我接种在你身上，
用隐藏的力量冲开土地的屏障！
也许能把我的神经连接你的根茎，
让我们的坟墓长出绿树成行！

也许绿色的大地能把我们托起，
用它那发自胸腔的深沉的叹息，
唯一的土地，故乡的土地，
这坟茔像把刀插在它的心底。

（易丽君　译）

一　切

我把一切都献给你：我的梦想和
　我心头的战栗，
我身上的每一根神经，每一个动作和
　每跨出一步的声响！
过去——那只不过是对你的回忆，
未来——那只不过是你那神圣的目光！

我把一切都献给你：我的脉搏的每次
　跳动，
我最后一文钱和最后一点力气都为你
　消耗，
我火热的青春为你燃烧，
用我血管里忠诚的血为你标出一条
　前进的大道！

背弃！亵渎！跟犹大去拉手！
我宁愿去啃你走过的路上的石头！
一旦你命令我去为你送死，
我也会毫不犹豫地说："好，
　请前面引路！"

我要把我最后的一息奉献给你，
躺在你脚边平静而坦然地结束我的生命，
回顾往事我仍然坚信
为你而死是我的荣幸。

（易丽君　译）

芦　苇

香薄荷在水面飘香，
芦苇轻轻摇晃，
玫瑰色染红了东方，池水微波荡漾，
清风吹拂在芦苇和薄荷丛上。

那时我并不知道这些野花野草
多少年后会进入我的诗章，
我会呼唤它们的名字，从这遥远的地方，
却不能置身花丛，到那清澈的池塘。

我怎知为了再现那个充满生机的世界
　竟会这般寻词觅句，搜索枯肠，
我怎知就那么一次跪在池旁
　竟会这么长年痛苦，久久难忘。

我只知芦苇芯里
有种弹性纤维，又长又细，
可拿它织一张网又轻又密，
但用那网捕捞什么，却是枉费心机。

我那少年时代的仁慈的上帝，
我那晴朗的清晨的神圣的上帝！．
难道说今生今世我再也闻不到
长在清水池塘的薄荷花清冽的香气？

难道说一切都永远留在远方，

难道说我只能在绝望中向往，
难道说我再也见不到一簇芦苇，
见不到芦苇那普普通通的形象？

（易丽君　译）

功　课

学吧，孩子，学会波兰文：
屋前屋后都是坟茔，
小小的坟堆，庞杂的墓地……
这就是你的启蒙读本。

坟墓挨着坟墓连成一片，
雪中的黑十字架格外分明，
华沙是举丧的黄昏，
学吧，孩子，学会美好的波兰文。

狂风卷着大雪飞舞，
男幽灵同女幽灵拥抱，
小幽灵们凄怆地呼唤……
记住了吧？记住了。

深夜你在梦中恐怖地喊叫，
数着天上可怕的巨鸟，
清晨——你到那遍地的沟壑
去把失落的小拳头寻找。

瓦砾和废墟是你每日的功课，
桌旁你跟幽灵并排坐，
朝这世界——它强大而又龌龊，
吼出华沙孩子愤怒的歌！

（易丽君　译）

夏末的诗章（节选）

一

瞧啊，到处弥漫着秋的气息！
像满坛的陈酒浓香四溢。
但这还只是开头，
刚刚有点秋意。

二

树叶刚镀上一层金色，
已在纷纷扬扬地飘落，
成熟了的庄稼迎风摇摆，
在召唤人们快去收割。

三

夏天像装在玻璃瓶中的麦曲，
早就发酵过了头，
眼看就会冲开瓶盖，
再也坚持不了多久。

四

莫叹秋的萧瑟，
这是大自然成熟的季节，
一树树果实压弯枝，

漫山遍野红黄色。

五

一只蜥蜴蹲在石头上，
探头探脑懒洋洋。
几只叽叽的秋虫，
在田埂上徜徉。

六

牧草也灌满了蜜浆，
风儿掠过牧场，
翻起甜丝丝的波浪，
连叹息也散发着芳香。

七

池塘里倒映着浮云一片，
如同水杯里漂的花瓣。
我伸出手杖小心试探，
生怕搅浑了晴朗的蓝天。

八

升到天顶的太阳，
照着大地，照着水塘，照进我心里，
阵阵清风给我带来睡意，
我打了个盹还是睡眼迷离。

十

这夏去秋来的情景，
不由引动我的诗兴，
我慢悠悠地索词觅韵，
带着几分爱，几分依恋，几分不宁。

十一

我的读者，我的知音，
但愿你也慢悠悠地低吟。
繁华的夏日正在逝去，
迎来的秋色更加深沉。

（易丽君　译）

卡齐米日·维耶任斯基

（一八九四年至一九六九年）

出生于乌克兰，曾在克拉科夫和维也纳的大学攻读哲学、文学和历史，一九一四年在波兰军队中服役，一九一五年被俄军俘虏，一九一八年回到华沙，参加斯卡曼德尔诗社，并在《文学消息报》和《文化》周刊担任编辑。二战时，他先随《波兰报》编辑部撤退到利沃夫，后流亡西欧，并在美国长岛的一个渔村隐居了近二十年，晚年回到欧洲，一九六九年死于伦敦。一九七八年他的骨灰运回波兰，葬于华沙。

维耶任斯基于一九一三年登上诗坛，一九一九年出版第一卷诗集《春天和葡萄酒》。他早年的诗作中充满了青春的激情和乐观主义情绪，后来逐步转向对人生和世界复杂性的深刻思考以及对现代文明的批判上，诗中也出现了疑虑和失望。二战中他写了许多反法西斯的爱国诗歌，战后的创作体现了流亡诗人的悲剧和对国内新局势的不理解。一九二八年获阿姆斯特丹第九届奥林匹克文学竞赛金质奖章；一九三五年获波兰文学院金月桂奖。

我的心中有一片绿海

我的心中有一片绿海，
　　　　　　紫罗兰在万绿丛中竞开，
它种植在我思想的花坛上，
　　　　　　在那年轻时代，
灿烂的阳光下我的灵魂也变成蔚蓝，
没有忧愁与黄昏，像紫罗兰长开不败。
我把我的微笑和花束带到人间，
把周围的每一寸土地都撒遍，
我是欢乐的风，
　　　　　把诗人的赞美和幸福舒展，
诗人不应是人，应是春天。

（易丽君　译）

遥　远

这儿跟华沙天各一方，
在寂静的林中只有槐树的芳香，
这儿离最近的一个火车站，
骑马穿林至少须用半天时光。

在这儿与我做伴的是我的身影，
朝夕相对的只有我灰色的良心，
在这似真似假的世界，
深夜常盼邮车的铃声。

日复一日我漫步在田间，
三叶草散发出蜜的甘甜，
柳树枝垂挂在河边。
我心中感到的是宁静而非罪过。
一切都离我这般遥远。

（易丽君　译）

箱　子

献给玛·东布罗夫斯卡[1]

我的回归沉睡在阁楼上，
一只硕大的铁皮箱，
我的父母之邦、
我的护照、国籍、移民证
都在箱里装。

这箱子是我巨大的财富，
我对它倍加爱护，
它装着不幸的正常的开头
和发了疯的结局。

箱子的主人是一群天真老朽，
越来越蠢，越来越糊涂，
在一些毫无用处的破烂之中
藏着莫名的孤独和苦涩的乡愁，
这破烂最令人痛心疾首。

狗样地哀嚎那片喀尔巴阡的故土，
承认思念又羞得心头紧缩——
一次搬迁接着一次搬迁，
从美洲到欧洲，
从欧洲到美洲，

1　玛·东布罗夫斯卡：波兰著名小说家。

铁箱背在肩头，
走乏了一双脚，
祖国仍在天尽头。

这样的行囊，这样的漫游，
这样的一张路线图：
世界的四面八方都向我敞开，
可任何一方都没有出路。

这箱子封得真严实，
我什么也拿不出来，
只好空手走完人生的路：
我的阁楼便是我的归宿，
也是我的灭亡和我的爱，
我既不知怎样去毁灭它，
也不知怎样同它厮守。

（易丽君　译）

雅罗斯瓦夫・伊瓦什凯维奇

（一八九四年至一九八〇年）

出生于乌克兰一个具有爱国传统的波兰小贵族家庭，早年学过音乐和戏剧，曾在大学攻读法律，并参加文学刊物《源泉》《邮政报》和《波兰信使报》文艺版的编辑工作。一九二〇年他回到华沙，参加新组建的文学团体斯卡曼德尔诗社，成为斯卡曼德尔派著名的五诗人之一。二战前，他曾在波兰外交部任职十年，大战期间，他在华沙从事地下文化活动。战后他主编过《文学生活》《文学新闻》和《创作》等文学刊物。他自一九五二年起任波兰国会议员，自一九五九年起任波兰作家协会主席，直到一九八〇年逝世。

伊瓦什凯维奇自一九一五年在基辅的《羽笔》月刊上发表处女作《莉莉丝》起，创作了大量的抒情诗和诗体小说。他早年的诗歌受西欧唯美主义的影响，具有两极结构的特点：东西方文化的融合，唯美主义和公民责任心，抒发自我和光大民族文化，歌颂生的激情和死的魅力。他的诗意境清新，含义深邃，内容和形式和谐，韵律铿锵。越接近晚年，他的诗的语言也越发显得简洁、明畅、纯净、朴素。他曾三次获得波兰国家文学一等奖，一九七〇年获列宁奖金。

小夜歌

暮色中一切色彩都在变淡，
奶油色的玫瑰在瓶中低垂着笑脸。

路边的杨树一棵棵排到无限遥远，
树叶萧萧唱着黄昏的礼赞。

我穿过椴树搭成的拱门参加黄昏的祭典，
一边等待，一边默念着夜的诗篇。

直到一缕缕清光泻到漆黑的草原，
森林后冉冉升起月亮皎洁的银盘。

（易丽君　译）

致妻子

我每天都在捕捉美，不辞疲劳困顿，
贪婪地竖起耳朵，瞪大眼睛，
倘若我为此付出生命，
你不要哭得泪涔涔，
我会安然睡去，饱尝了人生，
它是那样伟大，艰难，不平静。
诗的激情，我崇拜的神灵，
像火一样烧遍我的全身，
又高高飞去，消逝得无踪无影；
一颗剧烈跳动的心——倏然冰冷，
韵律变成了字母，却丧失了生命。
你会以为，我身后只留片语残章，
支离破碎，难以成形。
你可知道，有时我是何等地忘情，
涌流的文字窒息了我过于窄狭的心。
世界的千姿百态，引来不尽的歌吟，
愿我的诗只献给你，最亲爱的人！
我看到的空间辽阔无垠，
我的情感也变得无比深沉。
然而，地上的人们，天上的繁星，
周而复始地撕裂着我这颗心，
你对我的爱却像大海一样永恒，
世上唯有你对我忠诚。

（易丽君　译）

歌

花儿在开放，树木萧萧，
河水在流淌，鱼儿在游向远方，
世界出现又消失，
浮云依旧在天上飘。

狗在吠叫，猫在嬉闹，
人们在哭，长笛在笑，
一会儿浑浊，一会儿清悠，
浮云依旧在天上飘。

有人在写诗，有人在弹奏进行曲，
有人在演戏，神态高傲得出奇，
有人出生，有人死去，
可白云依旧在天上飘。

（易丽君　译）

雨

一条条闪光的线，银样晶莹，
　　　　　　　　　　　玻璃般透明，
银发似的雨丝，银铃般的声音，
　　　　　　　　　　　妩媚动人——

甜蜜的赞歌寓于你的浅唱低吟，
一条条雨丝，泻着玻璃珠儿，
　　　　　　　　　　　送来玻璃音韵。

你的欢乐，你的忧愁，牵动了我的心，
你的轻言细语，使我听得忘情。

明净的雨点，清澈的雨点，用金线连成，
闪光的雨丝，娇小的珠儿，妩媚动人。

（易丽君　译）

一个游方诗匠的辞世歌[1]

别了，蓝如碧的奇卉，
别了，红如胭的晚霞，
别了，窗外啁啾的小鸟，
别了，盛开的玫瑰花。
别了，安宁静谧的黄昏，
别了，萦回缭绕的诗韵，
别了，恹恹发烫的躯体，
别了，缓缓冷却的心灵。
别了，甜蜜温馨的梦境，
别了，洁白如练的浮云，
别了，闷热难挨的长夜，
别了，薄雾清冽的黎明。
别了，玲珑可爱的小狗，
别了，普天之下的人们，
别了，门前耸立的杨树，
你亭亭玉立，寂静无声。

（易丽君　译）

1　这是诗人逝世前写的最后一首诗。

八月之夜

这个美妙的夜晚，
你再不会遇到。

天主的这种恩赐，
你再不会得到。

布满繁星的天空，
你再不会见到。

星星啊星星，
请您再等一等。

我有话对您讲，
请您再等一等。

可是星星
掉进了深渊。

身躯就像夜晚一样，
已消失不见。

嘴里包着蜜糖，
紧紧地闭着。

幸福连一个小时
也不会停留，

一切都成了过去。

这个幸福的时刻，
你再不会遇到。

（张振辉　译）

重访少时喜爱的地方

潮湿，阴冷，梅雨纷纷，
天鹅在水上游弋，飘来了朵朵白云。
黄昏时刻，我又来到了这片故土，
难道是它唤起了我心中的激动？

我见到这潺潺的流水，没有悲哀，也没有忧愁，
儿时和童友在这里欢聚，
现在生长着绿色的森林，
在田园，有阡陌，排排枞树高耸入云。

一栋栋农舍紧贴着地面，一株株橡树为它遮荫。
花园变成了林地，水中长满芦苇，
以往宽阔的大道，如今湿漉的牧场，
到处充溢着宁静，一片灰色的宁静。

明净的小河仿佛套上了一个玻璃罩，
可是天空依然是那个天空，
白云依旧是那片白云，
牲畜在牧场上吃草，禽鸟在田野哀鸣。

时光流逝，岁月如梭，
我挡不住东流水，
就让它永远流去，永远，永远，
旧世界已灭亡，新的时代已经来临。

这里开垦的荒地我未曾见过，

今目睹那沉睡着的枞木林穿上了绿装，
这绿装赛似我曾喜爱的地方，
愿风儿轻轻地吹在我身上，我想的是未来的时光。

（张振辉　译）

安东尼·斯沃尼姆斯基
（一八九五年至一九七六年）

波兰著名诗人。一九一三至一九一九年担任华沙《幽默》周刊编辑，开始发表诗歌和幽默作品，一九一七至一九一九年和杜维姆一起主办大学生杂志《为了艺术和科学》，一九二〇年加入斯卡曼德尔诗社，成为该社主要成员之一。德国法西斯占领期间，他先后旅居巴黎和伦敦，在伦敦主办《新波兰》月刊，宣传建设一个新波兰。一九四六至一九四八年担任过联合国教科文组织文学部的领导工作，参加了一九四八年在弗罗茨瓦夫举行的世界知识分子保卫和平大会，一九五六至一九五九年任波兰作家协会主席。

警　报

“注意！注意！
打三点啦！”
有人在阶梯上跑，
大门发出了咔嚓的响声，
到处都在叫喊和喧闹，
突然一阵轰隆，
有人在哭泣，有人在呻吟，
那喊声越来越大，
又传来汽笛声，
“我宣布，华沙放警报啦！”
周围马上静了下来，
可高山上又响起了爆炸声，
一阵叫喊，又一阵啼哭，
房子倒了后，
便什么也听不见了，
然后投下了一个，两个，三个，
一连串的炸弹。

可是在远处，在布拉加[1]，
却不用害怕。
那里也传来叫喊声，
这喊声越来越大，越来越近。
大家都在一声不响地听着，
“注意！注意！

1　布拉加：华沙的一个城区。

华沙解除警报了！”

不，这警报解除不了，
这警报仍在继续，
汽笛又响了，快出来！
把战鼓敲响，把教堂的钟敲响！
大声地哭吧！要在耶拿[1]
奏响瓦格纳的进行曲！

于是来了士兵的军团，
有大炮和坦克，
唱起了神圣的《马赛曲》，
前进，
和敌人战斗。

教堂里的善男信女都到南方去了，
大风吹散了天上的白云，
巴黎一片漆黑，正在睡梦中，
有人在静听，
有人在叫喊，要把我叫醒。

我听到那里有空袭，
城市上空盘旋的不是飞机，
是被毁的教堂。
花园变成了坟地，
变成了瓦砾和废墟。

这里的大街和房屋都有儿时的记忆，

---

1 耶拿：德国地名。

特拉乌古特街，圣十字大街，
还有新世界大街[1]，
这座城市驾着荣誉的翅膀在飞翔，
可它像一块石头压在我心上，
“我宣布，华沙放警报啦，
就让它放下去！”

一九三九年

（张振辉　译）

1　这些大街都在华沙。

河　上

东方破晓，这是一个夏天灰蒙蒙的早晨，
我们都用这双年轻的手，荡桨于这条河上，
你可记得，那是多么寂静，阵阵轻波
把我们小心地捧在河面上。

我还记得这条河的那个样子，
大雾升起的时候，东方一片血红，
辽阔的太空，带着丝丝寒意的微风，
给人们带来了清新和爽快。

我心醉了，年轻时的彼岸，
在雾中消失，迎来了新的生命，
它像汹涌澎湃的大浪，把我死死地抓住，
我只能随着它，飘到无尽的远方。

今天又有一股风浪，
抓住了我那疲惫不堪的心，
如果我的眉毛白了，
黑暗就会笼罩我的灵魂。

一九四四年

（张振辉　译）

记事本

我在一个旧的记事本里，
找到了一些死去的友人的电话，
还有一些已被烧毁的房屋的地址。
我拨了电话，等了一会儿，
听见对方拿起了话筒，
可是没有说话，只有吸气的声音，
那些房子大概还在烧吧！

（张振辉　译）

谈谈软弱的波兰

大家都在谈论强大的波兰。
如今有各种参谋部作靠山，
谈怎样把她的国土围上壕堑，
怎样用刺刀保卫她的安全。
可是，请原谅，我渴望一个软弱的波兰，
但她应是立身于这样一个世界里面：
那儿软弱不再是罪愆，
那儿没有岗哨，
大门上不用门闩，
那儿夜不闭户也能安眠。
那儿人的手不会因搬运枪炮而疲劳，
那儿边界上迎候你的只有路标。

（易丽君　译）

在路上

天上有许多星，
谁也数不清，
地上有许多城，
城里有许多苦闷。

我踽踽前行，
脚下的路无穷无尽，
我数着天上的星星，
用一双含泪的眼睛。

（易丽君　译）

忧伤和世界

记得在我那少小年龄，
世界非常庞大又非常陌生。

我满腔欢乐，好奇地观察人生，
这土地以它的广袤哺育我长大成人。

可是当我前不久远游归来，
呈现在我眼前的是个缩得很小的世界。

孩提时代我不知烦恼和忧伤，
有一颗宁静的心和纯洁的幻想。

当我渐渐长大，由青而壮，
我也越来越忧伤，越来越彷徨。

如今我明白，一旦这无知的游戏结束了，
忧伤就会变得比心大，世界——比棺材还小。

（易丽君　译）

尤泽夫·维特林

（一八九六年至一九七六年）

诗人，作家。他的诗歌创作曾受德国和波兰表现主义的影响，作品有诗集《赞歌》、随笔《战争，和平和诗人的心灵》和回忆录《我的利沃夫》等。

祈 祷

我对现在发生的事，都保持沉默，
对我的亲友遭到的迫害，
对我的亲友遭受的折磨，
对议长死后的波兰，
对饥饿和饱食终日，
对战斗中的牺牲保持沉默。
对农村的贫困和农民的不幸，
对城市的贫困和失业，
对心灵遭受的屈辱，
对压迫者的凶狂，
对宪警的追捕，
对无辜和弱者遭受的鞭打保持沉默。
对贝列扎·卡尔杜斯卡[1]的设立，
对诗人戴的镣铐保持沉默。
（对检察官先生你，我也保持沉默，
请允许我保持沉默！）

我出于良心保持沉默，
可它使我身上长满了带血的脓疮。
我的沉默堵住了我的喉咙，
夜晚躺在床上做噩梦，
内心的恐惧和痛苦
就像陷进了地狱的深渊。

---

1 贝列扎·卡尔杜斯卡：波兰战前资产阶级政府设立的一个集中营，专门用来关押反对派和共产党员。

我的心灵在沉默中吼叫，
可我对我见到的罪恶，
胆小怕事，不敢反抗，
对白白流尽的鲜血依然保持沉默。
对已爆发的战争，
和将要爆发的战争保持沉默。
对马德里被杀害的儿童，
对炸弹和毒气的恩赐，
对莫斯科的审讯，
对世上的魔鬼都保持沉默。

先生，你是怎么看我的这种态度？
请不要太严厉地指责我的沉默！

一九三七年

（张振辉　译）

符瓦迪斯瓦夫·布罗涅夫斯基

（一八九七年至一九六二年）

出生于普沃茨克的一个具有爱国传统的知识分子家庭。在中学时就因参加秘密的爱国组织被沙俄当局监禁。一九一五至一九二一年间三次在波兰军队中服兵役，上过前线。一九二一年以大尉军衔退伍，在华沙大学哲学系学习。在此期间，他参加波兰的工人运动，担任过几家左派刊物的编辑工作，并在刊物上介绍马雅可夫斯基的诗歌。二战爆发后，他志愿参军保卫祖国，为寻找波兰部队，他到了利沃夫，一九四〇至一九四一年曾蒙冤被苏联监禁一年。后来他参加在苏联组建的波兰军队，到过近东作战。一九四六年回国，一直从事创作。

布罗涅夫斯基于一九二三年登上诗坛后，写了大量革命诗歌，反映劳动人民的疾苦，描写工人反对资产阶级压迫的斗争，宣传革命思想。他战时所写的充满战斗激情的诗对动员人民参加反法西斯斗争起过很大的作用。此外，他还写过不少抒发个人的内心世界、表现知识分子的思想矛盾和哀乐的诗。

他于一九五〇年和一九五五年两次获得波兰国家一等文学奖。一九五五年获人民波兰建设者勋章。

革命者之死

他不久就要离开
这空落、阴冷的牢房，
再一次把晴朗的天空眺望，
再一次把青春年华回想。

不一会儿就会过来宪兵
默默地把他带出牢门……
要像战士那样面对死刑，
走到城砦墙下神态安详、平静。

啊，死亡在他眼中已变得藐小，
虽说刚活了二十年，风华正茂——
这颗心已被每日的折磨炼得坚强，
十倍的痛苦，十颗枪弹也打不倒！

因为有一种更美好的新生活
值得为它去死，为它奋斗！
要像旗帜一样高高昂着头颅，
挺起胸膛去把枪弹承受。

死要死得刚强壮烈，
要勇敢面对抬起的枪口！
让卑微的人吓得发抖，
笑看嗖嗖飞来的子弹临头！

（易丽君　译）

诺　言

我的女儿，你离我已十分遥远，
我身边只剩下一片空寂。
我的心在滴血，在期待你的再现，
这颗心不能把你忘记。

你死了，但并不完全：
我们还在一起受熬煎。
我对你的诺言—— 一定要实现，
定要向人们奉献出我的诗篇。

让它给人带来和平和光明，
带来爱、希望和欢欣，
尽管很难，我的女儿，很难，
我如今难得有这样的诗兴……

那一夜像只可怕的大鸟
压在我头上，对着我聒噪，
我要扭断它的翅膀，
我要冲出，冲出这绝望的黑牢。

（易丽君　译）

无　题

与其写首蹩脚诗，
不如留张白纸，
对写糟了的诗
无药可治。

有句话不甚中听，
千万别动笔，
如果没有才能，
千万别动笔，
如果不是情发内心，
千万别动笔，
如果耳中没有诗韵。

倘若果真动了豪兴，
想跳到诗海中遨游，
请跳下去，试试命运！
更多的道理我也说不清，
愿你领情！

（易丽君　译）

诗

你在一个五月的夜晚来到了这里，
一个白色的夜晚，安睡在茉莉花丛中，
可是这茉莉花却透出了你话语的馨香。

你在无梦的夜中了无声息地遨游，
可这寂静的夜像枝叶一样，在沙沙作响；
你梦中的细语，道出了你胸中的奥秘，
它就像雨点一样，飘洒在你的身上。

可这不够，还不够啊！
因为你在对我进行蒙哄和欺骗，
请把你热情的气息吹到我的胸上，
我的胸是那么宽阔，就像翅膀一样。

我也不满足这些低声细语，
这都是些毫无意义的冰冷的话语。
你去敲打战鼓，让我们走上前进的道路吧！
用你的话和歌声鞭笞我们，赞歌嘹亮。

请你说说：哪里有人间最寻常的乐趣？
哪里有光明的前景和美好的生活？
请给予我们每日的面包和粮食！
请来到我们中间，向我们下达战斗的命令！

我们无需祭司的祝福，
夜寒更挡不住神圣的火焰，

你就像在战斗中飘扬的旗帜，
在大风中举起的火炬。

给我们说些吉祥的话吧！
我们要用通俗的语言唱出热情洋溢的歌，
要用大爱消除我们的痛苦，
它将给我们更多的欢乐。

你的歌唱如要竖琴的伴奏，
如果竖琴是对雷电的诅咒，
你要用你的脉搏去触动它的琴弦，
感受它那跳动的旋律。

要高唱赞歌战斗到死，
消除那些毒蛇暗中蠕动的咝咝声响。
一定会有比诗更加美好的生活和爱情，
爱将战胜一切。

诗啊！到那时，
请给我们小声地唱出虽然朴素
可永世长存的歌吧！
就像被旋转风撕破了的战旗一样。

一九二七年

（张振辉　译）

把刺刀装上枪

如果敌人来焚烧
你住过的这栋房子——波兰，
又给你扔下了炸弹；
如果敌人的铁骑，
来到了你的门前，夜晚用枪托
打破了你的家门。
你从睡梦中醒来，抬起头！
要勇敢地站在你的家门前，
把刺刀插在枪上，
血债要用血来还！

为了祖国那抹不掉的耻辱，
谁都不会拒绝牺牲和流血，
流尽胸中的血，
流尽歌中的血。
你可尝过牢狱的面包，
是那么苦涩！
为了波兰，举起你手中的枪，
对准敌人的胸膛。

战士啊！用你的心和誓言，
诗人啊！你的关怀也不在歌中，
今天的诗是阵地上的战壕，
是杀声和命令，
把刺刀插在枪上！
把刺刀插在枪上！

如果要做出牺牲，
请记住康布罗纳[1]的话，
把它在维斯瓦河上再说一遍。

一九三九年四月

（张振辉　译）

1 康布罗纳：法国军事统帅，曾跟随拿破仑在欧洲转战过许多地方，表现得十分勇敢。他曾在一次为夺取瑞士苏黎世而和普鲁士军队的战斗中，对他的士兵说：“小伙子们，你们要么跟着我一起战斗，要么让普鲁士人把你们杀掉。”

狱中的信

亲爱的女儿！
我在狱中给你写信。
幽暗的黄昏变成了漆黑的夜晚，
我听到了火车站的汽笛声。

窗外是一片灰色的天空，
有几只麻雀站在铁窗框上，
啄食着一堆面包屑，
然后飞向了远方。

女儿啊！
我经受了一次又一次的酷刑，
冷酷和坚强
铸就了我艰难的人生。

你不知道，这里的时间是怎么过的？
它就像血管破裂后流出的血……
亲爱的，我祝你健康和幸福！
可我需要的却是力量。

我正踏着我的同龄人：
流放者们的足迹，
背负着我的歌声
走向那人生的彼岸。

一九四三年

（张振辉　译）

我的葬礼

不管我想还是会要离开
这土地对我比什么别的都更加珍贵，
这里有维斯瓦河，还有马佐夫舍的风，
曾吹拂着我的童年和少年。

我的窗前有大片的田地和白杨，
我知道，这就是波兰。
这里有我的欢乐和映在额上的愁怨，
这里的话把我武装得像战士一样。

土地懂得我说过的话，
虽然它浸透了鲜血，
在牢房的墙上，像爬蔓植物一样，
有我的歌。

白杨树细小的枝叶
对我表示了由衷的信赖，
我心里明白，
不死在这里，还要去哪里呢？

这片我最熟悉和最美好的黑土地啊！
如果我死了，你要把我拥抱，
因为你长出了悲哀的白杨，
就让你的这片美景随我而去吧！

维斯瓦河上的森林在银色的恐惧中，

将不停地低语，
它道出了我的感受和爱，
它道出了我没有唱过的歌。

（张振辉　译）

斯达尼斯瓦夫·巴林斯基
（一八九九年至一九八四年）

诗人。有诗集《东方的夜晚》《伟大的旅行》《诗集中的歌谣和侨民的歌》和长诗《良心的事》《关于华沙的三首长诗》等。

地下的波兰

我的祖国是地下的波兰，
在黑暗中战斗，孤立无援。
我呼吸的是夜里吹来的一阵旋风，
我吃的是沾了血的面包。
但是远方的火焰照亮了我的前程，
这是我们的权利，也是一个人的权利。

反抗虽然给我造成了压抑，
它也给我增添了幸福，
我不以为战斗中有什么悲哀，
但悲哀总离不开我。
我到过许多国家，观赏了那里无数的美景，
但我想的只是一个虽然艰难但已获得自由的国家。

如果我的窗前没有阳光，
我为什么要到所有的地方去寻找太阳？
如果我的心已陷入地下，
这个地球所有的美对我有什么用？
我的弟兄：谁没有自由，
就只能在黑暗中行走，在黑暗中战斗。

我的祖国是地下的波兰，
在黑暗中战斗，孤立无援。
但不管在什么地方，我们只有一个信念，

它永远不会失去，浸透在我们的血脉中，
它给我们的心灵增添了力量，
它告诉我们，一定会取得胜利。

（张振辉　译）

扬·莱霍尼

（一八九九年至一九五六年）

出生于华沙，一九一六年在华沙大学攻读波兰语言文学，一九二〇年参加杜维姆等人组织的斯卡曼德尔诗社，成为斯卡曼德尔派著名的五诗人之一。一九三〇至一九三九年任波兰驻法国大使馆文化专员。一九四〇年巴黎沦陷后他到了美国，一九四三至一九四六年在纽约编辑出版《波兰周刊》。一九五二年他获得波兰国外作家协会文学奖，一九五六年在纽约自杀。

莱霍尼十四岁时开始写诗，一九一三年出版《在金色的田野上》，此后他多写讽刺诗，嘲笑当时政治生活中的各种丑恶现象。二战期间和战后他写过许多爱国抒情诗，赞颂国内人民英勇的反法西斯斗争，抒发对祖国的怀念，感情充沛，诗韵流畅，同时也反映出诗人内心深处的矛盾和苦闷，以及在政治态度、价值观上进行的抉择，诗中出现影射、隐喻和对不幸的预感，晚期的诗在风格上显得阴郁、晦涩。

歌

亲爱的，我青春时代的华沙，
对于我，你就是整个世界，别无其他！
我多么希望在黑暗中能看到
你美好过去的灰烬与鲜花，
哪怕只给我一刹那。

趁那黑暗还不曾把我笼罩，
我想感受一下你花园里的芳香。
让你街道上的熏风把我拥抱，
请你把温柔的手掌
贴在我的额头上！

昔日我迷恋你丁香枝的芬芳，
朝阳下露珠儿璀璨晶莹，
今天我幻想跟你结下另一种缘分：
古老的波翁兹基坟场[1]
如盖的绿荫。

我幻想你亲手给我合上眼睛，
尽管我劫后余生却隔断了回程，
我将永远忠于你，永世永生，
直至进入远方的
流亡者的坟茔。

（易丽君　译）

1　波翁兹基坟场：华沙著名的墓地。

你问，在我一生中……

你问，在我一生中什么最有分量？
告诉你，是爱和死亡。
我怕前者的蓝眸子，
　　　　后者的黑眼睛也使我心慌，
两者都是我的爱恋，两者都会把我埋葬。

当夜深人静，天空布满繁星，
它们便刮起一阵星际的狂风——
直刮得天昏地暗，
于是人类便经受了永恒的精神苦闷
和永恒的肉体的欢娱。

生命在岁月之磨上碾磨，
　　　　被时光之钻钻穿了底，
为的是探究人生的最深刻的真谛——
我们只知一个永远不变的道理：
死总在提防爱，
而爱也总在对死保持警惕。

（易丽君　译）

同天使的对话

昨夜梦见波兰命运的天使来把我拜访，
黑暗中她哀哀地哭，颤动着银色的翅膀，
似乎在对我说：“你死得好不悲惨，
在这远离故土的地方。”

“远离故土？你怎么能这样讲？
风儿吹过重山叠嶂，
每天给我送来家乡泥土的气息，
故园花卉的芳香。

“立陶宛的湖泊，马佐夫舍的牧场，
塔特拉的山峦，维斯瓦河的波浪，
故国家园的山山水水，
一切一切都珍藏在我的心房。”

（易丽君　译）

扬·布热赫瓦

（一九〇〇年至一九九六年）

诗人，儿童文学作家。有诗集《想象中的面孔》《第三个圆圈》《苦艾和云》，为儿童写的诗集《针和线一起跳舞》《猫头鹰对啄木鸟说话》《野鸭》《在贝尔加穆特群岛上》《给孩子们的桃》《一百个童话》和科学幻想小说《克拉克斯先生的旅行》等。

祖国的土地

我在你黑色的田野里种下了庄稼，
我在你的路边植下了树根，
这是绿色的杨柳，
是松树和柏树的根。

我吸吮着你的乳汁，
你的乳汁闪耀着金色的光芒，
我吸吮着你赖以活命的乳汁，
祖国的土地啊！是你给了我生命。

为了你我四处奔跑和歌唱，
在城市的大街上，在田间的阡陌上，
在高山上，在谷地里，在羊肠小道上，
我知道，你永远不会抛弃我。

我没有人们朝拜的王冠，
也没有令人景仰的光环，
但你生长的一切也都在我的身上，
你给了我精神，给了我力量。

我生长在马佐夫舍的土地上，
我吃过你的面包，唱过你的歌，
我在维斯瓦河流过的地方找到了幸福，
我在说波兰话的地方努力工作。

我有那么多的思虑和经历，

但有一颗赤诚的心，一个简单的愿望，
就是永远不离开你，
我要得到你的关怀，你的抚养。

我是一个歌手，为你服务，为你歌唱。
我的心跳就像歌声那样优美动听，
只要哪里需要，我就在哪里歌唱，
在远方，在故乡，在故乡的河上。

马佐夫舍的土地啊！我的旅行结束了，
如果我没有为你造福，
没有为波兰造福，
那我依然是个孩子。

如果我死了，
我要用我的骨灰给你肥田，
我将高高兴兴地去到另一个世界，
因为我把一切都献给了你，祖国的土地！

（张振辉　译）

布鲁诺·雅显斯基

（一九〇一年至一九三九年）

波兰战前先锋派和未来派的代表诗人、作家。发表过一系列关于先锋派和未来派的文学纲领性的文章，反映了否定传统和对未来主义的追求。雅显斯基早期除崇尚未来主义外，对波兰二十世纪别的流派几乎都持否定态度，表现了虚无主义观点。一九二九年他去了苏联，开始用俄文写诗，并参加了布尔什维克，加入苏联国籍，但在一九三七年苏联的肃反运动中遭到迫害，被判十五年徒刑，后死在流放的途中，一九五五年获得平反。

有长诗《饥饿之歌》《左边的土地》《话说雅库布·谢拉》和长篇小说《焚烧巴黎》等。《焚烧巴黎》以半殖民地的中国某城市为背景，揭露了西方殖民主义者和资本家对中国工人的残酷剥削和压迫，有强烈的革命倾向。

纽扣孔里的皮鞋

我整天急急忙忙地奔跑，磨破了我的鞋跟，
我像阳光一样地明亮，我很快乐，也很自信，
我到处闲逛，因为我是天才，我年轻，
我要迈开脚步，毫无拘束地走向大千世界，
在十字路口也不停留，任何地方都不停留，
因为我总是背负着某种使命，要不断前行。
我身着得体的行装，也不用飞鸟的指引，
我对路遇者都以礼相待，要改变他们对我的看法，
公园里有人踢球，还有一些少女聚在一起，
饶有兴味地谈论着新的艺术，表示对它的看法，
她们并不知道，如果雅显斯基来了，
泰特马耶尔和斯塔夫都会死去，
她们不知道，她们也不会相信，
这是诗，是未来主义——一个未知数：X。
跟我一起走吧！姑娘们，让你们的脑袋清醒清醒！
午饭后的点心最好吃。
一辆小轿车飞驰而过，在空气中，
散发着白色的油烟，发出了刺耳的响声，
可我在山那边，在谷地里，却发现了童话故事，
我并不感到悲哀，也没有什么悲哀……
我多么高兴，因为我得到了满足，
我走啊，走啊！还要到哪里去？

我是天才，我年轻，我的鞋在纽扣孔里，
那个伴随着我的声音对我说了一声再见[1]！

一九二一年

（张振辉　译）

1　原文是法文。

尤利安·普日博希

（一九〇一年至一九七〇年）

诗人。年少时参加过波兰民族解放运动。一九二六至一九三三年参加克拉科夫先锋派诗歌运动，发表过许多宣传这一流派诗学观点的文章。德国法西斯占领期间，他在乌克兰利沃夫的《新视野》杂志任编辑。波兰解放后，先后担任过《复兴》周刊编辑，任波兰民族解放委员会委员和波兰作家协会第一任主席。一九五五年定居华沙，曾任《文化评论》《诗刊》和《文学月刊》的编辑。

保持心理平衡

迎风的旗
在凯旋门前飘扬，
暴动分子放下了武器。

我是一个被鸟驱赶的流浪者。
我写信的那个写字台好像变得越来越大，
它还在往前移动，
就像一辆坦克，马上要开赴战场，
我好像觉得，我的房子明天就要被烧毁了，
我的心也跳得更快了。

炸弹在路灯杆前爆炸，
大街上依然灯火辉煌，
我在士兵们的喊杀声中，度过了这一天。

绿草地里的草都枯萎了，
可我没有离开这里。

我是一个被鸟驱赶的流浪者。

花园里的一弯新月就像树上长出的细嫩的枝芽，
地球没有我就没有感觉，但照样转动，
只是秋天的黄叶都落在了月桂花枝上。

……这是要我保持沉默。

我把兜里所有的食物都翻出来，
放在燕子的窝里。
因为它要被人赶走了。

（张振辉　译）

四四年的春天

夜空笼罩在我的头上
可是这把保护伞已经被撕毁了，
那摩托车的突突声响使我浑身发抖，
我的脉搏也跳得更快了，
这里没有暴风雨，
这里是一片真空。

战斗机飞过之后，
它的螺旋桨变成了
挂在天上的半个月亮。

山岚不再是过去那么明亮，
大风吹在被云层覆盖的庄稼上，
可这里却变成了战场。

半夜盛开着的丁香花散发着扑鼻的芳香，
可是我的鼻孔在流血。

东方的屏障被打破了。
敌机在空中盘旋，发出黄鸦一样呜呜的鸣叫，
投下了炸弹。
起义战士正高唱战歌向敌人开枪。

一九四四年

（张振辉　译）

窗外一棵白桦

窗外挺立着一棵白桦，
树枝像飞羽在风中飘上飘下。

树叶沙沙
似乎有说不完的话，
滚过天际的云
发出低沉的雷鸣
跟它对答。

狂风夹着暴雨来得突然！
喧嚣声中分不清天地的界线。

空间
被倾盆的雨幕填满，
白桦
发出绿色的震颤。

受过暴风雨的考验，
树干更白，叶更鲜艳，
树枝像交会的手臂
向空中捧出
一只水仙花篮。

（易丽君　译）

四月的黎明

树木
　　——空间的摇篮
　　　　　　　使天空低低垂向牧场，
晨曦出现在果园，在牧场，
　　照耀在我们上方，
该去享受阳光——

妻子啊，请解开黑色的襁褓，
让婴儿赤条条
第一次朝世界
　　　　　朝我们
　　　　　　　朝慈爱的爹娘
无拘无束地张望！

一九五六年
（易丽君　译）

卡齐米日·帕什科夫斯基

（一九〇二年至一九四〇年）

诗人。波兰被德国法西斯占领时期曾被关在奥斯维辛集中营，写过反映集中营生活和斗争的诗。战后和人合作编辑出版了题名为《英雄的华沙》诗歌选（一九四六年）等。

奥斯维辛[1]

我给你，妈妈！写这封信，
在奥斯维辛牢房的墙上。
现在是夜晚，笛哨吹起的旋风，
给我送来了你圣洁的名字。

你问我在干什么？是否健康？
为什么我身上标着号码？
这个你不要问！我常常在睡梦中
见到你在为我祈祷。

我不能写我所要写的，
因为这会使你泪流满面。
我知道你看得见我，
你看见我在遭受折磨。

我虽已肢体不全，
但我并不害怕，这是为什么？
因为我们每天都会见到死亡，
死神时刻都在监视着我。

这里每天都是集训和苦役，
从清晨开始。
这里的囚徒越来越多，
可他们也越来越少。

1 奥斯维辛：二战期间，德国法西斯在波兰南部设立的最大的集中营。

夜里我不能入睡，
因为我的思想已飞到你的身边，
因为你的痛苦煎熬使我感到十分不安，
有谁能把你的泪水浸透的书信，捎来给我？

十月是个乌云密布、阴雨连绵的季节，
到那时，我们都将死去，就像树上的黄叶，
只盼着多少年后，
诗人们会把我们热情地歌唱。

我们不知道我们之中谁能得救？
人的命运必须经过死神的筛选，
可怕的焚尸炉每天都在冒着黑烟，
我们的灵魂就像思念一样，已经飞到了绿色的远方。

我给你，妈妈！写这封信，
在奥斯维辛牢房的墙上，
但愿笛哨吹起的风，把它送到你的身旁，
这是我给你的名字，献上的一次祝福。

（张振辉　译）

尤泽夫 · 切霍维奇

（一九〇三年至一九三九年）

波兰诗人。幼年生活贫困，曾在华沙特殊教育学院学习。一九二七年出版第一部诗集，曾在华沙主编过多种刊物。二战期间移居卢布林，但死于德国飞机的轰炸之下。他的创作以抒情诗为主，主要抒发乡村和小城市的生活和感受，表现出一种灾祸论的思想情绪。

黄金街的音乐

夜未静，风也没有停息，
大地未进入梦境，可天已经黑了。

在紫罗兰的天空里，吹拂着习习的微风，
这不是风，这是一阵阵笑声。

多米尼克大街上的少女的合唱
要把圣母赞颂。还有
阿尔奇迪安孔街上的小提琴，
在为一首首咏叹调伴奏。

音乐之家的演奏虽然停息了，
天空又出现了一道彩虹，
教堂上闪光的焰火，
像发丝一样坠落下来。

有人这时拍打着它的铜铸的胸脯，
夜晚的钟声打破了寂静，
这钟声是那么嘹亮，
就像有人在十字架前，
指挥着乐队的演奏：

一、二、三！

（张振辉　译）

密切斯瓦夫·雅斯特隆

（一九〇三年至一九八三年）

诗人、作家。一九二四年开始发表诗作，后一直和《斯卡曼德尔》杂志保持联系。德国法西斯侵占波兰后，他最初在利沃夫，一九四一年来到华沙，参加过波兰语言和文化的秘密宣传和教育工作。

大火和灰烬

历史的年表，
将述说那大火和灰烬的年代。
谁都不知道那些被判了死刑的人，
在死的时候有什么感觉。

我们都死过，但又新生了，
对这个世界，我们问心无愧，
可是在我们面前，却出现了一张不友善的面孔，
在年轻时读过的书中，
我见到了一株橄榄树。

我们见到的是，
一个人真的连一分钟都活不下去，
这个世界好像被封闭了，没有出路，
就像水在破烂的水管中流不出去一样。

被逮捕的要吞下他们像钻石一样的真理，
但他们都和他们的真理一起死了；
一些人虽然获救，却在践踏死者的遗嘱，
以为这样他们就有了希望，
卑鄙堕落成了未来的时尚。

我不想重复那些合唱的高调，
对那么多没有埋葬的人也没有悲哀，
但我以为，那些骗子的甜言蜜语
却是不祥之兆，从他们死后留下的

衬衫的窟窿眼里，会有许多老鼠爬了出来，
还有黑色的田鼠也从他们的喉咙里跳了出来。
战后的硝烟在一阵阵春雨中溶化和消散了，
人们将毁掉他们的记忆和背在背上的纪念碑，
会改换他们的姓名，
让过去的姓名像冰雪一样地消融，
连痕迹都不留下，
历史将变成神话，
过去用铁丝网围起来的死亡营的窗子里，
有人在挥舞着一条手绢。

一九五六年

（张振辉　译）

我把我的阴暗的灵魂……

我把我的阴暗的灵魂
托付给了那远方的风景，
它在那里得到了休息，却忘了
我青年时代事业的艰辛。
我曾涉过冰冷的河水，
穿过漆黑的赤杨林，
在睡梦中我听到了树叶的沙沙声响，
就在这个晚上，那棵树突然长大了，
站立在了一条满是泪水的溪河旁。

一九三七年

（张振辉　译）

亚当・瓦日克

（一九〇五年至一九八二年）

诗人、作家。二战前参加过波兰先锋派诗歌的创作活动，德国法西斯侵占波兰后，先后在波兰爱国者和共产党员领导的《新视野》杂志和俄罗斯的萨拉托夫和古比雪夫的广播电台文艺部当过编辑。波兰第一军在苏联建立后，任军队剧团的文学部主任。一九四四年，波兰第一军配合苏联红军解放波兰，他随军回到波兰。战后担任过《打铁坊》周刊和《创作》月刊的编辑和主编。一九五二年访问过中国。

回　答

牺牲者面对着鲜血染红的
华沙的城墙，问道：
您将怎么为我报仇?
我们的回答是：
　　　　以血还血。

当敌人来侵犯我们的国土时，
当敌人侮辱妇女和杀害儿童时，
您将采取什么行动?
我们的回答是：
　　　　以剑还剑。

如果敌人亵渎我们的语言，
您将采取什么行动?
您对他们怎么回答?
我们的回答是：
　　　　手榴弹。

这不生不死的状态，
难道还能继续维持?
是等待灭亡，还是谋求解放?
我们的回答是：
　　　　兄弟，拿起武器!

（张振辉　译）

新闻报道

说一个战士，在战斗，在林子里被打死了，
说一个农民，有了土地，在他的家里被杀害了，
说一个犹太人，获救了，在路上又被打死了，
这些都是关于现代生活的报道，是那么苦涩，
还有对一百个傻子的判决，是为了警示后人。
林子里隐藏过游击队员，
可对那些牺牲者的赞颂却是一种讽刺，
说一个战士，在战斗，在林子里被打死了。
说有个地方一家磨坊发生了火灾，
磨坊主人失去了一切，有泪无言。
说一个农民，有了土地，在他的家里被杀害了，
说一个犹太人，获救了，在路上又被打死了，
可为他们举行悲哀的葬礼，又引起了市民的笑话，
骗子在家里玩着打仗的游戏，
有人夜里还听到了狼群的嗥叫，
对一百个傻子的判决，是为了警示后人。
未来就像射出的子弹卷起的一阵风，
它会吹回来，它能医治伤痛，
说身体受伤，或者过多的赞誉
会使人感到死的荒谬，死的毫无意义，
都在这关于现代生活的苦涩的报道里。

一九四六年

（张振辉　译）

大松树在哪里

大松树和白杨树在哪里[1]

荷拉斯

大松树和白杨树在哪里，
维斯瓦河上的风在你耳边吹响的地方，
那里就有荷拉斯的这首诗，
因为它很早就掉进了那里的一个深渊。

它掉进了一个千百年的深渊，
二十年前我来到了这里，
发现有一株奇怪的白杨。

它和我一起，度过了艰难的岁月，
它经受过死的考验，懂得什么是仇恨，
它带领我渡过了七条大河，
我永远铭记在心。

当它变成一株拉丁的松树的时候，
它在古罗马也会成为一株白杨，
生长在维斯瓦河畔，永远生长，
在那里遭受痛苦，永远生长。

（张振辉　译）

1　原文是拉丁文。

康斯坦丁·伊尔德丰斯·加乌琴斯基

（一九〇五年至一九五三年）

波兰诗人，出生于华沙的一个小市民家庭。一九一四至一九一八年在莫斯科度过，回国后进入华沙大学攻读英语和古典文学，一九二六至一九二八年在波兰军队里服兵役。一九三九年参加反法西斯卫国战争，后被囚禁在德国俘虏营达六年之久。战后先后在巴黎、布鲁塞尔和罗马流亡，一九四六年回国，定居在克拉科夫，一九四八年迁居华沙。

他于一九二三年首次发表诗作。他是波兰茨冈派诗人的代表，创造了自己独特的诗风，把抒情和怪诞、讥讽、戏谑联系在一起，富于艺术想象力，诗中现实和幻想世界水乳交融，带有荒诞和幽默的情调。战时的诗作反映了对祖国的怀念。战后写过一些反映新生活的诗，带有应景诗的特点。他还创作了一组独特的微型讽刺诗剧《绿色的鹅》，讽刺社会上的不合理现象。

摇篮的摇篮曲

摇篮上站着一只金公鸡，
凶猛好斗，暴烈无比，
红色的尖喙，红色的腿，
神气十足，自鸣得意——
一只公鸡。

摇篮里尿片裹着个小东西，
手儿小小的，腿儿胖胖的……
甜梦……公鸡……权杖……皇帝……
慈善的女巫预言了他的凶吉——
一个小东西。

天上有几位天使
由于高兴一齐倒立。
月亮像海豚在游泳……
多么惊人！多么神奇！
一颗新星问世。

一九二九年

（易丽君　译）

请求到幸福岛

请你带我到幸福岛上安身，
让熏风吹拂我的头发，像亲吻鲜花，
请你摇我，哄我入睡，用你甜美的歌声，
让我梦中到那幸福岛，不要把我惊醒。
请指给我一处大海，浩渺而幽深，
让我在绿树枝头听天上的星儿谈心，
请让我看到彩蝶，让我心头也五色缤纷，
请让我俯临大海思绪平静，用你一片真情。

一九三〇年

（易丽君　译）

请　求

可心的人儿，快把我带到海滨
或者是遥远的乡村，
只要有辽阔的远景或是蜜蜂成群，
让我重新获得一颗血红的心，
不要这样黑，这样战战兢兢。

可心的人儿，请抚平我心上的伤痕，
让睡意再次爬上我疲困的眼睛。
为此，将来我会报你一串歌声，
全都是最甜蜜、最动情。
我会献给你一片蓝天，玉一般纯净，
献给你最辉煌灿烂的彩云，
献给你蜿蜒的小溪，水中的蝶影，
让它们装饰你优美的发型。

一九四五年

（易丽君　译）

谈我的诗

我的诗是溶溶月夜，
是莫大的安慰；
当沟壑里长满甜草莓，
连影子也有甜味。

当我身边没有妇女也没有姑娘，
当一切都沉入了梦乡，
一只蟋蟀在砖缝里唧唧唱，
歌声好不悠扬。

我的诗既古怪又简单，
它是这么一个国度，那儿的夏天，
一只老猫紧闭着双眼，
在歪斜小窗的窗台上睡眠。

一九三四年

（易丽君　译）

卡齐米日·鲁西内克

（一九〇五年至一九八四年）

记者，波兰工人运动活动家。战后曾任波兰统一工人党中央委员和文化艺术部副部长。

我的祖国最可爱

为纪念死于华沙集中营的
波兰工人党医疗手术队队长
耶日 · 格罗姆科夫斯基博士而作

和你告别是我最大的苦痛，
我的伤并不可怕，可怕的是我知道，
即使母亲宝贵的手，也合不拢我的眼睛，
我从此不能回到祖国收割庄稼，
别了，我的塔特拉山，我的游戏，
别了，我的纳尔卡，
你的格热拉将永远留在异土他乡。

我再不能在故乡的花岗岩上雕塑我的丘帕格[1]
我再听不到卡斯普罗韦山[2]顶上棕树的沙沙声响……
我的心会在思念中爆炸，我的痛苦无可言状，
我再也见不到梦中的祖国。

但我可以告慰先灵，黎明即将来到，
暴风雨过后，升起了太阳，
东方的日出，向我们放射着万丈光芒，
历史的审判书宣告，
罪恶永远不会被人遗忘，

---

1 丘帕格：波兰南方山民跳舞时手中握的一种代表身份标志，是用木头雕成像斧头形状的东西。

2 卡斯普罗韦山：塔特拉山的一座山峰。

审判的一天终将来临，
请相信我的忠言！

我的话虽然说得厉害，但也普通和明确，
因为它是我的肺腑之言，就像我的心灵一样。
生活就是煎熬，我受过多少煎熬？
曾目睹多少人的堕落和背叛？
为了不至丧失我的信念，
我把我的心思看成宝物一样，
我要将它深深地埋藏，
为了子孙后代，
为了你，新的波兰。

亲爱的同志！
你们如果喜爱我的宝物，
那就请到我的心中来吧！
我要告诉你们，
我心中最珍贵的宝物就是我的祖国，
她比世界上的任何宝物，
比世界上的一切都更加珍贵。

一九四三年
（张振辉　译）

扬·什恰维耶伊

（一九〇六年至一九八三年）

波兰诗人、政论家、文学评论家。有诗集《石头月亮》《川花揪果，一九二九年至一九六五年的诗》《白天和黑夜的斗争》，散文集《好的和坏的果子》《敲石打火》等。还曾编辑整理《民间诗歌选》和《一九三九年至一九四五年波兰地下诗歌选》。

保卫华沙之歌

只要大火还在我们的心中燃烧，
只要房屋还在倒塌，手榴弹还在爆炸，
我们的兄弟还在牺牲，还在遭受无尽的苦难，
为了抵抗十字骑士的进犯[1]，我们就要保卫华沙。
法西斯强盗还没有投降，
我们就找不到通往自由的道路，
诗神，在火中，在暴风雨和仇恨中诞生的诗神！
请用你那钢铁般的坚强的歌，去打击敌人！

啊！自豪的首都，美丽洁白的城市！
您古老的历史，哺育着自由的精神。
民族的大旗在街上飘舞，
幸福的人群面露笑容，
维斯瓦河像一条蓝色的带子，流过市区，
把东方和西方，把我们的命运和大海连在一起。
大海拍击着河岸，夜莺在密林中歌唱，
水上的驳船把香喷喷的粮食运往四面八方。

教堂上的十字架在阳光中闪烁，
来这里祈祷的，是统帅和国王。
每个街口都刻着许多名字，
因为他们用双手建设过波兰；

---

1 十三世纪和十四世纪初，波兰北部沿海一带有过一个日耳曼骑士团，叫十字军骑士团，常进犯波兰北部的马佐夫舍地区和东边的立陶宛。波兰和立陶宛联军一四一〇年在格隆瓦尔德把他们打得大败。这里用十字军骑士团比喻德国法西斯。

还有多情善感的艺术家和伟大的天才，
他们创造了新的生活和民族的文化，
这就是城里的房屋和诗中的语言，
这就是追踪着天上的彩云转瞬即逝的音乐，
这就是古老的习俗和勇敢的骑士，
这就是同仇敌忾血战到底的精神。
马佐夫舍虽然长满了荆棘和杂草，
可是这里埋葬着祖先的骸骨，万世不朽的骸骨。
我们的世界是一个自由的世界，一个辽阔、美丽、富饶的世界，
我们的生活充满了伟大的创造精神，展示了引以自豪的宏愿。
（因为这里有工厂、图书馆和作坊，这里建起了自由的宝塔。）

一个野蛮的部落，你将受到世人的唾骂。
一个没有自尊和自信的民族，你会变成疯狂的罪犯；
在你的历史上，失败的一天终会来临。
到那时，整个世界都将燃起熊熊的大火。
你，一个凶恶的士兵，千百年来，
你以牺牲别的民族为代价，赢得自己的生存；
可是你也必将遭到失败，
（法西斯男人、女人都会死光，）
还把耻辱永远留给你的后代。
你只有在堕落和绝望中，在饥饿和疾病中，
才能找到你的自信，才会知道你的未来。

寂静的夜空中响起了第一颗子弹，
它钻进了黑色的土地，穿透了我们的身躯。
法西斯的暴力如惊涛骇浪，滚滚不息，
它在田野里发出轰隆巨响，在森林里闪着金光，
它向我们抛来了无数的坦克，喷射着一束束火焰，
点点露珠被烧伤，发出了痛苦的呻吟。

这是一个农家的孩子，倒在一堵墙下。
这一束束火焰给人民带来了死亡，
自由遭受蹂躏，神圣被踩在脚下，
为了反抗强暴，人民做出了牺牲。
这是仇恨，是坚贞不屈，是光荣的牺牲，
光荣属于斯托霍德、凡尔登和马恩的士兵[1]。

老城上来了外国飞机，
剧烈的爆炸震响长空，
刽子手、纵火犯在作恶行凶，
他们瞄准了国王的城堡和教堂上的十字架。
远方的炮声愈来愈大，愈来愈密集，
敌人已逼近了首都的大门。
华沙，骄傲美丽的华沙拿起了武器，
人民在城中筑起了街垒。

下令开火吧，穿棕色军服的将军！
这是反抗，这是波兰的骄傲，这是无耻的背叛；
你在狂呼，你在怒吼，你的军装真可怕。
命令已经发出，炮兵严阵以待，
森林里响起了隆隆炮声，吐出了一团团火焰。
长笛在凄声地奏鸣，飞鸟被大火烧尽，
坠落在城堡上，坠落在议会大厦和博物馆的墙上。
这里是剧院？不，这里的烟火直冲云天，
大火烧毁了我们的房子，大炮炸死了我们的孩子，
把他们花朵样没有防卫的身躯撕得粉碎。
整个首都闪着白色的火光，
日日夜夜听到手榴弹四处爆炸。

1 斯托霍德河、凡尔登和马恩河都是第一次世界大战时著名战役的发生地。

人行道上修起了士兵的坟墓，
坟前插着两根树枝，坟上盖着死者的头盔。
有谁知道，这个士兵已经多少日子没有见到太阳？
他那颗心虽然没有死去，
但它已从高山之巅掉进了深渊。
它像一个怕火的幽灵，在四处逃窜，
它遇到了被炸毁的纪念碑，遇到了暴风雨般的灰烬，
它从博物馆和图书馆里飞出来后，又盘旋在一个人的头上，
它见到了许多没有清理的尸体和坚贞不屈的面孔，
它见到了握在一双僵死的手中的宝剑。
十字军鬼子没有把华沙征服，
华沙不会投降，华沙在抵抗。

街上横着一道道战壕，布满了铁丝网，
堡垒就是电车，就是倒翻在地的灯杆。
光荣，光荣属于战士，光荣永远属于战士，
一个东方发白的早晨，就决定了我们的命运，
血红的大火在蔓延，殊死的战斗不停息。
这是光芒四射的首都，这是骄傲勇敢的首都，
沃拉[1]在顽强地抵抗，布拉加在勇敢地战斗，
士兵和群众：个个坚守在战壕里。
你要看看这里的地狱吗？它就在你的眼前，
你们的权利已不存在，它将永远属于我们，
头脑简单的蛮子，疯狂一时的刽子手！
胜利属于我们，死神在向你们招手。
大地仍在响着隆隆的炮声，
可是街道已经变成了废墟，城堡只留下灰烬。

1　沃拉：华沙的一个城区。

为了保卫教堂上的尖塔，为了蔚蓝色的南方，
为了大片的墓地，为了光秃秃的烟囱，
为了自由的权利，为了人的尊严，
华沙在抵抗，在战斗，华沙赢得了胜利。
流氓和恶棍妄图野蛮地征服华沙，
华沙不可征服，华沙叫他们灭亡。

（张振辉　译）

斯达尼斯瓦夫·雷沙尔德·多布罗沃尔斯基

（一九〇七年至一九八五年）

诗人、作家。波兰被德国法西斯占领期间，参加过宣传波兰文学的秘密活动和一九四四年爆发的华沙起义。战后在一九四五至一九四六年间，担任过波兰作家协会副主席。

也 许

也许别的地方更美，
夜晚繁星满天，清晨更加明亮，
草地更绿也更丰满，
鸟儿在枝头唱得更加动听，

　　　　也许，可那是别的地方……在我的心上，
　　维斯瓦河的歌，马佐夫舍的土地更加珍贵。

也许有峡谷里的黄昏，金字塔的倩影，
极地的霞光，椰子树下的梦，
五彩缤纷的蝴蝶，童话故事里的花园，
美丽的花园城市。

　　　　也许，可那是别的地方……在我的心上，
　　维斯瓦河的歌，马佐夫舍的土地更加珍贵。

也许，也许别的地方一切都更加美好：
鸟儿、星星、歌和空气，
那里的人民也更幸福，
那里的大树比水边的白杨更令人喜爱。

　　　　也许，可那是别的地方……在我的心上，
　　维斯瓦河的歌，马佐夫舍的土地更加珍贵。

（张振辉　译）

特洛伊的城墙

有人骗了你们，你们受骗了。
你们在哀求：“天主啊！饥饿，
大火和战争在威胁我们，救救我们吧！”
这声音虽传遍了所有的地方，
可它是一个孤独的声音，
天上没有救世主，
谁都听不见，是白费，
你们受骗了。
那些倒在特洛伊的城墙上的人在我们这里又得救了，
我们只有勇敢地战斗
才能得到拯救。

（张振辉　译）

列昂·帕斯泰尔纳克

（一九一〇年至一九六九年）

波兰诗人、作家。二十世纪三十年代参加过波兰共产党，一九三九至一九四二年在利沃夫任《红旗》杂志编辑，一九四三年参加以塔杜施·科希秋什科命名的波兰第一步兵师。后又担任讽刺刊物《斯坦奇克》的编辑。

华沙的马路

这里有我们的战士——流浪者，
他们手中的枪在阳光下闪闪发亮，
他们的背包里有绑腿和干粮，
这是他们的权利，他们战斗的武器。

尘土满天飞扬，这条马路不寻常，
从前没有人走过，现在指引他们走向前方，
这是波兰的军队，穿越了池沼和森林，
但不管在哪里，都只有一个名字：波兰兄弟。

庄稼汉和庄园主，在一起是兄弟，
过去是士兵，被流放的囚犯，
西里西亚的流浪汉，满头白发的军团战士，
都走在这条马路上。

还有别廖扎[1]的囚犯，
当过旗手的伯爵和泥瓦匠，
拉多姆的钳工和奥姆斯克[2]的木匠，
都全副武装。

还有费尔干纳的拖拉机手，
塔特拉的山民和西伯利亚流放者的后代，

---

1 别廖扎：Bereza Kartuska，地名，在白俄罗斯，波兰战前资产阶级政府曾在这里设立集中营，用来关押波兰共产党人和持不同政见者。

2 拉多姆和奥姆斯克都是波兰地名。

他们满面尘土，骨瘦如柴，
虽有不同的信仰，都是我们的兄弟。

不管是工兵连的上尉还是火枪队的少校，
就是在西伯利亚原始森林里，也没有忘记他们的波兰话，
因为那里有波兰语教师，星夜在军营里，
叫他们不要忘记兄弟的语言。

炮台架起来了，这里有个诗人，
不知道他在想着什么？
还有一个画家和穿上了游击战士军装的少女，
他们也都是满面尘土，汗流浃背。

我不问你是谁，也不斜着看你，
我只叫你拿起枪，对准德国人的心脏，
我们的口号是：战斗和复仇，这条马路不寻常。

我们走在这条马路上，历史就在我们的脚下，
我们的步伐是那么整齐，那么坚定，
因为我们知道，不管去哪里，
都要紧握手中枪，夺回我们失去的自由。

一九四三年

（张振辉　译）

切斯瓦夫·米沃什

（一九一一年至二〇〇四年）

波兰诗人、作家，一九八〇年诺贝尔文学奖获得者。生于立陶宛，曾在维尔诺大学攻读法律，大学期间便开始创作，一九三三年出版第一部诗集《关于凝冻时代的长诗》。一九三四至一九三六年在巴黎进修。一九三六年在华沙的波兰广播电台工作。二战期间积极参加地下抵抗运动，战后先任波兰驻美国大使馆文化参赞，后任驻法国大使馆文化参赞。一九五一年移居巴黎，一九六〇年起在美国加利福尼亚大学伯克利分校任斯拉夫语言文学教授。晚年回到祖国，定居于克拉科夫，二〇〇四年逝世于克拉科夫。

米沃什的早期诗歌受灾祸论思想影响，带有悲观情调。二战后的创作大多反映道德伦理问题，具有很强的哲理性，先后出版了《三个冬天》《拯救》《着魔的古乔》《太阳从何处升起何处降落》《珍珠颂》《路边的小狗》《这》等十多部诗集，以及两部小说和多部随笔散文集。

歌

献给加布里艾娜·库纳特

安娜

大地从我站立的岸边流走了，
她的树木和草地越离越远，闪亮着。
栗树的花蕾，白杨的暗淡亮光，
我再也看不见你们了。
你们和劳累的人们一道离去，
跟着像旗帜那样飘动的太阳走入黑夜。
我怕独自留在这里，除了躯体，我一无所有，
——它在黑暗中闪烁，宛如叉着手的星星，
以致我惊恐地望着我自己。大地，
切勿把我抛弃。

合唱

冰块已从河里漂走，浓密的叶子长了出来，
田地已被犁过，野鸽在树林中咕咕鸣叫，
狍子在山里奔跑，高唱着愉快的婚曲。
长茎的花在开放，温暖的花园里雾气弥漫。
孩子们掷着球，三人一组在草地上跳舞，
女人们在河里洗衣，想捞起月亮。
一切欢乐都来自大地，没有它就没有快乐。
人只属于大地，除此别无他求。

安娜

你别来引诱我，我不需要你，

流走吧，我平静的姐妹。
你的抚摸在我的脖上燃烧，我依然能感到。
和你亲热的夜晚痛苦得像云的余烬，
黎明随着云层出来，湖上红霞一片。
鱼鸥飞走了，那样地悲伤，
使我不能哭泣，只好躺在地上，
默默地数着早晨的时辰，
倾听着枯死的高大白杨树的沙沙声。
你，主啊，请怜悯我吧！
从贪婪的大地嘴里把我解救出来，
让我从它虚假的歌声中得到净化。

合唱

绞盘在转动，鱼在网里挣扎跳动，
烤面包发出阵阵香味，苹果在桌上滚动，
黄昏走下了阶梯，阶梯是活的肉体。
一切均来自大地，而它是完美无缺。
大船摇晃着，铜色兄弟正扬帆出航，
动物摆动着身子，蝴蝶掉进了长海，
篮子在夜幕下游荡，黎明活在苹果树上，
一切来自大地，一切又回归于大地。

安娜

啊，要是我身内有颗不生锈的种子，
一颗能长久生存的种子，
那我就能睡在晃动的摇篮中，
可以摇进黑夜，也可摇进黎明。
我会平静地等着，直到摇动停止。
然而真实会突然赤裸裸地出现，
以一副陌生的脸孔作盾牌，

凝视着田野中的野花和石头。
然而此时，活在谎言中的他们，
就像生长在海湾水底里的水草，
或者就像松针之类的东西，
当一个人从上面透过云层望着森林。
我身上除了恐惧便一无所有，
我一无所有，除了奔腾的黑浪。
我是风，掠过并栖息在幽深的海底，
我是奔驰向前不再返回的阵风，
是蒲公英撒在黑草地上的花粉。

最后的声音

在湖边的铁匠铺里，铁锤在敲打，
一个人弯着腰，在打造一把镰刀，
他的头在锻炉的火光中不停闪现。

小屋里点起了第一根松香，
劳累的徒工们把头俯伏在桌上。
一只碗正冒着热气。蟋蟀在歌唱。

岛上是一群沉睡的动物，
它们躺在湖的巢穴里，打着呼噜。
它们头上飘动着一片长长的白云。

一九三四年
维尔诺
（林洪亮　译）

牧　歌

微风吹来，果园流光溢彩，
有如宁静、温柔的大海。
浪花在绿叶上面流过，
于是又现出果园和绿色的大海。

绿色的山峦向江河伸展过去，
只有牧童的风笛在这里吹响。
玫瑰花儿绽开着金色的花蕊，
给这颗童心带来无比的欢乐。

果园啊，我美丽的果园！
全世界也找不到这样的果园，
找不到这样清澈活泼的泉水，
找不到这样美好的春天和夏天。

这里茂密的青草向你弯腰低头，
当苹果掉落到草地上，
你定会用目光把它们追寻，
你会用你的脸来和它们贴近。

果园啊，我美丽的果园！
全世界也找不到这样的果园，

找不到这样清澈活泼的泉水，
找不到这样美好的春天和夏天。

一九四二年
华沙
（林洪亮　译）

在华沙

在这温煦暖和的春日里，
在圣约翰教堂的废墟上，
诗人啊，你将做些什么？

当维斯瓦河吹来的阵风，
扬起了瓦砾中的红色尘土，
你会在那里想些什么？

你曾发誓，永远不会变成
一个永远哭泣的悲悼者。
你曾发誓，永远不会去触动
自己民族的巨大伤口。
也决不会让伤口成为圣物，
成为令人诅咒的、折磨
子孙后代很多世纪的圣物。

然而，这是安提戈涅的悲哭，
她在寻找自己的兄弟。
这的确超出了忍耐的力量，
可是心却像铁石般坚强。
里面有如甲壳虫那样，
包藏着一种深沉隐秘的爱
一种对最不幸的土地的爱。

我不想这样去爱，
那不是我的本意。
我不想这样怜悯，
那不是我的本意。
我的笔比蜂鸟的羽毛
还要柔软。这种重负
决非我的力量所能承受。
我怎能生活在这个国家？
在这里，每步脚都能踢到
未被掩埋的亲人的尸骨。
我听到了声音，看到了微笑，
但我却无法写作，因为有
五根手指抓住了我的笔，
命令我去写他们的历史，
他们的生与死的故事。
难道我与生俱来
就是个哭泣的哀悼者？
我要歌唱节日，歌唱
这座欢快的森林，
是莎士比亚把我带进了这座森林。
请留给诗人们欢乐的瞬间，
因为你们的世界就要灭亡。

这很疯狂，如果活着没有欢乐，
并向你们不断地重复着
这两个字：死亡。
我本应给予你们的
是行动、思想和肉体的欢乐、

歌唱和欢宴的快活，
以及两个可以拯救你们的词：
　　真理和正义。

一九四五年
克拉科夫
（林洪亮　译）

江河变小了

江河变小了，城市变小了。优美的花园
展现出我们从未见过的残枝败叶和尘土。
当我第一次游过这湖时，觉得它很大，
如果我今天去到那儿，它就会像个洗脸盆，
在后冰川期的岩石与桧树之间。
哈林诺村边的森林我曾认为很原始，
散发出最近被杀的最后一只熊的臭味。
然而在松树中间有耕地在闪闪发亮，
过去是单个的如今成为整体的式样。
即使在梦中意识也在变换着自己的原色。
我脸上的特征在熔化，如同火中的蜡像。
谁会赞同在镜子里看到的只是一张人脸？

一九六三年
伯克利
（林洪亮　译）

诗歌的艺术？[1]

我一直渴望发现一种包罗万象的形式，
它既不大像诗，也不完全像散文，
它不刺激别人，又能使人们相互理解，
也不会给作者和读者带来过分的悲痛。

诗歌本身就包含着庸俗猥亵的内容，
产生于我们身上的连自己都不知道的东西，
像是从我们身上跳出的猛虎，眨动着眼睛，
站在光天化日之中，尾巴在左右摆动。

有人说，写诗受魔鬼驱使，这话不假，
尽管魔鬼把自己说成是真正的天使。
尽管诗人们常常为自己的软弱感到羞愧，
他们又为何如此傲慢，真让人无法理解。

有理性的人想成为一个魔鬼的王国，
魔鬼们控制着他，用多种语言演说，
他们掌控着他的嘴和手还嫌不够，
还要把他塑造成可供他们摆布的人。

如今病态的一切居然受到人们的器重，
有人认为我是在开玩笑，乱说一通，
或者认为我又找到了一种新的方法，
拿冷嘲热讽作为对艺术的赞美和歌颂。

---

1 原文为拉丁文：“Ars Poetica？”

从前，人们读了那些充满智慧的书籍，
帮助他们减轻痛苦，承受各种不幸。
现在却完全不同，人们醉心于阅读
成千上万部描写精神病院的作品。

然而如今的世界却与我们想象的不同，
我们也有别于我们过去的胡言乱语。
只要人们还保存着沉默的正直和善良，
就能得到家人和亲友们的喜爱和尊敬。

诗歌的作用使我们觉得
一个人要始终如一，确是难上加难。
因为我们敞开大门，门上没有钥匙，
不认识的客人随意进出，毫无阻拦。

我说的话似乎超出了诗歌的范围，
但是，诗歌的写作并不自由也不情愿，
而是受着可恶的压力，只是希望支配
我们的是善良的精灵而非恶煞凶神。

一九六八年
伯克利
（林洪亮　译）

我的忠实的母语

我的忠实的母语啊，
我一直在为你服务。
每天晚上我都要把各种颜色的碟子摆在你的面前，
你就有了你的白桦、蟋蟀和金丝雀，
它们都保存在我的记忆中。

这样持续了很多年。
你就是我的祖国，我再没有别的故国。
我认为你就是一位天使，
在我和那些好人之间，
即使他们只有二十个、十个，
或者他们还没有出生。

现在我承认我的疑虑。
有时我觉得我在浪费我的一生。
因为你是卑贱者的语言，
无理智者和仇恨者的语言，
他们憎恨自己甚至超过憎恨别的民族。
你是告密者的语言，
是一群糊涂人的语言，
是那些害上了自以为是的病人的语言。

但是，没有你，我又是什么人呢？
不过是在遥远国家的一位教书匠，
一个功成名就、没有恐惧和屈辱的人。
啊，是的，没有你，我又是什么人呢？

不过是个哲学家，和其他别的人一样。

我知道，这是指我的教育：
个性的荣誉被剥夺了，
面对着一个道德的罪人，
命运女神铺开了一块红地毯。
与此同时，一盏魔灯在亚麻布的背景上，
投下了人类和众神受苦受难的图像。

我的忠实的母语啊，
也许是我应该去拯救你。
因此我要继续在你面前摆上各种颜色的碟子，
尽可能使它们光亮和净洁，
因为在不幸中需要这样的秩序和美。

一九六八年
伯克利
（林洪亮　译）

那么少

我说得那么少。
短促的白天。

短促的白天。
短促的夜晚。
短促的岁月。

我说得那么少。
来不及说出。

我的心已疲惫不堪，
由于激动，
失望，
热情，
希望。

一只怪兽张开大口，
正把我活活吞噬。

我赤身裸体
躺在荒岛的岸边。

世界的白鲸鱼，
把我拖入深渊。

如今我不知道
什么才是真实。

一九六九年
伯克利
（林洪亮　译）

看黑人小姑娘演奏肖邦

弗里德里克啊，如果你看见了她
把黑手指按放在键盘上，
聚精会神地低垂着鬈发的脑袋，
一只瘦小的脚踩在踏板上，
穿着宽大的鞋子，一副无比天真的模样。
当整个大厅突然沉寂下来，
琴声如报春花徐徐开放。

如果你在半明半暗的大厅中看见
那微张着的嘴，牙齿在闪闪发亮，
钢琴奏出了你的激情和忧虑。
仿佛从旁斜射进来的一道光辉，
宛如百鸟啼鸣穿过玻璃在大厅回荡，
又像是春天降临到了你陌生的城市。
如果你听到，琴声是那样高亢激扬，
它掀起了尘雾和一道强烈的光芒，
笼罩在那颗用双手支撑的黑脑袋上，
你就会说：那是多么地意味深长。

（林洪亮　译）

幸福的一生

他的晚年适逢丰收的岁月。
没有地震，也没有旱涝灾害。
看来持续丰收的季节已趋稳定，
星星更加明亮，阳光更加灿烂。
就连边陲上也没有战争发生。
一代代的人在成长，和睦相处。
人们的理智不再是嘲讽的对象。

和如此生机勃勃的世界告别真是痛苦，
他为自己的多疑和嫉妒而深感羞愧，
为他割裂的记忆随他一起消失而欣慰。

在他死后两天，一场飓风席卷海岸，
沉睡了百年的火山又喷出了烈焰。
岩浆湮没了森林、葡萄园和城镇。
海岛上的一仗宣告战争的开始。

一九七五年
伯克利
（林洪亮　译）

凌　晨

逝去时代的
奔驰的马群。

晨曦在扩展，
广袤地覆盖着世界。
我的火把暗淡，天空更加明亮。
我站在潺潺河水上的岩洞旁，
晨曦中一轮银月高悬在群山之上。

一九七五年
卢尔德
（林洪亮　译）

孤独研究

是沙漠中远离水渠的守护者?
是沙石要塞中的一个人的守卫?
无论他是谁，都能在黎明时看见起伏的山岭。
灰烬的颜色，在消融的黑夜之上，
融合着紫罗兰色，接受流体的胭脂，
直到它们站起，变得巨大，在橘红色光里。
日复一日，年复一年，他都没有看出，
这光辉是为了谁?他在想:是为了我一人?
但在我死后，它依然会继续留在这里。
在蜥蜴眼里，它是什么?是否被候鸟看见?
如果我是全人类，可他们之中却没有我?
他知道叫喊无用，因为没有人去救他。

一九七五年
伯克利
（林洪亮　译）

河　流

我以各种不同的名义赞美你们，河流！

你们是牛奶、是蜂蜜，是爱情、是死亡，是舞蹈。

从神秘的洞里长着苔藓的岩石中冒出来的一股清泉。

那是一位仙女从她水罐里倒出来的活水。

这股清澈的泉水在草地下面形成了潺潺溪流。

你和我的跑步均已开始，有称赞，有迅速通过。

我把脸朝向太阳，赤裸着，还没有入水就划起了桨。

橡树林、草场、松树林都一闪而过。

每个转弯处都在我前面敞开了许诺的大地。

冒烟的村庄，昏昏欲睡的畜群，岸上的燕子，沙崖。

慢慢地，一步一步地，我走进了你的水中。

河水默默地淹到了我的膝盖。

直到我把自己交给了它，它把我带动，我游了起来。

经过一个胜利的中午所反映出来的宏伟的天空。

仲夏夜开始时，我来到了你们的岸上。

当满月出现时，仪式上的嘴唇和嘴唇紧紧相连在一起。

就像在那时一样，我在自己身上听见码头的水响声，

听见呼唤、拥抱和爱抚。

我们随着被淹没城市响起的钟声离开了。

古代祖祖辈辈的使节欢迎那些被遗忘的人。

你那永不停息的水流带着我们前行、前行。

没有现在、没有过去，只有永恒的一刹那。

一九八〇年

伯克利

（林洪亮　译）

啊

啊，幸福！看那鸢尾花
木蓝的颜色，像艾娜以前穿过的裙子，
优雅的气味，和她的皮肤一样芬芳。

啊，要描写鸢尾花是多么麻烦，
当它开放时，还没有任何的艾娜，
也没有我们的王国
和任何一个国家。

（林洪亮　译）

这个世界

很显然，这是一场误会，
实话实说，那只是一次试验。
河流会立即返回到它们的源头，
风将在它旋转的地方停住。
树木不是要吐芽而是转向了树根，
老人们在跟着球跑，
朝镜子望去，重又变成了儿童。
死者惊醒过来，令人难以接受。
直到发生的一切都消失不见了，
多么欣慰！饱受痛苦的你们
好好喘口气吧。

（林洪亮　译）

安娜 · 卡明斯卡

（一九二〇年至一九八六年）

波兰诗人，出生于卢布林省的克拉斯内斯塔夫镇。一九三七至一九三九年在华沙教育学院学习。二战期间在故乡农村参加抵抗运动，从事地下教学工作。战后在罗兹大学攻读古典文学。一九四六至一九五二年在《农村》周刊编辑部工作，一九五二至一九五七年参加编辑《新文化》周刊，自一九六八年起在《创作》月刊编辑部工作。

卡明斯卡于一九四五年首次在《复兴》周刊上发表诗作。她的诗歌中最常见的是生与死的主题。她竭力探索稳定的审美价值，并认为这种价值的源泉首先存在于古典文化和基督教文化之中，因此她的诗在风格上颇受圣诗和连祷文的影响。她曾于一九五九年获保加利亚笔会文学奖，一九七一年获波兰文化艺术部二等文学奖。

多么可笑

怎样才算是个人
鸟儿问
我也说不清
本是自己皮囊的囚徒
却追求无穷尽的境界
本是短暂一瞬的俘虏
偏又想触及永恒
既是可悲地缺乏自信
又是不放弃希望的狂人
既似霜雪
又像酷热
虽然呼吸着空气
却又默默地窒息
一边燃烧
一边又用灰烬筑巢
啃着面包
却被饥饿煎熬
由于无爱而死亡
却在死亡中把爱寻找

鸟儿说：这多么可笑
说完便嗖的一声飞走

（易丽君　译）

我曾生活过又死了……

我曾生活过
又死了
更多的事我记不清
似乎有过一条绿色的河
一棵绿色的树
一对绿色的眼睛
为这些曾有过那么多的叫喊
那么多的哭声

（易丽君　译）

钥　匙

小男孩胸前挂着家门的钥匙
用条长长的小皮带
这是无家的标志
他胸前吊着的家是那样空虚
使他不想回去
无人的居室已失去家的真实
妈妈走时叮嘱他别丢了钥匙
午饭放在温箱等他回去吃
有一天他却丢了那把钥匙
就像梦中的鸟儿转来转去
他撕破了胸口的皮
钥匙原本挂在这里
我遇见他在我漂泊的路上
可我一点也帮不了他的忙
我已把自己所有的钥匙丢光

（易丽君　译）

克日什托夫·卡米尔·巴钦斯基
（一九二一年至一九四四年）

诗人。他在德国法西斯占领期间，曾和出版《火焰》《道路》等刊物的波兰左派有联系，参加过一九四四年的华沙起义，在战斗中牺牲。

马佐夫舍

一

马佐夫舍、比亚塞克[1]，维斯瓦河和森林，
这是我的马佐夫舍，既平展又宽阔，
潺潺的溪水上映照着闪烁的星星，
松树林里有一条大河从那里流过。

昨天我在这里还听到了密集的枪炮声，
像有一双大手在使劲地鼓掌，
可是今天，这里的森林把战场上
留下的盔甲和牺牲者的尸骨全都覆盖。

二

我原以为，这里是一堵花岗岩的城墙，
有第四军团的盔甲和武器，
炮弹发射后，冒出了
像云雾一样的浓烟。

三

绿草地啊！你在呼吸着新鲜的空气，
田野里播下了新的麦种，
我要亲吻这片土地，

1　马佐夫舍、比亚塞克：波兰地名。

感受了它那温馨的气息。

维斯瓦河啊！你可记得，在这片林子里
战斗过你的起义的儿女？
不屈的土地啊！我看见他们衣衫褴褛，
一个个就像那枝叶枯黄的树干。

四

一八六三年，起义的枪声响了[1]，
一阵风吹来，战士的心都碎了，
这难道是爱，是生命？
是雪花，是眼泪？

五

比亚塞克，你记得吗？土地啊，你可记得？
战士们用来捆绑武器的皮带都断裂了，
他们的面孔和军服覆盖着神圣的尘土，你记得吗，
这就是你的儿孙，在阳光普照大地的时候。

六

一代又一代的波兰人！
你们有过自由，现在，
荒漠已变成了森林，
道路是艰难的，
但铁犁正在田野里耕种。

1 指一八六三年一月在华沙爆发的波兰抗俄民族起义。

七

可是现在，祖国的土地上又失去了那片蓝天，
一些人昧着良心，行尸走肉，
每一块面包都留下了被火烧过的痕迹，
于是又面临着死亡的威胁。

比亚塞克，你可记得，那乌黑的血
流进了一大片墓地里？
孩子们的尸体旁长满了荆棘，
身上被打得皮开肉绽。

比亚塞克！孩子们、妇女、
农民和战士，
都会来到你的身边，他们高喊：
“波兰，起来吧，波兰！”

维斯瓦河啊！多少年来，
你用你那条粗布裙子护卫着这个民族！
如果我在战斗中牺牲，请赐给我一个名字！
因为你是不屈的土地，属于战士的土地。

一九四三年

（张振辉　译）

塔杜施·鲁热维奇

（一九二一年至二〇一四年）

波兰著名诗人、剧作家和小说家。生于罗兹省腊多斯科县，德国法西斯占领时期进了一个士官学校秘密开办的学习班，毕业后参加过波兰战前政府领导的国家军游击队的战斗。鲁热维奇一生创作颇丰，尤其是在诗歌和戏剧创作方面，取得了突出成就，曾多次获诺贝尔文学奖提名。

得　救

我二十四岁那年，
被押送到刑场上，
可是我得救了。

一些毫无意义的称呼，
其实只有一个意思：
人和兽，爱和恨，
敌人和朋友，
黑暗和光明。

人和人就像野兽一样
自相残杀。我见过
那一车又一车
没有得到拯救的
被砍杀的人们。

德行和罪恶，
真理和欺骗，
美和丑，勇敢和怯懦，
实际上是一个概念。
德行和罪恶的价值一样，
我见过
有德行却犯了罪的人。

我要找到一个教师和一位巨匠，
请他们恢复我的语言和视听，

请他们给那些物件和概念一个称呼，
请他们将光明和黑暗分开。

我二十四岁那年，
被押送到刑场上，
可是我得救了。

（张振辉　译）

多么好

多么好，
我真可以在林子里
采摘野果以饱口福了，
我原以为，既没有野果也没有树林。

多么好，
我真可以在树荫下乘凉了，
我原以为，
树木不会投下阴影。

多么好，
我真可以和你在一起了，
我的心也跳得更快了，
我原以为，人是没有心的。

（张振辉　译）

父 亲

老爸的身影
永远在我的心中，
他一生不知道节约，
死后没留下分文。
他不曾一点一滴地积攒，
既没有买下一处房产，
也没有买过一块金表。

他像鸟一样地快活，
从早到晚地歌唱。
一天又一天。
可是
请你说说，
一个低级职员
许多年来，
怎能这样地生活？

我记得他常常戴着
一顶破旧的帽子，
口哨吹得很好听，
吹的是一首欢乐的歌，
他坚信他一定会
跨入天堂的大门。

（张振辉 译）

黑　色

我不相信，
我对醒来和熟睡，
都不相信。

我对我生活的这边和那边
都不相信，
我很不相信，
我公开地表示不信，
就像我母亲那样，
很不相信。

我吃面包的时候，
喝酒的时候，
都不相信，
我不相信我会爱护我的身体。

我不相信
他的神庙，
也不相信他的祭司和记号。

我不相信城里有街道，
不相信有田地和雨水，
不相信有空气，
不相信有喜报。

我在读他的寓言，

像麦穗一样地单调，
我想到了上帝，
上帝也没有对我露出笑脸。

我想到了那个小的上帝，
他在流血。
我想到了童年时用过的
那些白手绢。

我想到了黑颜色，
它分散了我的目光，
我现在
要死了。

（张振辉　译）

一个字母

他们来到了集市上，
死的时候，
还咬着
一个单词，
一个字母，
要把它记住。
如果是“英雄”
这个词，
就不单是一个字母；
如果是
字母“C”。

如果说的是一个单词，
说的是历史的意义，
说的是他们的英雄，
我们的，
他们的，我们的，
你们的。
亲人的血，
过去的血，
这血中有一些
掉了牙的老人说过的话，
这些老人在咬着一些
烧成了灰被埋葬的骨头。

年轻人的血

从空虚流向了空虚。

一些公司算的是
有多少尸体，
焚人炉里有多少烟火。
你们听见
狗在吠叫吗？
还有各种各样的
民族主义者，
他们只说了一句话：
“用仇恨去宽恕别人。”

你们见到了一些老人
站在一个知名和不知名的士兵
的坟墓上吗？
他们用仇恨毒化了
他们的儿孙
年轻的脑袋和心。

要知道：
我们有个不知名的诗人说过：
“过去、死亡和痛苦并不是上帝的创造，
而是那个撕毁了法律的人的创造……
过去也就是今天，是今天的延续……”

（张振辉　译）

雾中的女人

大雾，大雾，
雾中有树，
这不是树，是人影，
在雾中闪动，行走，
已经离去，
消失不见了。

雾中东倒西歪的那些灌木
伸出了枯干的枝丫。
还有夏日的蛛网
结成了一个白色的线团，
这线团在母亲身旁变黑了，
在地上，在站在窗旁正等待着的
那个女人的身旁变黑了[1]。

红色的线团心连着心[2]，
是那么温暖，
这是
蛛网的心。

你见到了阳光，
像阳光一样，令人赏心悦目，
你和一个不认识的女人

---

1 变黑意味着死亡。

2 红色象征坚贞的爱情。

面对着面，
可她已变成了阿拉克涅。[1]

（张振辉　译）

1　阿拉克涅：希腊神话中的一个纺织女工，她曾和智慧女神与女战神雅典娜比试技艺，而且比赢了，但她却受到了这个女神的惩罚，变成了蜘蛛。

惊 慌

我五六点钟就醒来了，
我轻蔑自己，
我起床了，
我陷入了惊慌，
但我在触到什么之前，
在触到什么之前，
没有逃走。
我不愿也不能逃走，
我不敢说“逃走”这个词。
大概是
从远方来了一个兄弟，
从远处来了一个……死神[1]。

我没有逃走，
因为我一下子惊呆了，
我藏了起来，
把脸捂在手中。
窗外乌鸦呱呱地叫着，
马车发出了信号，
已经准备好了。

（张振辉　译）

1　上面三句的原文是德文。

玫　瑰

玫瑰是美丽的花，香味清新
它也曾是一个姑娘的芳名

玫瑰花受到摧残
姑娘在忍受熬煎

玫瑰发出愤怒的呼叫
金发姑娘却在沉默中死去了

鲜血染红了玫瑰花瓣
红衫却再也不能把姑娘装点

辛勤的园丁再度培植玫瑰花丛
幸存的老父却因悲痛而发疯

自你牺牲已流逝了五载光阴
你是无刺的玫瑰，是爱之魂

如今园子里又是玫瑰盛开
生者的记忆和信念却不复回来

（易丽君　译）

月光下

月色如霜
街巷空荡
家家闭户
人去匆忙

月色如霜
人已殇亡
生命熄灭
天地茫茫

月照颓垣
人面苍黄
死者无言
月笼哀伤

（易丽君　译）

我的诗

我的诗
什么也不说明
什么也不解释
什么也不排斥
什么也不希冀
也并非自成一体

不创造新的格律
不参加文字游戏
它有自己的使命
走自己的路，坚定不移

倘若它不够隐晦神秘
倘若它称不起标新立异
倘若它未能出语惊人
显然是出于天意

它听从自身的需要
发挥自身的能力
克服自身的局限
立足于自己战胜自己

它不能取代别的诗歌
也不能为别的诗歌代替
它对读者敞开自己的胸怀
从不矫揉造作扑朔迷离

它有许多任务要去完成
可又自叹力不能及

（易丽君　译）

米朗・比亚沃舍夫斯基
（一九二二年至一九八三年）

波兰诗人，出生于华沙，二战中在地下的华沙大学攻读波兰语言文学和新闻。一九四四年华沙起义失败后，被送往德国强制劳动。战后回国，曾当过邮局分信员、投递员，也当过记者。一九四七年首次发表诗作《起义的耶稣》。

他的诗怪僻、荒诞，有时近乎文字游戏。他常反映生活在当代文明隙缝里的倒霉知识分子的玩世不恭态度和作家本人对于追名逐利的社会的蔑视。早期诗歌把注意力集中在当代文明不肯光顾的事物和环境：破旧家具、破衣烂衫、废物堆、自由市场上的便宜劣货、肮脏破烂的郊区和小城镇风光，乞丐歌谣中的世界。六十年代末期后，他热衷于记录杂乱无章、荒唐可笑的日常生活琐事，使用了大量的俗语、俚语、行话、黑话，诗中充满了残缺不全的病句、错句，完全不合语法规范。他作为有争议的诗人受到批评界的重视。他于一九七一年获波兰文化艺术部二等文学奖，一九八〇年获华沙市文学奖。

我是灯塔看守人

我是卫兵，
是灯塔看守人。
我从蚂蚁窝里
发电讯。

你们不要迷航。
你们要互相谦让，
不要彼此碰撞。
可是我们不退让，
只好改变方向。
我们到了天上。
你们，都只好飞翔，
因为地上挤得慌。

（易丽君　译）

迸　发

先是在长长的睡梦中
我听见
电梯上下匆匆
我起床，出门
傍晚我按电钮
全然不管用
电梯仍在大逞凶
我朝里边一望
有人困在其中
原来是电梯发了疯
劫持了十层的妇女
上下不停飞奔

（易丽君　译）

维斯瓦娃·希姆博尔斯卡

（一九二三年至二〇一二年）

波兰著名女诗人（又译辛波丝卡）。生于大波兰的布宁，一九三一年全家移居克拉科夫，中学未毕业便遭希特勒入侵波兰。一九四五至一九四八年在克拉科夫的雅盖隆大学攻读波兰语言文学和社会学。一九四五年三月，她在《波兰日报》上发表处女作《我在寻找词句》。一九五二年出版第一部诗集《我们为此而活着》。嗣后相继出版了《向自己提问题》《呼唤雪人》等九部诗集。一九九六年荣获诺贝尔文学奖。获奖后又出版了《一瞬间》《冒号》和《这里》等诗集，她一生还写有大量的短文，以《推荐读物》的书名出版。二〇一二年二月的一个晚上逝世于克拉科夫家中。

居里夫妇的爱情

发现镭

喧闹的街道已经沉寂，
和睦家庭的窗光也已熄灭。
寒风钻进了破旧的棚屋，
把灯台上的烛光吹得摇曳不定。
沙尘打在器皿上发出了呻吟，
薄薄的玻璃也在丁零晃动。

——太晚了，马丽亚，该回家了。
——唉，彼得，我怎能睡得着呢？

第四个希望之年来临，
那座锈迹斑斑的大门，
正在坚毅精神的抵压下颤抖，
他们正在为一排排数字苦恼，
被上百次试验之火炙烤，
人已深入到它们的核心。

——马丽亚，你可怜的手指都出血了。
——彼得，你的双鬓也变花白了。

夜幕已降落在巴黎和华沙。
哪里闪耀出这微蓝的光芒？
那是一小撮灰色的粉末，
在发出其独特的亮光。

第一次露出了它简朴单纯的形态，
而它的光源具有巨大的能量。

——马丽亚，我们的劳动并没有白费。
——彼得，我了解“一起”这个词的含义。

彼得逝世后

悲伤并没有把她的头发散乱，
也没有令她大声地悲恸哭泣。
这位寡妇沉默着，一声不响，
她相信这是她做的一场噩梦。
这是死亡。这死亡就像把一棵
年轻而又挺拔的大树砍断。
若是你把这棵树摇动一下，
它便立即倒下，再也无法站起……

实验室里有如博物馆一样，
静止的物品排列得整齐有序，
这里就连翻动书页的响声
也不会引起任何的回响。
记事本上——句子中间停顿。
计算的过程还没有完成，
纸页也还来不及变黄，
墨水也还没有颜色变深。

这是洒下初次泪水的时刻，
这是哭泣时脊梁抽动的时刻。
身着丧服的女人脸色苍白，
低低地弓身在图纸上。

她正在画一条粗大的线条，
这线条正在向上不断地增长。

而眼泪——决不能让它落下，
因为它会使数字模糊消失。

后　记

我欢呼积雪消融的春天，
大地定会有好的收成。
我问候房屋的第一块砖，
那里将会有孩子们的欢笑声。
我歌唱在路上跨出的第一步，
世世代代的人会沿着它前进。
我赞着爱，它的光辉
将照耀我们这个伟大的时代。

（林洪亮　译）

钥 匙

有钥匙，但突然丢失，
我们该怎样走进家门？
也许有人会拾到那把钥匙，
他看了看——这对他有什么用？
于是他走了，又把钥匙扔弃，
就像扔掉一块废铜烂铁。

我对你的爱情，
如果也遭到这样的命运，
这对于我们，对于全世界，
这种爱情都会令人悲痛万分。
即使被别人的手拾起，
也无法打开任何一扇房门，
只不过是一件有形的物品，
那就让铁锈去把它毁掉。

不是书本，也不是星星，
更不是鸣叫的孔雀，
安排了这样的命运。

（林洪亮　译）

任何事物都不会发生两次

任何事物都不会发生两次，
重现时也不会完全相同。
因此，我们出生时毫无经验，
我们死时也总是感到陌生。

虽然在全世界的学校中
我们是最懒最笨的学生。
但我们也不会去重读
任何一个夏天和冬天。

决不会有两个相同的白天，
也不会出现两个相同的夜晚。
决不会有两个相同的亲吻，
也不会有两种同样的眼神。

昨天，有人在我身边
大声说起你的名字。
这对于我，犹如从敞开的
窗口扔进了一枝玫瑰花。

今天，当我们再次重逢，
我却把脸孔转向墙壁。
玫瑰花？玫瑰花怎会如此丑陋？
难道这是鲜花？也许就是石头？

为什么你，可恶的时辰

会和不必要的恐惧混在一起？
你来了——但你又必须离去，
你离去——却又如此地美好。

我们微笑着，两人紧紧相拥，
试图在寻找我们的一致之处，
但我们依然有所不同，
就像两滴纯净的水珠。

（林洪亮　译）

博物馆

有菜盘，却没有激起食欲的佳肴，
有戒指，却没有相互爱恋的配偶，
如此情景已持续了三百年之久。

有扇子，哪儿有轻摇它的娇羞美人？
有利剑，哪儿有使用它的愤怒剑客？
有诗琴，却无人在黄昏时分把它拨动。

由于世上缺少万物不变的永恒，
人们才收集了成千上万件古董。
年老的看守人在甜美地打盹，
一把胡须散摊在小展览台上。

金银铜铁，泥塑玩具，鸟羽，
都在默默地经受着岁月的检验，
只有一支埃及女人的发簪在窃笑。

那顶王冠曾为多少的帝王加冕，
那双手套比戴过它的手更长远，
那只皮鞋也大杀穿过它的右脚的威风。

我却依然活着，请大家相信，
我和衣裙的竞赛并没有停止，
可是它还是那么地执着坚定，
竟想超越我的生命。

（林洪亮　译）

墓志铭

这里躺着一个老派的女人，
像个逗点。她是几首诗的作者，
大地赐予她永久的安息，
虽然她从未加入任何文学派系。
她的坟墓没有豪华的装饰，
除了这首小诗、牛蒡和猫头鹰。
路人啊，请你从提包里拿出计算器，
去思考一下希姆博尔斯卡的命运。

（林洪亮　译）

写作的愉快

笔下的母鹿穿过书写的森林想奔向何方？
笔下的母鹿是否想喝书写在纸上的水？
水面就像一张复写纸，映出了它的嘴脸。
它为何抬起了头？是否听见了声响？
它挺立在从真理借来的四蹄之上，
在我手指的抚摸下竖起了耳朵。
寂静——这个词在纸上沙沙作响，
也覆盖了这笔下森林的枝枝叶叶。

在白纸上飞跃跳动的字母，
是可以随意地排列组合，
组成团团围困的词句，
使之无路可逃。

一滴墨水蕴含着丰富的内容，
猎人们眯起了他们的眼睛，
他们沿着陡峭的山坡朝下飞奔，
围住母鹿，举起猎枪瞄准。

他们忘了这不是真实的生活，
而是另一种黑字白纸的世界，
支配这里的是其他法则。
我能让瞬间随意地延长，
还能让飞行子弹戛然停住，
把子弹的飞行切割成许多细小的永恒。
如果我坚持，这里的一切将永远不变，

没有我的意旨，一片树叶也不会掉落，
一根草叶也不敢在蹄子下面弓身弯曲。

那么是否真有这样一个世界，
能让我随心所欲去掌控一切？
能让我用字母的锁链绑住时间？
能让听命于我的存在绵延不断？

愉快的写作，
可以流传千古，
为凡人之手复仇。

（林洪亮　译）

一粒沙的景象

我们称它为一粒沙，
但它自己并不叫沙。
它无名无号地存在着，
既无笼统的名号，
也无专门的称呼，
既无短暂的或永久的名称，
也无谬误的或正确的名称。

它不在乎我们的注视和触摸，
它也不觉得自己被看、被摸。
它掉落在窗台上的事实，
那也只是我们的而非它的经验，
对它来说落在任何地方全都一样。
无法断定它已经掉落，
还是正在掉落。

窗外是美丽的湖上风景，
但湖上风景却不能自我欣赏。
它无色、无形、
无声、无响、
无味、无痛，
存在于这个世界中。

湖底深不可测，
湖岸茫茫无边。
湖水感觉不出自己是湿还是干，

波浪是单个的还是接连不断。
也听不见自己拍打
无所谓大小的石头的声响。

万物在天空下本无天空，
太阳落山又根本没有落下，
在那片不由自主的云层后面，
它隐没又没有隐没。
风在吹，除了吹之外，
别无其他理由。

一秒钟过去了，
又过了第二秒钟，
第三秒，
但这只是我们的三秒钟。

时间犹如传送快件的信差疾驰而过，
然而这不过是我们的比喻。
人物是虚构的，速度是假设的，
传递的也不是人的信息。

（林洪亮　译）

一部分人喜欢诗

一部分人喜欢诗，
也就是说不是全体，
甚至不是大多数，而是少数。
不包括必须阅读诗歌的学生
和诗人们自己，
而诗人只占千分之二。

他们喜欢诗，
也同样喜欢面条肉汤，
还喜欢恭维奉承和蓝色。
他们喜欢旧围巾，
也喜欢表现自己，
还喜欢抚摸小狗。

诗歌，
可诗又是什么？
如果你向他们提问，
他们的回答都会支支吾吾，
可是我不知道，我不知道，
只好抓住这救命的扶手。

（林洪亮　译）

结束和开始

每次战争过后，
总要有人去清理，
把战场收拾干净，
而收拾是不会自行进行的。

总要有人把瓦砾
扫到路旁边，
好让装满尸体的大车
畅行无阻地驶过。

总要有人去清除
淤泥和灰烬，
沙发的弹簧，
玻璃的碎片，
污血斑斑的破衣烂衫。

总要有人去运来木头，
好撑住倾斜的墙壁，
给窗户装上玻璃，
给大门安上搭扣。

这些工作不会立即完成，
它们需要好多年。
所有的摄影机，
都去了别的战场。

桥梁需要修复，
车站需要重建，
袖口一卷再卷，
都已卷成碎片。

有人一拿起扫帚，
便会想起发生过的战争。
有些人侧耳倾听，
点点他那完好的头。
有些人东张西望，
感到索然无味。

常常有人
在树丛下挖出
锈坏了的刀枪，
并把它们扔进了垃圾场。

那些目睹过战火的人，
不得不让位给
不甚了解战争的人，
对战争了解较少的人，
了解特少的人，
甚至是那些一无所知的人。

还会有人躺在
即已掩饰了前因
后果的草丛中。
嘴里咬着草根，
眼睛望着浮云。

（林洪亮　译）

告别风景

我不悲春，
春已回大地，
我不会责怪
年年春相似，
在尽自己的责职。

我知道我的忧愁
不会让新绿停止，
一根芦苇摇动，
那是风吹的缘故。

河边柳树成行，
才会使我痛苦，
是什么在沙沙响？

我听到一个消息，
他仍活在世上。
那个湖泊的堤岸
风景依然如故。

我毫无怨言，
那阳光下令人目眩的港湾
真是美不胜收。

我甚至能够想到，
那些和我们不同的人，

此时此刻正坐在
被砍倒的白桦树干上。
我尊重他们的
低声说话、微笑
和幸福地沉默的权利。

我甚至敢来打赌，
把他们联在一起的就是爱情。
他用有力的臂膀，
将她紧紧拥入怀中。

也许是新孵出的小鸟，
在芦苇丛中鸣叫。
我真诚地祝愿
他们能够听到。

我对岸边的波浪，
并不希冀有所改变，
浪花时缓时猛，
全不听从我的旨意。

我对林边湖水的色调
没有任何的要求。
时而碧绿，
时而湛蓝，
时而一片幽暗。

唯有这点我不同意——
让我回到那里。
这居留的权利，

我愿意将它放弃。

我比你经历更多，
但也只够我
从远处去回忆往事。

（林洪亮　译）

一见钟情

他们两人都深信，
是一种突发的激情联结着他们。
这样的自信是美丽的，
但犹豫不定更加美丽。

既然他们素不相识，于是两人都认定
他们之间从未有过任何的瓜葛。
也许在街上、楼梯和走廊上，
他们早就曾擦身而过。

我想问问他们，
难道他们都不记得
也许在旋转门里，
曾面对面地碰在一起？
或许在拥挤时说过“对不起”？
或许是话筒里的“打错了”的致歉声？
——然而，我早就知道他们的回答：
是的，他们都不记得了。

他们感到惊异，当他们得知，
缘分已经玩弄了他们
很长的时间。

他们尚未完全做好
改变命运的准备，
命运时而拉近他们，时而疏离他们，

拦阻他们的去路
抑制住吃吃的笑声，
然后闪到一旁。

曾有过一些迹象和信号，
他们不能解读无关紧要，
也许是在三年前，
或许是在上个星期二，
有一片叶子
从这人肩上飘到另一人肩上？
也许是件东西丢掉了又捡了回来？
谁知道，也许是消失于
童年丛林中的一只皮球？
也许是他们早先
就一再触摸过的
门把手和门铃。
并排放在寄存处的手提箱。
也许在同一个晚上
他们做着同样的梦，
醒来之后便变得模糊不清。

然而每个开始
都只是它的继续，
那本充满故事的书籍
总是从半中间打开。

（林洪亮　译）

三个最奇怪的词

当我说出“未来”一词，
第一个音节便已成为过去。

当我说出“寂静”一词，
我就立刻打破了这种寂静。

当我说出“无”一词，
我就是在无中生有。

（林洪亮　译）

兹比格涅夫·赫贝特
（一九二四年至一九九八年）

波兰诗人，出生于利沃夫。二战期间在地下中学毕业，一九四三年在地下的克拉科夫雅盖隆大学攻读波兰语言文学，同时作为国家军战士参加地下反法西斯活动。一九五〇年定居华沙，在华沙大学旁听哲学系的课程，并曾在克拉科夫商学院攻读法律和经济。商学院毕业后，他作为经济工作者从事过多种职业。一九六五至一九六八年在《诗刊》编辑部工作。

赫贝特于一九四八年开始发表诗作，至一九五六年才出版第一部诗集《光弦》，收集了过去十五年中散见于各报刊的作品，一九七四年出版反映哲学思想“我思故我在”的著名诗集《科吉托先生》，受到社会的高度重视，被誉为波兰当代新古典主义的代表、哲学诗人。

赫贝特常以欧洲古典文化和古代历史为背景，思考当代文明和人类存在的意义，借助古代神话、古代历史、古典艺术和文学形象，用反讽和譬喻以古喻今、以古讽今，表现当代文明中的精神和道德冲突，融哲学和诗为一体。他曾多次获得诗歌竞赛奖，两次获得奥地利文学奖（一九六五年和一九七三年）。

遗　嘱

我把自己暂时占有的一切
传给四种自然力

把思想传给火
让火燃烧得更加绚丽

把一粒不育的种子——我的躯体
传给我挚爱的土地

把我的文字和双手传给空气
还有思念——它本是徒劳无益

最后剩下的传给水
让它成为一颗水珠
在天地之间循环

让它变成透明的雨
变成霜花雪片

让它永远也上不了天
让它飘向我的土地的泪谷

让它变成纯洁的清露
耐心地滋润坚硬的泥土

不久我将归还给四种自然力

把我暂时占有的一切

——我将永远不能回到平静的源泉里

（易丽君　译）

小石头

这平凡质朴的小石头
却是个完美的创造物
它安于大自然的赐予
从不跨越自身的界线一步

真正符合石头的含义
不爽毫厘

它的气味不会引起任何联想
既不会招致惊慌，也不会勾起欲望

它的热情和冷淡
都有道理都充满了尊严

当我把它握在手中
便感到深切的不安
怕它那高洁的躯体
沾染人的俗气

——小石头从不驯顺
自始至终会直视我们
瞪着镇定而明亮的眼睛

（易丽君　译）

岸

阴魂站在河边
河水宽阔流得缓慢
卡戎[1]在河对岸等候
河上的天空异常昏暗
（其实根本就不是天）
卡戎过来在树枝上系了船缆
阴魂从嘴里掏出一枚硬币
它被含在舌下早已变酸
阴魂坐上了那条空船
悠悠荡荡到达彼岸
一切都在无言中进行

既没有一轮明月高照
也听不见一声狗叫

（易丽君　译）

1　卡戎：希腊神话中冥河上的船夫。

母　亲

他从她的膝头滚下，像一团毛线。
快速散开，拼命逃窜。
她的手握着生命的开端。
她把他像戒指缠绕在中指，
关照着他不要跑得太远。
他却沿着斜坡一直滚去，
有时又向高处登攀。
等他回来已乱成一团，哑口无言。
再也不能回到她膝上甜蜜的宝殿。

伸出的双手像座古城在黑暗中闪现。

（易丽君　译）

哈克达马

祭师们遇到了难题
介乎伦理和簿记
犹大在他们面前扔下银币
他们不知如何处理

这笔钱已经入账
登在支出的一方
编年史家们
会记入传说的一章

这银币臭气熏天
不配登入额外收入的一栏
送进金库会非常危险
它们会把别的银币污染

用它买蜡烛
不能拿到神殿去点
分给穷人又不方便

商量许久终于有了主意
用这笔款子买块地皮
建造一个墓地
让朝圣者死后安息

只有这样才算恰当
把索命的银币

还给死亡

这么个出路
可说是理想
因此
数百年来这个地方
一直声名远扬
哈克达马
血的广场

（易丽君　译）

王宫对面的一座山

米诺斯[1]王宫对面的那座山，
就像古希腊的一个剧院。
这里上演悲剧的舞台
背靠着一面陡峭的山坡。
一排排座位旁边，
有许多香馥馥的小草和美丽的橄榄枝。
观众面对着废墟
发出一阵阵掌声。

人的命运本来和大自然无关，
说小草嘲笑灾祸的发生
不过是一种想象，
一种令人厌烦和值得怀疑的想象。

另外还有一个特殊情况：
两条平行线永远不会交叉，
这就是我的真话。

（张振辉　译）

1　米诺斯：希腊神话中克里特国王，宙斯和欧罗巴的儿子。

为什么是古典作家

一

在关于伯罗奔尼撒战争的第四部书中，
修昔底德讲述了他那次失败的远征。

统帅们冗长的演说，
战争带来疫病的流行，
数不清的阴谋诡计
以及各种外交努力。和这些相比，
这次远征就像森林里的一片针叶，
不过是历史长河中的一个插曲。

由于修昔底德的援军没有及时赶到，
安菲波利斯的雅典移民区
被布拉西达斯占领，
修昔底德因此被判处终生流放，
永远离开了他的故乡。[1]

---

1 修昔底德是古希腊历史学家，上面讲的“关于伯罗奔尼撒战争的第四部书”是指他的史学著作《伯罗奔尼撒战争史》，这是修昔底德用了三十余年编写的一部未完成的著作，书中记的事件止于公元前四一一年。修昔底德曾在公元前四二四年当选为古希腊的将军，就在这一年冬天，斯巴达将领布拉西达斯进攻雅典在爱琴海北岸的重要据点安菲波利斯城，修昔底德指挥的色雷斯舰队驰援不力，城陷后获罪流放了二十年，直到伯罗奔尼撒战争结束后才返回希腊，不久去世。但在这首诗的作者赫贝特看来，修昔底德这次失败的远征和他后来的被流放不过是“森林里的一片针叶”，在整个伯罗奔尼撒战争的“历史长河中的一个插曲”，早就被人遗忘了，所以他要提起。

各个时代的流放者们都很清楚，
修昔底德为这些付出了多大的代价。

二

参加过今天的战争的将军们
如果遇到这种情况，
就会表示哀怨，
他们会对他们的后代，
盛赞他们的英雄行为，
说自己是无罪的。

他们还会指责他们的下属，
咒骂那些有妒忌心的同僚
和那一阵阵吹来的不怀好意的风。

可是修昔底德只说，
那是一个冬天，
他有七艘战船，
本来走得很快。

三

如果艺术要表现的是一把被打碎的茶壶，
一个受到残酷打击而痛不欲生的灵魂，
那么它留给我们的是什么呢？
是一对恋人拂晓的哭声，
在一个肮脏的小旅店里。

（张振辉　译）

题　词

请你看看我这双手，
它是那么纤细娇嫩，
就像你所说的那样，
是一枝新鲜的花朵。

请你看看我的嘴巴，
它是那么柔弱无力，
连“世界”这个词都说不出来。

我们坐在小船上摇摇晃晃，
把大风当作饮料解渴，
可是我们的眼睛被遮住了，
看不见萎谢的花朵和美丽的废墟。

我的心中燃起了思想的火焰，
一阵风吹来把风帆鼓起，
我心中的火便烧得更旺。

我要亲手把空气
雕塑成我朋友的脑袋。

我不断地背诵着一首诗，
因为我要把它翻译成梵文，
翻译成金字塔。

哪怕天上的星星都已经熄灭，

我也要把夜空照亮；
就是地上的大风变成了石头，
我也要让它使劲地吹起来。

（张振辉　译）

致切斯瓦夫·米沃什

一

旧金山海湾的上空
闪烁着点点星光，
清晨的大雾
把世界劈成了两半。
不知道哪一半更加重要，
更加美好，
哪一半不太美好，
但我不敢想象它们全都一样。

二

一大群天使临空而降，
在蓝天像字母一样
歪歪斜斜地
排成了四个字：
赞美天主[1]。

（张振辉　译）

1　原文是拉丁文。

塔杜施·诺瓦克

（一九三〇年至一九九一年）

出生于农民家庭。一九四八年开始在《柳丝》上发表诗作。他的诗以擅长描写农村景象而在波兰当代诗歌创作中别具一格。诗中反映的农村生活既富有现实性又带有神话传说中的乡村的古朴性。在形式上他继承了民歌、民谣、宗教歌曲的传统，经常模仿圣歌的形式，语言质朴而诙谐。他曾于一九六四年获布罗涅夫斯基诗歌奖；一九六五年获平塔克文学奖；一九七一年获波兰文化艺术部一等文学奖；一九七四年获波兰国家二等文学奖。

公　牛

公牛—— 一个勤奋的基督教徒，
它不能和我在一起，
它也没有妻子和儿女，
这个桌子上没有面包，
这里也没有桌子，
面包对它来说就是一堆干草，
桌子就像池子里的水一样。

公牛—— 一个勤奋的基督教徒，
小时候我把它当成我的棺材，
我在这里生活、睡觉、吹笛子，
做了那么多的事。
人们在灰土中行走，
所有的颤抖在密林中都僵化了。

（张振辉　译）

八月的祈祷

八月，八月水藻香，
可波兰却唱出了一首苦涩的歌，
起锚的吊杆变成了十字架，
浸透了汗水的铁桨长起了锈斑。

有过多少世纪，
波兰的双手都成了断臂，
就把这块铜币放在她的眼皮上！
就把这块石头放在她的嘴里！

八月，八月她躺睡在蓝天下，
她见到了大海，大海就在
她的身旁，她的上面。
袋子里装着发了霉的面包，
袋子里装了一条鱼，
口上系着一根悲哀的带子。

她睡在一口井的旁边，
似梦非梦地见到自己
在周围奔跑，
手里拿着一根权杖。

八月，八月水藻香，
可波兰却唱出了一支苦涩的歌，
原来是那里响起的一片欢呼声，
双手抓不住桨了。

就好像给颂歌包上了苦艾的叶子，
在一个字的下面放了炸药，
星星照亮了冻僵了的海船，
连着身子的那只手会长得很大。

（张振辉 译）

待客赞美诗

欢迎耕牛前来拜访我
祝老牛在我家过得快活
请允许我脱下皮鞋
赤着脚请你入座

趁你的舌头尚未触到干草
尚未尝到桶里咸水的味道
请允许我屈膝跪下
给你大腿的伤口涂上油膏

等你喝足吃饱
在椅子上舒舒服服坐好
我们会一起把蹄子搔一搔
报答它们付出的辛劳

耕牛在我桌旁打盹
桌上是轭头、犁和棕绳
请允许我搂抱你的脖颈
既然你是我的兄弟和客人

然后我给你笼上轭头
牵着你往田地里走去
牛啊，你迈出的每一步
你翻耕出的每一块泥土
我都在你的皮肤上做下记录

以便有一天当你站立不稳
倒在耕地上筋疲力尽
好叫你能听一听
儿孙从你的皮上读到
亚当、大卫
和母亲夏娃的名
她用自己的乳汁哺育人类
不论黄昏还是清晨
她总是在你身旁哺乳不停

（易丽君　译）

妹　妹

在那遥远的村庄，青灰色的炊烟轻扬
一幢小屋，烛台似的松树长在屋旁。
你的名字叫白夜，
盼望着绿草和春光。

可怜的妹妹，树木已静了下来，
雪就要埋到膝盖。
杜鹃鸟在对你歌唱，
梦中充满了干草的芳香。

我从寂静的晨曦中走来，
谁也不会向我投以青睐，
只有你会给我把门敞开，
我会摸摸你的头表示我的爱。

我的抚摸会止住你的哭声，
会平缓你那不安的心怀，
小伙子会从圣诞树下出来
亲吻你的膝盖。

可是没有小伙子，只有一条幽暗的河
在静静地流，脚从沙上蹚过。

（易丽君　译）

波赫丹・德罗兹多夫斯基
（一九三一年至二〇一三年）

诗人、作家和剧作家。有诗集《有这么一株树》《我的波兰》等。这里选译的《在塔特拉山中》可以看成一首爱情诗，也可以说是诗人对美好理想的追求。

在塔特拉山中

你的足迹遍及塔特拉山的雪地，
时而显现，时而隐匿。
我跟着你，因为你的心跳，
我在奔跑中也能听见，
如果它跳得急，我便加快步履，
如果它停止跳动，我就不再前进。
我对你轻声地说，请等一等，我的性急的小姐，
难道魔鬼在我们的碗里盛了米粥！
我跟着你，你的明亮的太阳，
我瞅着你的眼睛，从黎明跑到夜晚。
当你离开我时，我在路边只见到一只山羊。
我独自一人在塔特拉山中，
塔特拉山使我感到寂寞和空虚。
如果没有你，这里的山峰、岩石、
山谷和瀑布都将失去它们的英姿，
这里的荣誉、阳光都会黯然失色。
我并非赶着羊群的牧童，
我是一个登山队员，攀登在你的身上，
因为你是我唯一的最心爱的人。
我的脚板踏遍了你的全身，
这不是车轮和雪橇板，这是痛苦和爱情。
你是一座高山，如果我征服了你，
如果我的头碰到了你头上的彩云，
你便不是一只山羊，你是我的妻子。
我要和你一同去山下歇息，
那时我将听到你细声细气的呼吸。

我要轻轻抚摸你的身子，
就像一头大熊抓到了一窝蜜蜂。
可我无论何时，
也不能用你来给我充饥，
我知道你是一团烈火，
永远永远也不会熄灭。

（张振辉　译）

乌尔苏娜·科焦乌

（一九三一年至今）

出生于卢布林省比乌戈拉伊县的拉库夫卡村，毕业于华沙大学波兰语言文学系，自一九六八年起在《奥得河》月刊编辑部工作，一九七二至一九七八年任波兰作家协会伏罗兹瓦夫分会主席。一九五七年在《新信号》上首次发表诗作。她曾于一九六五年获布罗涅夫斯基诗歌奖和平塔克文学奖，一九七六年获波兰文化艺术部二等文学奖。

科焦乌在诗歌创作中反映了人同周围世界的联系与人的独立性之间的矛盾，说明人的生存总是受到大自然和历史的制约。她的语言清晰、具体，富有表现力。诗的韵律自由，有时无韵。

旅　行

人
自己的影子的脚夫
在路上跌跌撞撞。
永不离身的行装
跟着人变换地方
双双都成了过客来去匆忙。
彼此既好奇又陌生
谁该把谁背在背上
他们似乎在探讨协商。
没有经验的脚夫
在烈日下挣扎。
须坚持到月上东畴……

（易丽君　译）

观　点

望是看着东西
而发现则是物的挑选
因此我想在我和我的眼睛之间
寻找一种和谐的关系

开始是有了眼睛
才逐步发现许多事情
我所有的一切都来自眼睛
它比思想和语言更老
比手势、叫喊和饥饿年轻

它是记忆的特殊筛子
有它才有看的可能性
即使是最特殊的观点
也源于睁眼的那一瞬

今天我想用手势、思想、叫喊和饥饿
跟我的眼睛求和

（易丽君　译）

我们的土地

一粒种子包着薄薄的皮
如果把它托付给土地
它会靠着茎、叶冉冉升起
一棵伐倒的树
如果被泥土掩埋
变成乌黑的煤块
也会保留下植物的风采
莫非是我们的想象过于离奇
才如此信赖地给自己套上松木外壳
深深钻进土地里？

（易丽君　译）

耶日·哈拉塞莫维奇

（一九三三年至一九九九年）

波兰诗人，出生于普瓦维，童年和青年时代家境清寒，多次辍学，从林业技术学校毕业后，长期在林区工作。一九五三至一九五四年在克拉科夫青年作家俱乐部工作，一九五六年发表第一部诗集《奇迹》，此后接连出版了十几卷诗作。一九六七年他获得平塔克文学奖，一九七五年获波兰文化艺术部二等文学奖。

他的诗歌多描写林区的大自然风光，特别是早春和初冬的山景，受波兰民歌的影响较大，诗中反映了万物有灵论的思想。他的抒情诗想象力丰富多彩，常借助童话和小动物来表达诗人对世界的观察和感受。

笔的恶习

我呆坐桌前干着急
笔像匹劣马一旁站立
任何号令它都不理

突然
不知是何契机
激情沿着诗的斜面一泻千里
像翻腾的烈焰，像强劲的秋风
横扫落叶如卷席

笔便奋蹄狂奔
飞越千壑万岭
一张又一张的稿纸
刷刷响个不停

我只好把标题
牢牢守住
让它别从桌上
滑了下去

（易丽君　译）

山　雀

森林里是玻璃世界银白耀眼，
羽色绚丽的山雀被雪映照得分外娇艳，
犹如五彩缤纷的饰物
把节日的圣诞树装点。

风儿把杉树轻轻地摇，
树枝像一把把绿色的扇子
悬空倒吊。
山雀抖动着斑斓的羽毛
在枝头蹦跳，
像一群愉快的画家
叽叽嘎嘎地说笑。

可不知哪儿一声巨响，
山雀一齐鼓动着翅膀，
像彩色的丝带
飘向了四面八方。

森林里一片空蒙，大雪纷纷扬扬，
像千百万只白鸽在空中飞翔。

只是在森林的某个角落，
一只野兔在训斥另一只野兔，
因为它用两个爪子捋着胡须，
野兔社会对这坏习惯不能忍受。

唉，爱娃呀，爱娃，
我真想把这些森林的趣事对你说说，
可是没有一个爱娃听我讲话，
虽说曾经有过……

（易丽君　译）

正　午

湖上漂着白帆
像蝴蝶的翅膀
越去越远

他俩坐在船上
水中的倒影仿佛是底儿朝天

他用手心
托着她那张似醒似醉的脸

稚气的小鸟在灌木丛中
学唱一支歌儿古老而又新鲜
他俩流浪了这许多年
终于找到了
圣林一片

（易丽君　译）

妒　忌

你是位长了鹰的翅膀的女郎
一群猞猁蹲在你的脚旁
从黄金庙宇的上方
上帝也在朝你张望

对你的倾慕填满了我的胸膛
不是对人而是对上帝妒忌得发狂
只因他日日夜夜把你端详
那沉默不语的圣像

上帝身边空有圣徒一大帮
天使们徒然像春燕围着他飞翔
可我们至高的天父
对此全不放在心上

沉重的皮袄是他举行祝福的盛装
动情的红晕照亮了他圣洁的脸庞
我看到他那仁慈神圣的目光
总是投在你的身上

你是位长了鹰的翅膀的女郎
一群猞猁蹲在你的脚旁
但愿那大胡子上帝不再朝你张望
但愿他多多去照看自己的天堂

（易丽君　译）

斯达尼斯瓦夫·格罗霍维亚克

（一九三四年至一九七六年）

出生于大波兰莱什诺市的一个知识分子家庭。二战期间在华沙度过童年。一九五一年在波兹南大学攻读波兰语言文学，不久又转学到伏罗兹瓦夫大学，毕业后曾相继在《当代》《新文化报》《文化报》《诗刊》和《文学月报》编辑部工作。自一九五五年起发表诗作，后又写小说、剧本和广播剧。

格罗霍维亚克是波兰著名的怪诞派和反唯美派诗人。他的诗荒诞不经，反映的是一个充满了贫困、黑暗和痛苦的不幸的世界，歌颂的是衰老、死亡、肉体腐烂和一些毫无诗意、残缺不全、丑陋病态的事物。因此，他又被称为丑陋派诗人。他曾于一九六二年获波兰国家三等文学奖，一九七三年获波兰文化艺术部二等文学奖。

四行诗

一

和气的太太，这里没有你，
快乐的太太，这里没有你。
我打湿了桨，
把它伸到了水底下。

水底下有水生植物，
我的桨怒气冲冲地把它们挑了上来，
快乐的太太，你在这里，
和气的太太，你在这里。

二

剑之王，这里没有你，
秤之王，这里没有你。
我站在城墙上，光着身子，
空气的翅膀把我托起。

有个白色的东西在天上飞，
严肃变成了勇敢，
剑之王，你在这里，
秤之王，你在这里。

三

坚强的智慧，这里没有你，

讽刺大姐，这里没有你。
我在追赶，我的思想
却躲在人群中。

但我会做一件事，
用手捧着脑袋来思考，
用手把你，讽刺大姐拉过来，
用手向你，乞讨智慧。

（张振辉　译）

哈尔什卡

我在克鲁普尼契拉街一间小房子里，
见到一个少女在一大堆书中，
她不漂亮，但很美丽；
她不温柔，但很感伤。

她身穿一件英格兰式的裙衣，
这是一件冬天穿的裙衣，
也包住了她的手和防寒的手套。
她学过哲学，
她在这间阴暗的房子里活动，
像在鸟窝里一样。

她要她的朋友
长时间地不要对她说话，
也不要对她笑，她最害怕笑。
她要说的话就是苦艾和马林果有什么味道，
但她心里很明白。

后来我们长时间地
走在铁路沿线和雪地里，
跟在她的身后，
像一群少年一样地无知。
因为我们过去从来没有得到过母爱。

是的，高贵的人们！
不要因为我们忘记了我们

那些最美的死者而感到遗憾，
因为最悲哀的离别是
他们早就把我们忘了。

（张振辉　译）

小步舞曲

小棺材！给我伸出你的手。
瘦马在咬嚼铁，响鼻打个不休。
赶车人已把两根胫骨塞进了头骷髅，
他手里的喇叭破洞无数。

我们乘的柩车只有一个独轮，
棺罩早已被撕成烂布筋，
可我们很高兴！我有把曼陀铃，
从弦上轰出瞎眼飞蛾一大群。

嘿，嘿，小棺材！前边有块墓地，
我们十分情愿蹲在那里，
盖上一件干裂的外衣，
说着私房话好不惬意。

耗子会来拜访我们，
猫头鹰会飞来与我们为邻，
胡狼也会爬来，张着大嘴血淋淋，
小蠹虫在咬我们的门，
咬得很轻，很轻，
小棺材，它似乎有些不忍心，
似乎有些不忍心……

（易丽君　译）

陶　醉

有种风，能撑开男人的鼻孔，
有这样的风。
有种霜，能把男人的双颚变成石头；
有这样的霜。
你对我既不是玫瑰也不是百里香，
也不是“月下的柔情”——
而是黑色的风，
而是白色的霜。

有种雨，能使妇女的朱唇变样；
有这样的雨。
有种光，能把妇女大腿的遮盖剥光；
有这样的光。
你不要在我这儿寻找坚强的臂膀，
也别想什么“信赖如珍宝样辉煌”，
只有咸味的雨，
只有金色的光。

有种炎热，能把情人们的躯体烧成灰烬；
有这样的炎热。
有种死亡，能使情人们瞪大眼睛看对方；
有这样的死亡。
于是在露水浸湿的婚礼场上
耸立起一座象牙之塔，

像炎热一样纯洁，
像死亡一样光滑。

（易丽君　译）

哈琳娜·波希维亚托夫斯卡

（一九三五年至一九六七年）

波兰女诗人。曾在克拉科夫的雅盖隆大学攻读哲学，后到美国边学习边治疗她的心脏病。她的诗歌的主题之一就是人与死亡的搏斗。她的爱情诗也很有特色。

我来自流水……

我来自流水，
来自树叶，
那急急忙忙响着的风声
使我浑身发抖。

我从夜里来，
可是这夜却不愿离去，
因为它以贪婪的眼神
正注视着天上的星星。

夜——天上的脉搏，
因为它的渴求没有得到满足，
在躯体的每一根经络中，
在指尖不停地颤抖。

我的嗓子哑了，
不得不长时间地保持沉默，
可我所有的时日，
都已驾着宽阔的翅膀，
悄无声息地离去。

（张振辉　译）

这是我的家……

这是我的家，
它的墙壁
在我想象不到的温暖的睡梦中。
我写最美的诗，
写的是孩子的头发，
可是这头发从来没有缠住我——
一个女人的手中；
我写嘴巴，它的悲哀的渴望
也没有使我在夜里感到不安；
我写爱情，它在伶俐的鸟语中，
在玫瑰花的色彩中，
在割下来的青草的芬芳中，
在迅疾落下的星星中，
在苦涩中，
也没有开出鲜艳的花朵。
蝴蝶的翅膀被剪断了，
在焰火中被烧掉了。
爱情虽然美好，
但在我的阴影中
却没有实现。

（张振辉　译）

爱尔内斯特·布雷尔
（一九三五年至今）

诗人、作家。从一九五四年开始，曾先后任《直言》《青年旗帜报》《当代》和《文学月刊》的编辑，波兰室内电影集团和华沙波兰剧院文学部主任以及“希希霞”电影集团的艺术总监。一九七五至一九七八年任伦敦波兰文化研究所所长，后任波兰驻爱尔兰大使。出版诗集《一个疯人的除夕》《公牛的自画像》《被遮住的面孔》《实用艺术》《马佐夫舍》《瓶子里的一封信》《在她微笑的彩虹上》和《金龟子》等二十余部，此外他还出版了大量的小说和电影文学剧本。

树的歌谣

虽然有人用锯子把它们锯了下来，
一排排地摆放在地上，
可是谁也不会说，
树不能砍。

在我们这个阴暗的城市里，
有形状像鹿腿一样的脚的桌子，
保险柜里的木板
被风吹得发出嗒嗒的响声；
厨柜是用粗大的松木做的，
它就像一头野牛，
被塞在巨大的壁缝里。

谁也不能说，
树不能烧。
炉子里会长出新的树林，
云杉在暴风雨中发出轰隆的响声，
它们的筋骨都连在一起。

谁也不会说，
你爱这块地板吧！
把它放在草地上就变白了，
它是我们家里的太阳。

我们这里又有
被伐木工砍下的东西。

在锯下的东西中有桌子，
夜晚你去抚摸它一下吧！
那些剩下的树枝
都哗啦啦地飞到天上去了，
印刷工们在敲打着什么，
好像要说：
小东西，祝你健康！

（张振辉　译）

为什么这么困倦……

为什么每天早晨，我们都这么困倦，
就好像每天晚上，我们都没有睡好觉似的？
为什么脸色那么苍白，两眼那么衰老？
为什么要跑得那么喘不过气来，
就好像这个地球在我们的脚底下不停地摇晃？ .
为什么这些我们都弄不明白？我们要跑到哪里去？
既然有这么多为什么，我们就要高喊:快点！快！否则我们要倒下了。

（张振辉　译）

马莱克·瓦夫什凯维奇
（一九三七年至今）

波兰诗人、翻译家。曾从事广播电台和报刊记者工作三十余年，也曾担任《新词》《诗歌》等文学刊物以及《女性与生活》周刊的总编。二〇〇三年开始担任波兰文学家联合会理事会主席。瓦夫什凯维奇的文学创作包括诗歌、散文、文学批评、翻译等多种类型，迄今共出版各类著作三十余部，其中代表作有:《午后》《每条河都叫冥河》《埃利亚达和其他的诗》《阴郁的天气》等，作品被收入多种文学选集。他的诗歌也被翻译成世界多种语言出版。

浪　漫

一

荒草的废墟、鲜花的骸骨
灌木丛病弱的骨架
垂死的太阳，悬在这片
像干毛巾一样的大地上
　　沙粒都已成灰

河水在远处，划了一个大弯
从冬天的山中流出，流进秋天
绕过夏天，不给那些赤裸的身体降温
不让骤然而至的雨滴，把她的表面搅乱

二

听到黑暗中的咳嗽
在这小小的房间
阁楼上有一只死鸽子
装饰天花板

听到咳嗽
　　　　空气
是缺乏空气
能听到窗边传来的窸窣声
来自泛黄的窗纱
一声呼吸，又一声呼吸

追逐着空间
能听到黑暗中的呼吸
听了两遍

三

在这死一般的时刻，时光也匆匆绕行
如此冷酷无情
　　　　　不破坏它肮脏的表面
昏暗中看到这头骨
在悬着的脸的上空

头骨活着，在呼吸
能听到爱的低语
或是粗俗的骂声
能听到骨骼摩擦的声音
还有情浓时牙齿的磕碰声

四

走开
　　　　那个人说
在钟的鸣响中消失
那声响像雇来的哭妇的哀鸣

消失吧
　　　　那个人说
去找到自己冰冷的巢
在大树湿滑的树根里
在荒草和蓟花的废墟中

那么就把她置于掌心
放在胸口

把稠密的手伸进虚构的发髻
带来柔软的记忆
让死去的激情复活
然后去亲吻眼眶
亲吻眼睛的回忆

一九六七年
（赵刚　译）

微 光

世界大概在这里结束。
远一点儿的地方居住的只有
幻觉、影子、幽灵，
还有回忆。其价值跟他们相称。

天色变得阴沉。
星星隐没在焦油一样乌黑的云中。
什么也看不见。听见
黑色的行星艰难地周转，
石头叶片的爆裂声，
还有失去的时间的低语，
时间一去不返。

悄然无声，
一种神奇的结构深深印入我们的脑海。
血与心的友谊的结合，
梦与森林和水的结合，
带有希望的骨头和轻微飘忽的思想结构
有如一阵难以习惯的风。

还有什么——
喧哗。大海的喧哗。
我们早就没有以自己海绵状的存在
去体验它。

这是什么？这是小小的、朦胧的、微弱的

一点儿亮光，它正要沉没到
臆想的地平线下面？
摇曳不定而若隐若现？微茫而又可怜？

咳！这忘却了名称的情感，
曾经比生命更重要，
持续的时间比一秒钟略长一点。

二〇〇二年
（赵刚　译）

母 亲

我的母亲腊月十二日迁居的天国，
并不过分尊贵威严。一张陈旧的沙发床
源于擦净的乌云，在碧空厨房的角落，
微型的暴风雪，用于神仙食品的冷藏，
美食的味道令人想起牛奶和茶。
几件昙花一现的用具，
一些家庭相片的超凡全息图，
一台荧光屏没有图像的电视机，
一台正在播送平静的好消息的收音机。

桌子漂浮在温暖的溪流上。
母亲为这张桌子欣喜若狂，
桌上铺满开花的亚麻，摆好透明的食盘。
她必须准备停当。儿子们大概会来，
神父皮奥也许会闯来，
晚餐后他们会打一场平局的桥牌。

她不像先前那样弯腰驼背。
终于她的头发重新长了出来。还是灰白，
但已在慢慢变黑。她的面孔光润，
只是双手不想恢复青春。
无法从手上赶走疲顿。
但总的说来情况不错。对星星的晶体照：
她穿着泰蕾莎的浅灰色毛衣看起来很好。

她望着电话机。

电话机——不知何故——具有心的形状，
而当它在明亮的夜晚一响，
里面就燃烧起某种
玫瑰色的火光。

她还得重新加热小牛肉的灌肠，
切天国的面包，用那种通常称为射线的刀，
将云彩做的毛巾
挂在池塘边的柳树上。

很好，天气放晴了。
柔和的太阳从四面八方照耀。
他们会在金色的黄昏降临之前赶到。

我们来了，亲爱的妈妈。

二〇〇三年

（赵刚　译）

离去的人

他找到了路。不是在他寻觅的地方：
在雨丝中，在密林深处，
在菖蒲丛，在城市闷热的街区，
在曲调间的寂静里。路就在身边，
但还得往前延展，
而他终须等到最早的初寒。

现在他顺着沙坡往下走，
怀着坚忍不拔的精神，
这顽强不会给他增添荣耀，
带着轻松的弃绝和表面的尊严。
他没有回头看，虽说还不乏引诱。
在混乱的路上，
生长着最后赞赏的残余，
冰草在枯萎，从某处飘来
泥炭和焦煳的气味。

除了地平线一无所有，
这地平线终于可以到达。
他走向太阳西下的巨大火球。
进入发红的闪光隧道，
没有悲哀，尽管带点畏惧。

抬起的手——做出认输的手势，
也许是不由自主的告别手势。
仿佛是从手上抖落最后的年岁，

也许是抖落剩下的日子。
手掌变得昏暗，只是在那些指尖
还闪耀着一个个光点。
多半是最后的光焰。

二〇〇四年
（赵刚　译）

星　星

就在城市的前面，
在初夜的雾和烟结合的地方
露出一颗低垂的星星。
出乎意料的星辰像在黑暗中旅行，
像久不见面的手掌的相逢。

我们一起旅行——我走向你，
你走向我。我们有同一个目标，
但我们看它又各不相同。
你的目标——像醒着的蜻蜓，
我的目标——像酣睡的石头。

尽管如此我仍感到幸福。
就像每个珍视这个瞬间的人，
知道它转瞬即逝，
知道不会有另一个瞬间，
哪怕是有半点相似的瞬间。

城市已昏昏欲睡，在狭窄的小街上
落下时间的碎片。我掉转脑袋
朝那星星出现的方向瞥了一眼。
但它已在向火山之间沉沉坠落，
它所有的光辉已模糊不清，在失去生命。

（赵刚　译）

亚当·扎加耶夫斯基

（一九四五年至二〇二一年）

波兰著名诗人和作家。生于利沃夫，有《公报》《肉店》《信》《多样化颂》《行驶到利沃夫》《三个天使》和《欲望》等十多部诗集和小说《温暖和寒冷》《细线条》等，是二十世纪六十年代波兰新浪潮派代表诗人之一，曾获多项国际文学奖。

宁　静

就是在大城市里，
有时候也会显得宁静。
在人行道上，只听见风吹拂着
头年飘落的树叶的沙沙声响，
这些树叶在不断的飘游中，
走向了毁灭。

（张振辉　译）

一首中国诗

我读一首中国诗，
它是在一千年前写的。
作者写的是雨，
这雨在一只小船的竹篷上下了一夜。
作者写的是平静，
他的心上终于获得了平静。
十一月，雾蒙蒙的天，
黄昏像铅一样地凝重，
这难道是一种巧合？
有个人还活在世上，
这难道是一个偶然？
诗人们总是把成就和奖励看得很重，
可是一个又一个的秋天过后，
那些骄傲的大树被剥掉了树叶，
它们还能留下什么？
恐怕只有在没有欢乐也没有悲哀的
诗中留下一点儿细微的雨滴声了。
只有洁净是看不见的，
夜晚、光亮和阴影在考察秘密，
把我们都忘了。

（张振辉　译）

火，火

笛卡尔的火，帕斯卡的火，
灰烬和火，
夜晚点起了看不见的篝火。
这火不会破坏，却能创造，
它要恢复大火在五洲四海焚烧的一切：
亚历山大的图书馆，
罗马人的信仰，
新西兰小姑娘的呻吟。
它就像蒙古人的军队一样，
摧毁了木头和石头城池，
然后盖起轻便的房屋和看不见的宫殿。
它命令笛卡尔推翻旧的哲学，
创立新的哲学。
它会变成一把燃烧的树枝，
它要唤醒帕斯卡，
它要把大钟敲响，
然后用勤勉把它熔化。
你们见过它是怎么读书的吗？
它读了一页又一页，
读得很慢，
像刚学拼音那样。
火，这是赫拉克利特[1]的火，
一团永不熄灭的火。

---

1 赫拉克利特：古希腊哲学家，曾提出宇宙论，认为火是一个有秩序的宇宙的基本物质要素。

一位贪婪的使者，
一个吃了野果嘴唇变黑了的少年。

（张振辉　译）

作品选

晚上我读作品选，
窗外凝聚着一团团紫色的云，
过去的一天消失在博物馆里。

啊，你！你是谁？
我过去不认识你，现在还是不认识你。
我究竟生来就这么高兴，
还是生来就这么悲哀？
难道我还要长时期地等待？

黄昏时刻，空气新鲜，
我读作品选，
古老的诗人复活了，
在我的心中歌唱。

（张振辉　译）

在外国的城里

致兹比格涅夫·赫贝特

在外国的城里有人所不知的欢乐，
有通过新的视角才能见到的冷若冰霜的幸福。
阳光在黄色的墙壁上像蜘蛛一样爬了上来，
可是这栋房子却不属于我，
不论房子，还是市政厅、法院和监狱
都不属于我。
大海的海水流过城市，淹没了地窖和台。

午后市场上的苹果堆成了一座座金字塔，
一些疯人用外国的语言在不停地吵闹，
连我对这都忍受不了。
一个姑娘在咖啡馆里感到孤独和绝望，
就像博物馆里的一块麻布。
一面面大旗随风飘荡，
就像在我熟悉的地方。
被褥、幻想和无家可归的疯狂想象
都有铅一般的重量。

（张振辉　译）

她在暗处写字

致雷沙尔德·克雷尼茨基

内莉·萨克斯住在斯德哥尔摩的时候，晚上经常在微弱的灯光下工作，因为她怕妨碍她生病的母亲休息

她在暗处写字，
在绝望的驱使下写字，
这些字像彗星尾巴一样沉重。

她在暗处写字，
只有壁上挂钟的呻吟，
才打破了这里的寂静。

她把头低到纸上的时候，
这些字也仿佛昏昏欲睡。

她在暗处写字，
她很懂得这个并不年轻的女人，
就像懂得自己的笔那样。

夜晚对她表示怜悯，
城市清晨笼罩着玫瑰手指的朝霞，
出现了一座灰白色的监狱。

她睡着了，
但又被黑鸟唤醒，
哀怨和歌唱永无止息。

（张振辉　译）

自画像

我手拿铅笔在电脑和打字机旁工作了半天，
这半天工作产生了半个世纪的结果。
我住在一个外国城市里，
和外国人谈论我不了解的事情。
我爱听巴赫、马勒、肖邦和肖斯塔科维奇的音乐，
在音乐中我找到了力量，
发现了我的弱点和痛苦，
可是还有一样东西我叫不出它的名字。

我读过在世或者已故的许多诗人的作品，
从他们那里获得了信仰、坚持和力量，
懂得了如何保持自尊和自爱。
我想了解伟大哲学家们的思想，
但我只了解那些宝贵思想的片段。
我爱在巴黎的大街小巷长时间地散步，
看到我亲近的朋友都充满了妒忌，
因为某种愿望实现不了而表示愤怒。
我还看见一枚银币从一只手转到另一只手中，
改变了它圆的形状。
（银币上的皇帝像被磨损了）
街边有许多高高的大树，
凭着绿色的枝叶显示了举世无双的完美，
可是除此之外却并不意味着什么别的。
黑翅膀的小鸟在田间漫步，
又仿佛在等待什么，
就像西班牙的寡妇那样。

我并不年轻，
但有的人看起来比我更衰老。
我爱深沉的睡梦，
因为这时我将不复存在。
当我骑车在乡间的马路上跑过去时，
路边的白杨树和房屋就像天上的云彩，
也从我的头上飞了过去。
博物馆里的油画在对我说话，
不带讽刺。
我以赞美的眼光望着我妻子的面孔，
每逢星期天，我都打电话给我的父亲，
每两个礼拜，我和朋友们会一次面，
为了增进我们之间的信任。
我的国家从一种罪恶的压迫下获得了解放，
但我希望它再获得一次解放，
然而我不知道我在这里能做些什么？
安东尼奥·马查多[1]说他是大海的儿子，
我不是大海的儿子，
我是空气的儿子，薄荷和大提琴的儿子。
大千世界，并不是所有的道路都对我畅通无阻。

（张振辉　译）

1　安东尼奥·马查多：西班牙诗人。

爱娃·李普斯卡
（一九四五年至今）

出生于克拉科夫，毕业于克拉科夫美术学院。一九六一年在《克拉科夫日报》首次发表诗作。自一九六九年起在克拉科夫文学出版社担任编辑。

李普斯卡是波兰新浪潮派的较有影响的诗人。她的诗歌表现了年青一代心理的复杂性，对当代生活迷惑不解，对上代人具有叛逆性，反映两代人在思想、观点和心理上的差别及年轻人对独立的自我的追求。在艺术风格上，她喜欢用借喻，她使用的语言往往具有双重性，既含字面的本意，又含有深刻的寓意。

她曾于一九七九年获波兰笔会罗伯特·格拉韦斯基金奖。

未　来

我已把未来租下
明天就要搬去安家
前位房客用过的门锁须另换一把。

我必须有些新的陈设
把镜子和书架置办
为了能写出不循旧轨的诗篇。

我在生物圈里选了一个僻静地点
开始了我独立生活的一天
生辰、婚嫁、葬礼的一切喧闹
都离我十分遥远。

我必须把新的陈设增添
可这事花销太大我难以承担。

（易丽君　译）

地　球

它是个孤儿
住在宇宙孤儿院
由于出身不详
常受到讥嘲、冷眼。
它已病入膏肓医治不了
带着人类的癌细胞。
它用星际空间的毛围巾
把脖子绕了一层又一层
缠得密不透风，绷得紧紧。

渐渐地
它从我们脚下逃离
致使童鞋生产
愈来愈不景气

（易丽君　译）

我家的桌子

我家的桌子
比普通的桌子要大得多，
可是这样的桌子越来越少了。
我们都坐在桌子旁，奶奶说：
她以前缝过一件连衣裙，
后来革命爆发了，
她上了前线，没有把它缝完，
就扔到了一边，她很悲哀，
就把它扔了。

甜菜汤太咸，大海是那么广阔，
家里的人不知道说什么，
每个人都有自己爱看的风景，
不管什么时候，都要到阳台上去看风景。
奶奶老这么想：革命爆发了，
她上了前线，没有把这件连衣裙缝好，
就把它扔了。
可是革命胜利了，
我给这件连衣裙拍过一张照片，
现在受到了大家的喜爱和尊敬。

习惯也变了，年青的一代都这么说：
我要喝一杯烧酒，
但喝完酒还要喝一杯茶。
我要大声说话，要大喊大叫，
但我也要保持安静。

我会说英语和西班牙语，
但我要把这些外语说得很地道。
我要为祖国献身，
我欠了弗兰内克三百兹罗提。

年青的一代也这么说：
奶奶把连衣裙扔了，
她就没有东西可织了。

我坐在我的书桌旁，
想着我家的那张桌子，
突然见到窗外有一群孩子，
正往铁路上一个
大家都不知道的地方跑去，
这一代人和我们
没有什么不一样。

（张振辉　译）

学　习

我要学会下象棋，
已经是第六天了，我要学会下象棋。
我读过一些学习资料，
想要了解势态的严重，
我越来越把心思
用在对社会事务的关注，
我不断地操练着这双手。

我想做一个动作，
可是我的老师突然对我说：
要学会下象棋，
不用手。

（张振辉　译）

斯达尼斯瓦夫·巴兰恰克
（一九四六年至二〇一四年）

诗人、文学评论家、翻译家。毕业于波兹南大学波兰语文系，一九八一年到美国哈佛大学讲授波兰文学，从一九六八年出版第一部诗集《端正面孔》起，先后出版了十多部诗集。他的诗表现了他对当时社会的细微观察，对现实的不满和对自由的渴求。在表现手法上突破现行语法和句法规则，常采用隐喻、正话反说等手段，以抒发他的感受。翻译出版过英国、美国和俄罗斯的诗歌。

记　录

我知道我有错，
这毫无疑问（掌声），
上一个发言的已经说了，
但我要为自己辩护（掌声，欢呼声），
虽然这违反了规矩，
我是辩护不了的（掌声）。
我的确生出来了，
但这不是我的意愿，
又没有什么不良的意图。
这个错多少年来，
一直成了我的负担。.
正像讨论中说的那样，
我因为有这个结论，
永远也摆脱不了（掌声）。
我总想消除我出生造成的影响，
可是（发出带讥讽的嘘嘘声）我认真地
检查了一下我今天的态度。

我定会改变这种态度，请再（笑声）
给我一次机会吧！
（从掌声到热烈欢呼）

（张振辉　译）

演奏了什么

我们看到了什么？
　　　　不是颜色。
收音机里播放了什么？
　　　　是民间音乐，
节日里，大街上在演奏军队进行曲。
年轻人爱唱歌，表现他们对生活的爱。
体育场上奏起了国歌，
玛利亚大教堂塔楼上的号角[1]也吹响了，
许多人在唱《国际歌》游行。
大清早还可听到军号声和工厂里的汽笛声，
夜晚的电视上则播放着摇篮曲，
这些乐曲，
最后汇成了一曲
欢快和美丽的交响乐。
未来的民族是一个小姑娘，
手里舞着鲜花演哑剧。
我们知道，这里演奏了什么？
　　　　这种演奏又说明了什么？
有人身披金色的铠甲，
有人在拉小提琴，
有人在弹电吉他，
这不是别人，
就是我们自己，
我们自己弹给自己听。

1　克拉科夫的玛利亚大教堂塔楼上每天中午十二点都要吹号。

可这里弹出来的是恐怖的旋律，
是矫揉造作的表演，
这种表演使我们变得愚蠢了，
最后，我们弹奏了什么？
我们表演了什么？
自己也不知道。

（张振辉　译）

耶日·雅尔涅维奇

（一九五八年至今）

诗人。有诗集《走廊》《谈话是可以的》《一些没有的东西》《不认识》《寻踪》《身份证》《橙子汁》《从另一方面，一九七七年至二〇〇七年的诗》和《整容》等。

南森护照[1]

谁对你说过？在什么时候用什么语言对你
说你在用外国语说话？
你是不是一个加泰罗尼亚来的西班牙女人？
大概是那个在爱丁堡的一个广场上
卖火花的英国人说的吧？
你不要走！我们什么也不会跟你解释。我要用加拿大语[2]对你说：
虽然太早，但我看见你的眉毛上有泪珠，因此我要说话。
安静！我们说起话来好像我们都是一些无国籍的人，
词典中说过佛拉芒人[3]的吻，
像巴斯克人[4]那样去用手指按别人一下，
还有瓦隆人[5]的窃窃私语，我不知道怎么翻译[6]。
你在呼唤我的名字，但是你的发音我学不会，
我只好用另一种语言的发音来和你比较。
我就叫接吻，我不要那些人来做我的翻译。
但我们愈是陌生，就愈感到亲近，
就像树木和土地、眼睫毛和视野、安静和言语一样。
我，最后遇到的还是我自己。

（张振辉　译）

---

1 南森护照：在第一次世界大战中，发给那些逃亡的和没有国籍的人的护照。
2 加拿大人说英语，这是开玩笑的说法。
3 佛拉芒人：比利时的两大民族之一，居住在比利时、法国和荷兰。
4 巴斯克人：居住在西班牙和法国。
5 瓦隆人：居住在比利时，讲法语。
6 原文是英文。

蜥　蜴

城里的每间房里，都打响了清晨五点，
一个窗子后面还有一些窗子，
可它们在窗玻璃外警觉的视线中，却没有留下身影。
他虽然爱她，可她却不理睬他。
我们就来打个比方：她无意识地接受了他的爱，
这就使我们和一个窗子后面的那些窗子，
和那粗糙的窗户台，和她的手永远分不开了。
她的手里是不是有一只被夜晚的雨水浸湿，
可全身依然发热的蜥蜴？
她的身材是那么不匀称而显得可怕，
一些没有轴心的图画把她从梦中惊醒，
又让她梦见了一道刺眼的闪光。
一些树枝由于覆盖着许多晶盐，
被压弯了，都掉在小汽车的车顶上。
一只看不见的手指在窗玻璃上画了一根线条，
还有一团火烧到了窗玻璃上。

（张振辉　译）

格热戈日·弗鲁布列夫斯基

（一九六二年至今）

诗人。有诗集《行星》《国王们的谷地》《住所和花园》《科尔泰兹大营之夜》《哥本哈根》《候选人》《旅馆里的猫，一九八〇年至二〇一〇年的诗》《大西洋上的两个女人》等。

住所和花园

他们会秘密地来找你，
那些来到你那里的人会对你微笑。
过后，如果来了下一批，你就会什么都知道了，
你将以同样的微笑迎接他们。

你们都到房里来吧！
你会以缓慢的手势告诉他们：
这里是铺上了新的被褥的床，
还有花园宽敞的景观。

最后，等他们安下心来，
你就告诉他们，他们在什么地方，
以后他们还会遇到什么。

（张振辉　译）

托马什·鲁日茨基

（一九七〇年至今）

诗人、翻译家、文学评论家。有诗集《灵魂》《装饰得很漂亮的农舍》《世界和反世界》《侨民营》《诗集》和长诗《十二个车站》等。此外，他翻译过一系列西方当代文学作品。

窗

雨雪交加，很晚了，三月的扁桃，
光线和死亡，今天我住在一条河的呼吸中，
就好像我成了这些鱼骨盖起的
神圣的鱼和嘴唇发青的女人的房子的主人。

夜晚开始了我的第二个生命，
因此窗子和厨房都看得很清楚。
你坐在一张桌子的后面，在阅读，
很晚了，灯火就要熄灭了。

（张振辉　译）

阿利齐娅·马赞－马祖尔凯维奇

（一九七二年至今）

诗人，生于罗兹，现在罗兹大学波兰语言文学系从事研究工作。有诗集《暗淡的火光》《带着泰蕾莎》《嘶哑的声音》和《我是你的祖奇娅》等。

拉图尔的《新生儿》[1]

只有他们三个人：
一个手里捧着蜡烛的女人，
还有一个母亲和她熟睡的新生儿。
他们并不孤单，一个也不少。

黑夜遮不住
山坡上的道路、小桥，
花园和绞刑架的身影，
但也证明了它们
并不存在。

这里没有一丝的响声，
这里是一片寂静，
时间来了又逝去。

是不是这样，拉图尔大师？
这里没有征服者，没有人诅咒。
那一堆原已损坏现被焚烧的电线杆，
因为对它们有某种信仰。[2]
这些电线杆看起来就像被砸碎的石块，
就像沾满了凝固的鲜血的破旧的绳索，
就像香客们已经穿坏了的鞋，是不是这样？

---

1 拉图尔：十七世纪法国画家，他的名画《新生儿》一说是指刚出生的耶稣，一说是泛指。

2 指中世纪那些反对教会的反动统治而被烧死的斗士。

柔和的阳光照在新生儿的眼皮上。
（你还记得你孩提时的梦想吗？
你是否也曾想让这阳光给你这个熟睡和
没有防护的新生儿带来温暖，
或者有人在你身旁给你护养？）

是不是这样，圣母玛利亚？
利剑刺不穿你的心，
这里既没有基督的显圣，
也没有各各他的十字架。

只有寂静、阳光和酣梦，
你首先想到的是，
在孩子的呼吸中，
在深沉的寂静中，
如果连那一瞬间的机遇你都没有，
你怎么找到你的位置？

是不是这样？

（张振辉　译）

土地之歌

天主啊！给夏天祝福吧！
要给蜜蜂算算
有多少产蜜的日子？有多少花粉？
数不清的谷粒把稻穗都压弯了，
椴树的枝头绽开了香馥馥的鲜花，
它是缓解疾病痛苦的良药。
还要加固榛树的树干，
以防雷电的袭击。

给秋天祝福吧！这是丰收的季节。
当果实夜晚在枝头下垂的时候，
你可不能让它堕落，因为它还没有成熟。
对你未曾见过的一切都要给予赏赐，
不管是人们，还是獾、蜗牛和蝾螈，
因为他（它）们都是你的儿子，
他（它）们无家可归。

首先是要给寒冷的冬天祝福，
每当拂晓来向你叩门的时候，
就有千万只小鸟拍着翅膀
唧唧喳喳地叫了起来，
这是一片鸟的天空。

还要

向春天祝福，
春天是万物复苏的季节。

（张振辉　译）

亚当·兹德罗多夫斯基

（一九七九年至今）

诗人、翻译家。有诗集《奇遇》和《卓占娜的秋天》，此外在华沙的《世界文学》《奥得河》《冒号》和《诗的笔记本》等杂志上也发表过作品，翻译出版过西方很多现代诗人的作品。

一支歌

这一定是爱情，因为我觉得喉咙里长了一个新的舌头，
就像一个肿胀的扁桃体。

可是今天你不在跟前，我只梦见了电梯，
蓝色的玻璃和信上使劲盖着的那个邮戳。

黎明就像下达了一个任务，
要在家里利用一些单个的小卡片，
来编辑和整理一些稿件。

因为今天你不在跟前，我只看见了电梯，
蓝色的玻璃和信上使劲盖着的那个邮戳。

我读了书，塔杜施·皮奥罗[1]拿走了我一杆直尺，
我也借用了他的两个语词，
就是这些，这两个语词我也忘了，

今天你又不在我跟前，
只有电梯、蓝色的玻璃和梦中使劲盖着的那个邮戳，
电梯和蓝色的玻璃。

（张振辉　译）

1　塔杜施·皮奥罗：波兰现代诗人。

牛奶店里的旅行者

我以为是你，原来我又在这里，
他被映照在有水流淌着的窗玻璃上，
我的身影也显现在那么多光滑的镜面和
水面上，还有那么多的眼睛里，
这就够了。别的都不需要了。
我说，你就好好地玩吧，我用带睡意的眼光指引着你！
可是你又要问：这个夏天，蟋蟀叫得好听吗？
你想数一数有多少蟋蟀，或者你干脆要问：
这里的草地上有多少蟋蟀？这样就不用数了。
但是说这个也没有用，是的，没有用。
那就说说别的吧！
比如心脏是随着神经一起跳动的，
是不是这样？

广告上有一张
躺在柔软的维罗呢上一个女模特的照片，
但有一只压在沉重的脑袋下的手却失去了知觉，
这是一场梦，是广告上的宣传，
梦不可能成为现实。
就像手指指画着地图那样，
你的头碰到了你的牙齿，牙齿也在互相碰撞，
额头碰到了粗糙的墙壁上，
我走到阶梯上才喘了口气，想起了某些事情。
余下的就留给你吧！就说我这个开头，
如果它真是一个开头的话，

它一定是很好的开头。

敬爱的读者，我要走了。[1]

一些奇遇，二〇〇五年

（张振辉　译）

1　原文是英文。

雅采克 · 德内尔

（一九八〇年至今）

诗人、作家、翻译家。有诗集《去南方考察》《诗集》《一瞬间的剃蓄》《监规屏》《亏损和赢利调查表》等。翻译出版过多种西方现代文学作品。

华　沙

有人在这里住过，已翻了个底朝天。
一台金雀形收音机播出了探戈的乐曲。

用四只手抱着，一边听新闻，
从房间来到空气清新的大厅里。

照片上那个海娜或波娜姑娘穿了件雅致的连衣裙，
菲尔佳则在过去的那口井里打水。

还有一个已经不在的小孩念着一些名字，
听着一件由外质膜做的短上衣的沙沙声响。

这里，在一株椴树枝叶的左边，
一条市声嘈杂的双行道的街道中间。

有一个厨房，它的橱柜里摆着许多汤勺，还有一个仓库，
橱柜里的鸡蛋保存在蛋壳里不会坏。

这些蛋壳有的表面光滑，有的有斑点。
这里有人住过，所有的楼房都不到三层，有地下室。

在这个你想悄悄地吻我的地方，
一块弹片炸死了三岁的女孩。

在这个你想偷偷地吻我的地方，
一块弹片炸死了她紧缩着身子的母亲。

（张振辉　译）

冰雪消融

为 P.T 而作

冰雪消融，天空更加明亮。
上面和往常一样，下面却获得了更多的奖赏：
显现在眼前的，是一个硕大无朋的蓝晶晶的流动镜面。
周围覆盖着融解的冰雪，到处都显得那么破损，
解冻后的地面，有的依然平整，有的是杂沓的泥泞。
水边耸立着大片的森林，鼬鼠开始了它们的搬迁。
散乱的云层在天上飞奔，
林中的残雪像季节留下的废品。

无人问津的河面上筑起堤坝，架起了大桥。
为了防止水土流失，不管是南方还是北方，
都划分了水域，铺设了排水管道。
一条条道路把城市连在一起，城市的人口也陡增无比。
我们在一起，都属于这个有序的安排。
树木在翩翩起舞，街道的布局都非常整齐。
方向，墙砖，潮水，我的硬邦邦的衣领，你的贴身毛衣，
我左边的枕头，你右边的枕头。
两个氢原子，一个氧原子，
连在一起就是水。

（张振辉　译）

格热戈日 · 布鲁舍夫斯基

（一九八一年至今）

生于华沙，诗人、记者、朗诵家。在巴黎、柏林和布达佩斯举行过多次诗歌朗诵会，被《华沙生活报》认定为华沙最有影响的文化宣传活动家之一。

奥兰多

真热啊！我们坐在小城墙上，
额头和手掌上沁出的汗珠像一颗颗小石子，
但是并不感到疼痛。这是在一九九五年的假期。
奥兰多魔术队在 NBA 赛中输给了休斯敦火箭队，
以零比四终场出局，输球不多，却令人感到意外。
我那时才十四岁，对魔术队打球特别关心，
在运动场，我永远是沙奎尔、安芬尼·哈达威、
尼克·安德森、丹尼斯·斯科特和霍勒斯·格兰特。[1]
坐在我身旁的丹尼尔比我小两岁，他总是站在火箭队一边。
他们是不是找到了什么对付奥兰多的办法——我这么想，
我问丹尼尔——你是不是该回家了？
记得丹尼尔当时捧着一个有乔丹成串签名的威尔胜篮球，
在运动场的一个角落上消失不见了。
五分钟后，阿莉齐娅出现了——她是我最爱的，可是就在这一天，
她决定对我的爱表示拒绝。
我这时用手机给丹尼尔打电话，听到那边说他在吃午饭，
还说："要快点反击！"
过了一会儿，他从窗子里给我扔来了一个球。
现在我真的在看球了，有个球员将球在地上拍了几下，想投个两分球，
但没有投中，他这样投了半小时，可是那个铁篮筐是那么铁面无情，
每投一次都只听见碰到它上面嗵的一响，却投不进去。
我的心被轻轻地刺着，一投又一投，盖帽又盖帽，熄灯了。

1　这些人都是或曾是美国奥兰多魔术队的球星。

二〇〇九年，奥兰多魔术队又以一比四输给了湖人队。
但这里没有我们认识的球员，他们就像我和丹尼尔一样，
只能在一些三流的喜剧中，扮演一些笨蛋的角色。
丹尼尔不管怎样，去年和阿娜结了婚，这好像很了不起，
可是从院子到教堂里来的只有我们三个人，
我们最崇拜的人和朋友有时也出入于此。
应当分一下等级，在婚礼上不许叫喊，
当你听到有什么要求的时候，你可以叫一声：“我爱这样。”
这个要求是，礼拜天和母亲一起吃午饭时要打电话，
问：“哈啰，你是谁？”
丹尼尔，你去打篮球吗？我和阿娜也告别了。
我在想：“他那里怎么样？”

（张振辉　译）

宣　言

我有几十秒的时间，但并不是所有的情况都一样，
你为什么一只手把我拉过来，另一只手又把我推开？
这幸好只是一场噩梦，
在我的左手上按了一下就把我弄醒了，
我的右手并不想去按别的人。
我的嘴爱尝金属的味道，我把人们抛给我的硬币
从嘴里吐了出来，我被他们说成机器人，
但我不找零钱，不给别人找零钱。
为什么你在《小熊维尼》的所有角色中，
一定要扮演克利斯朵夫·罗宾？
我选择了小猪皮杰，因为它对世界最感到害怕。[1]
再说，为什么在十个不幸的人中，总有一个人要嘲笑其他的人？
为什么这就是我？
我什么时候都不会像贝克特那样，因为我是爱斯特拉宫[2]。
我不写“粗制滥造的东西”，像布科夫斯基那样，
你就拿去我的这个
二十行[3]的“宣言”吧！

（张振辉　译）

1　克利斯朵夫·罗宾和小猪皮杰都是英国著名儿童文学作家米尔恩的作品《小熊维尼》中的人物。

2　指那些评论他的这首诗的波兰诗人。

3　这首诗是用来朗诵的，而不需要印在纸上，朗诵时为了方便，就说它有二十行。

韦罗尼卡 · 列万多芙斯卡

（一九八三年至今）

诗人、朗诵家，曾在华沙、柏林等多个欧洲城市做过精彩的朗诵和说唱表演。长期与华沙视听计划合作，在该计划项目中用多种西方语言出版过多媒体诗集。

夜

夜，
被子，
还有蟋蟀，
但城里
没有蟋蟀。

空气又闷又潮湿，
我要走，汗流浃背，
要喝水，
一口，一口，又一口，
我有一绺发丝含在你的嘴里。

晚上，我们的身上裹着一床被子，
飞机和陨落的流星。

田里的麦子把我们托起，
不断地摇晃，
把我们托起。
我抱住了你，
我抓住了你。
田里的麦子把我们托起，
不断地摇晃，
把我们托起。

对那些没有尝试过，
没有用眼睛看过远处，

没有治好近视眼，
可又很轻易地把我们
送到了远处的人来说，
他们不知道什么是远处。

还是那些蟋蟀，
夜晚，夜晚，夜晚，
被子，被子，
什么都没有把我们抓住，
可所有的把我们都举了起来，
举起来，举起来，碰撞。
我有一绺发丝含在你的嘴里。
时间停滞不前了，
在我的嘴里，
在长时间的吻中，
在饮料中，在我的饮料中，
在饮料中，在我的饮料中停住了。

葡萄有甜味，
半干的葡萄也很甜，
当我光着脚在路上被绊倒后，
你用一个灵巧的动作把我扶起。
甘露啊！你恢复了我的知觉，
你就像窗子里的阳光
使我恢复了神智，
可我对谁都不会
说一句话。

我们很快地跑到上面去了，
云彩就在我的身上，

我躺在地上，
躺在他身上，
躺在天上，
躺在不很远的地方。
我们虽然是两个人，
但生来就相识，
这种相识把我们连在一起。

夜晚，被子，
夜晚，蟋蟀又在嚯嚯地叫着，
寂静。

这个晚上我什么也没有想，
我躺在被子上，我要去旅行，
我的灵魂已离开了躯体，
我要去找你。

夜晚，
夜晚，夜晚，
夜晚，夜晚
临近终点，
夜晚。

拂晓，
吹口哨，
口哨声。

夜晚，
白天敲钟，
白天，白天，白天，

白天，白天，白天，
白天，白天，白天，
白天，夜晚，
白天，夜晚，
白天，夜晚，
白天。

（张振辉　译）

译后记

“一带一路”的方针由习近平主席提出之后，得到了国内外各方面的热烈拥护和响应，北京大学外语学院以其雄厚的实力和博大的胸怀，组建和推出一整套“一带一路”沿线国家的诗歌选集。这是一项伟大的工程，也是一项艰难而光荣的工程，我有幸被邀请参加这项工作，感到十分荣幸。

波兰地处亚欧通道的一个节点，也是“一带一路”沿线的一个重要国家。波兰有着千年的文明历史，其诗歌也是源远流长，历史悠久，丰富多彩。从中世纪以来，波兰便涌现出了大量有才华的诗人，其诗作可谓是汗牛充栋，不可胜数。我记得六十年前在波兰学习期间就开始对波兰的诗歌产生浓厚的兴趣，千方百计去收集像密茨凯维奇和斯沃瓦茨基这些大诗人的全集，以及其他诗人的诗集。多年来，除了想译介这些大诗人的诗歌外，就是想编译一部能包含波兰各个时期著名诗人的诗歌选集。但这个愿望起初是受到社会形势的限制，后来又忙于文学研究和其他翻译工作，一直未能如愿。这次受北大外语学院的邀请，才有机会实现多年的夙愿，这令我感到无比欣慰。但是要在这样短的时间内选译出一部能体现出波兰诗歌发展面貌的诗选来，的确是一项非常艰巨的任务。之所以艰巨，一是波兰是个诗歌之乡，拥有大量的诗人和诗篇，要在其中做出抉择有一定的困难。二是我已届耄耋之年，年老体衰，已无法独立完成这一伟大任务，只好求助于同行学友。然而在我国从事波兰语翻译诗歌的人才非常缺乏，寥寥数人，有的和我一样已届耄耋之年，年轻一些的除了繁重的教学任务还兼有其他翻译工作，无法应承下来。面对这些问题，我还是尽力选取了一些在波兰文学史上占有重要地位的诗人，选择了一些著名的短诗，至于篇幅较长的诗篇，有的甚至是诗人的代表作，也不得不舍弃不用。同时我也正好充分利用近年来国内已翻译出版的或者已译好正待出版的诗歌作品，终于编出了一部我认为比较能反映波兰诗歌面貌的选集。

本诗选选译了近一百位波兰诗人及其三百三十余首诗歌，这些诗人都是按其出生年月依序排列，而每位诗人所选译的诗篇数量，大致是按照其成就和短诗创作的数量而拟定的。本选集能得以完成，首先要感谢我的老同学易丽君教授和张振辉研究员，前者提供了她译的《波兰二十世纪诗选》（上海译文出版社）。后者提供的是他译的《波兰现代诗歌选》（中国社会科学出版社），以及他新译的诺尔维德和克拉西茨基等诗人的作品。同时还要感谢赵刚教授。还有韩新忠老师，他特意为我请来正在波兰科学院研读的闫文驰博士翻译了几位波兰浪漫主义诗人的诗歌。还要衷心感谢北大的申明钰老师，她为本诗选的先期整理编辑贡献了大量的劳动。我还要特别感谢作家出版社的方叒编辑。她为本诗选付出了大量辛勤的工作，才使诗选得以和读者早日见面。

不过，由于受人力和时间的局限，使本选集难以达到更完美的境界，还要请读者和专家同行们批评指正，更期望将来有更全面、更完善的译本问世。

林洪亮

二〇一八年五月十五日于北京

总　跋

经过两年多时间的筹备与组织，"'一带一路'沿线国家经典诗歌文库"终于陆续付梓出版，此刻的心情复杂而忐忑，既有对即将拨云见日的满满期待，更有即将面见读者的惴惴不安。

该项目于二〇一五年下半年开始酝酿，其中亦有不少波折和犹疑。接触这个项目的所有人都无一例外地认为，这是应该做而且只有北大才能做的事情，也无一例外地深知它的难度。

"一带一路"跨度大、范围广，多语言、多民族、多宗教、多文明交融，具有鲜明的文化多样性特征。整个沿线共有六十余个国家，计有七十八种官方或通用语言，合并相同语言后仍有五十三种语言，分属九大语系。古丝绸之路尽管开始于政治军事，繁荣于商旅交通，但其更重要的意义在于促进了人类文明的交往。它连接了中国、印度、波斯和罗马等文明古国，跨越埃及文明、巴比伦文明、印度文明、中华文明的发祥地，是东西方文明交流互鉴的重要通道。

如何更好地展现"一带一路"沿线人民的文化特质和精神财富，诗歌无疑是最好的窗口。诗歌是文学王冠上的明珠，精敛文学之魂魄，而经典诗歌则凝聚着各个国家民族的文化精神和文化理想，深刻反映沿线国家独有的价值观和对世界的认识。长期以来，中国学界和出版界一直比较重视欧美发达国家诗歌的译介与研究，对发展中国家尤其是一些弱小国家的诗歌研究存在着严重忽略的现象。我们希望通过对"一带一路"沿线国家经典诗歌的研究，深刻地了解一个国家，理解它的人民，与之建立互信，促进国内学界对"一带一路"沿线国家文学、文化和文明的了解，弥补我国诗歌文化中的短板，并为中国诗歌走向世界提供思路和借鉴，从而带动与"一带一路"沿线国家的深层次交流，为中国的对外交往和"一带一路"倡议的实施提供人文支撑。

北京大学外国语学院组织国内外相关领域的专家学者，于二〇一六年一月，正式启动“‘一带一路’沿线国家经典诗歌文库”项目。该项目以北京大学人文学科的优良传统和北大外语学科的深厚积淀为基础，以研究和阐释“一带一路”沿线国家厚重的历史、文化内涵为己任，充分发挥本学科在文学、文化研究领域的传统优势和引领作用，积极配合和支持国家的“一带一路”倡议，为中外优秀文化的研究、互鉴和传播做出本学科应有的贡献。

北京大学外国语学院牵头组织的“‘一带一路’沿线国家经典诗歌文库”项目，旨在翻译、收集、整理和编辑“一带一路”沿线六十余个国家的诗歌经典作品，所选诗歌范围既包括经典的作家作品，也包括由作家整理的、具有广泛影响力的史诗、民间诗歌等；既包括用对象国官方语言创作的诗歌，也包括用各种民族语言创作、广泛传播的诗歌作品。每部诗集包括诗歌发展概况、诗歌译作、作者简介等三个部分。

在此基础上，形成由五十本编译诗集构成的“‘一带一路’沿线国家经典诗歌文库”第一批成果，这将弥补中国外国文学界在外国诗歌翻译与研究方面的不足，特别是对部分“一带一路”沿线国家的经典诗歌开展填补空白式的翻译与原创性研究工作具有重大意义，同时对沿线诸多历史较短的新建国家的文学史书写将具有十分重要的价值。

该项目自启动以来，先后成立了编委会和秘书组，确定项目实施方案、编译专家遴选以及编选的诗歌经典目录，并被确定为北京大学一百二十周年校庆的重要出版项目之一，得到学校、校友及社会各界的大力支持，建立起以北京大学外国语学院为核心，汇集国内外相关领域知名专家学者、翻译家的翻译、编辑团队，形成了一个具有高度共识和研究能力的学术共同体。

在这个共同体中的每个人都是幸福的，与诗为伴，以理想会友，没有功利，只有情怀。没有人问过我们为什么要做，每个人只关心怎样可以做得更好。无论是一无所有之时还是期待拿到国家出版基金支持之日，我们的翻译团队从没有过犹豫和迟疑，仿佛有没有经费支持只是我一个人需要关心的事情，而他们是信任我的。面对他们，我没有退路，唯有比他们更加勇往直前。好在我一直是被上苍眷顾和佑护的人，只要不为一己之利，就总能无往不胜。序言中，赵振江教授说了很多感谢的话，都代表我的心声，在此不再重复。我想说的是，感谢你们所有人，让我此生此世遇见你们。如果可以，我还想在此感谢我的挚爱亲人，从没有机会把“谢谢”说出口，却是你们成就了今天的我。

希望通过我们台前幕后每一个人的努力，把“‘一带一路’沿线国家经典诗歌文库”项目打造成沿线国家共同参与的地域性的文化精品工程，使“文库”成为让古老文明在当代世界文化中重新焕发光彩、发挥积极作用的纽带和桥梁。

人也许渺小，但诗与精神永恒。

宁 琦

写于二〇一八年“文库”付梓前夜

北京